黎明之家

Mayumi SHINODA
篠田眞由美

視覺系推理的空間演出——篠田眞由美和她的建築偵探

陳國偉

我學的是建築史，當中住宅原本吸引我的地方就是，人們的個性、思想、興趣，如何化爲具體保留下來。我想做的事情是，依照具體的事物去追溯，喚醒如今已經不在的人們的思念。

——櫻井京介《黎明之家》

◎推理空間的設計師：篠田眞由美

一九五三年出生於東京都本鄉的篠田眞由美，是屬於新本格時期出道的作家。畢業於早稻田大學第二文學部。一九九二年以《琥珀城的殺人》獲得東京創元社所舉辦的第二屆——鮎川哲也賞最終候補作出道，並於一九九四年又出版了《祝福園的殺人》，但眞止讓她在推理界佔有一席之地的，卻是在講談社出版的這一系列以櫻井京介爲主角的「建築偵探事件簿」。

從一九九四年到目前爲止，這一系列已出版了十一本長篇，其中依偵探櫻井京介的生命史，被分爲三部。第一部以櫻井京介與同學栗山深春就讀W大學第一文學部時期爲主軸，分別是《黎明之家》（1994）、《黑色女神》（一九九五）、《翡翠之城》（1995）、《灰色城堡》（1996）、《原罪之庭》（1997）。

第二部則以櫻井京介與栗山深春由W大學畢業後爲主軸，此時蒼也進入私立向陵高校二年級再度就學，包括《美貌之帳》（1998）、《假面之島》（2000）、《月蝕之窗》（2001）、《綺羅棺材》（2002）跟《失樂之街》（2004）。從《假面之島》開始，蒼也進入W大學第一文學部就讀。而到了2005年最新發表的《蝴蝶之鏡》，則是第三部的開始。

其他還有一本短篇集《櫻闇》（1999），故事時間從京介的少年時期一直跨越到現在。相關作則有三本以蒼爲主角的番外篇，分別是《Sentimental Blue》（2001）、《angels——天使降臨的長夜》（2003）和《Ave Maria》（2004）。此外，篠田眞由美也創作奇幻小說，並頗受好評，「龍的默示錄」系列目前已經出版至第五本，以及「根之國物語」、「天使的血脈」等總共二十餘本。（以上書名皆爲暫定。）

◎篠田流的空間推理學

在推理小說的眾多新本格名家中，篠田眞由美一直以來受到讀者們的喜愛，她靠的正是獨門的功夫，透過人與物理空間的特殊互動，形成一套特殊的「空間推理學」。

在推理小說中，空間一直都佔有不可或缺的位置，它往往是謎團的開端、詭計的華麗舞台、罪犯與偵探對決的試煉場，這從推理小說的老祖宗愛倫坡，在一開始〈莫爾格街凶案〉就奠定的法統，使得空間在推理小說中，必然也必須維持著那最典雅的型態：「封閉」；用一個推理讀者熟知的名詞來說，就是「密室」。常常有人說，身爲一個本格推理小說家，若沒有寫過密室，那就不算是推理小說家。這個無形的傳統，成了不可動搖的法統。

然而「密室」詭計帶給讀者的吸引力，並不是在於一個關起來的房子，而是在於密室所象徵的「封閉性」，此一封閉性爲犯罪設下了障礙，所以密室推理的眞正魅力，其實是在於封閉空間犯罪所製造出的不可思議。

而篠田眞由美另闢蹊徑之處，在於讓「封閉空間」的意義無限擴大。她以對於建築學的熱情與知識，開創出獨有的「建築推理」，深受同樣名列日本推理四大奇書中井英夫的《獻給虛無的供物》與小栗虫太郎的《黑死館殺人事件》啓蒙，再加上約翰・狄克森・卡的《骷髏城》及綾辻行人的《殺人十角館》的影響，讓她對於如何結合「人」與「館」，營造出目眩神迷的犯罪謎團，思考出與眾不同的途徑。

建築在人類的歷史進程中，不僅只是功能性的空間，它往往扮演著文明的階段象徵，傳說、文學、宗教、歷史以藝術形式凝集其上，轉化成完美的建築形式；而與居住在建築內的人，以彼此的靈魂相互餵養，所以建築可說是靈魂的居所。每一處迴廊、屋簷、裝飾，都形塑著居住者的人格與個性、生命的點滴，及屬於人的七情六慾，所以我們其實可以這麼說，建築構成了個人生命的總和。

在篠田的推理世界中，她以建築物作爲事件的核心，但在其中被封閉的不是屍體，也不是犯罪事實，而是時間。所有與建築物相關的人，都被建築物所象徵的記憶，封印在過去的時間中，不得脫身。也就是說，在她的小說中，建築所最主要承載的，是隱藏及封閉在華美形式後面，那些由人的執念所支撐，被時間豢養著的愛與思念，發酵在複雜的人際關係中，最後演變成強烈的悲哀與憤怒，環環相扣爲一個巨大的超連結，所牽引出來的慾望與犯罪，演化爲不可挽回的悲劇。

◎異國文化所建構的異世界

除此之外，篠田更在她所創造的封閉空間中，加上異國文化的多重元素，配合外在的日本大歷史環境，構成相關人物的生命精神主體，使得她的建築之中，交織著更複雜的愛恨情仇。

由於篠田眞由美相當喜歡旅行，對於異國文化又相當著迷，在尚未成爲推理作家前，就已於一九八七年出版過《北義大利幻想旅行》的旅行文學之作，所以在她的出道作《琥珀城的殺人》，就虛擬了十八世紀的歐洲作爲故事發生的舞台，而第二本《祝福園的殺人》，則重現了十七世紀的義大利。（以上書名爲暫定）

到了建築偵探系列，她更巧妙地摘取了異國文化的各種元素，自由地出入建築相關的文化符碼，串構成旁徵博引式的小說豐厚血肉，建構出一座座具有濃厚異國風情的「謎幻」之城：《黎明之家》中充斥著西班牙的文化縮影，而《黑色女神》則是印度神話、信仰與飲食，在《翡翠之城》則看到了明治維新以來西洋與大和風格的融合可能，《假面之島》讓京介等人到義大利水都威尼斯去辦案，《綺羅棺材》以馬來西亞的風土文化作爲建築的風格，這些都可以看出篠田匠心獨具之處。

透過這些異文化建構的異世界，篠田讓建築本身成爲一個空間化、物體化、甚至是實體化的謎團，建築空間封閉的複雜人際關係及歷史，加上建築背後隱含的龐大知識，使得小說中的犯罪具有相當豐富的層次。而既然建築成為謎團的本身，所有的恩怨情仇都圍繞其上，有如藤蔓一般，那麼就必須先釐清藤蔓的源頭，方能剷除其根，所以要解開這些謎團，就需要一個與建築的解碼者與對話者，而這個人，就是這個系列的偵探，專長是日本近代建築史的研究生——櫻井京介。

◎夢幻長毛狗、美少年與熊先生

在這個系列的小說中，篠田創造了一個絕無僅有的偵探，那便是身高一百八十五公分，有著「與他擦肩而過，一百個女人有九十九個會回頭」的俊美面貌，但總是寧願像隻長毛狗一樣，以長髮覆面的W大文學部研究生櫻井京介。作者對於京介的設定，將外表與身世賦予少女漫畫式的夢幻感，但生活上有極富著現實性：像是總是要睡到中午才能起床，早晨的他簡直不是個人類，一睡就吵不醒。

除了超美形的偵探外，作者也安排了京介身邊的角色，個個充滿強烈的形象。像是幫忙京介打理研究室的蒼，在《黎明之家》初次登場時，還是個輟學的美少年；京介的摯友栗山深春，卻是個身材壯碩，但腦漿可能都是肌肉，渾身毛茸茸而總是被稱呼為熊的男人；而在第三本《翡翠之城》正式登場，京介的指導教授神代宗，卻是個充滿知性氣息，總是吐京介槽不給面子的熟男。雖然相互鬥嘴是常態，但他們卻是相互守護與照顧的共同體，這種人物組合，湧動著各種「曖昧」的可能，可說是篠田刻意設計後的結果。

角色之間吸引讀者的，不僅是他們的互動，還有他們極富神秘的身世，於是乎我們在此一系列中，屢屢看到篠田召喚出京介的過去，《黑色女神》、《美貌之帳》與京介的高中生涯密切相關，短篇集《櫻闇》中，更以京介16歲的謎樣過去作爲賣點。能夠這麼做，當然仰賴於作者已經成功地塑造京介這個偵探，作爲讀者投射想像及情感的焦點，尤其是從他的形象及個性上，帶有冷酷的美男子形象，更易透過讀者所產生的曖昧情緒，來牽動讀者的目光。推理小說中系列偵探常見的「隱密身世」此一謎團母題，在篠田手上達到功能及意義被極大化的成功。

這些設定，更擴及到助手蒼與深春身上，小說中蒼的夢境有如他身世的魔鏡般，總是閃動著令人心驚的影像，到底他的過去隱藏著什麼秘密？如結痂的傷口但總是隱隱作疼的記憶，到底是他如何不能言說，但又可能是讓人心疼的過去？直到第五本《原罪之庭》才得見端倪。而栗山深春這樣一個粗獷的游牧民族，如何會與形象、性格南轅北轍的京介成爲莫逆好友，甚至同住一個屋簷下？這一切的一切，都讓深愛他們的讀者好奇著，篠田眞由美將會如何交代他們之間的「邂逅」。

◎視覺系的華麗演出

篠田眞由美的成功，象徵著推理小說也走上以強烈視覺風格爲訴求的時代風潮，不論是這些角色特出的外在形象、各式異國建築所蘊含的多元視覺風格、大量的人物夢境，交織出濃烈的畫面感，也讓讀者在文字的閱讀過程中，領略到意外的視覺刺激。走出了一條，屬於推理小說的「視覺系」之路。

而這，正是篠田流的空間推理學魅力。

（本文作者為新世代推理小說研究者）

目錄

導讀 5
序章 17
騎馬的少女 19
看得見海的房子 43
封閉的中庭 63
白馬的畫像 85
不笑的男人 105
魔女們的宴會 129
受傷的漁夫王 153
眼眸中的臉 173
棗紅色姊妹 193

懷疑——213
破碎的白馬——235
漂浮的凶影——257
赤館——275
掘墓——299
深春的告發——323
名喚虛無的孩子——343
甦醒的聖杯——363
終章——381
作者後記——387

登場人物介紹（年齡以一九九四年五月爲準）

遊馬歷：往生者。
遊馬灘男：歷之子，西班牙文學研究家（五十一歲）。
遊馬明音：灘男之妻，明音公司的董事長（四十八歲）。
杉原靜音：明音之姊，杉原學園校長（五十歲）。
遊馬蘇枋：灘男之長女（二十三歲）。
遊馬朱鷺：灘男之次女（二十一歲）。
遊馬珊瑚：灘男之三女，杉原學園短大二年級（十九歲）。
遊馬理緒：灘男之四女，W大學文學院一年級（十八歲）。
藏內哲爾：歷的傭人（七十二歲）。
醍之井玻嵧男：出入遊馬家的不動產業者（五十歲）。
雨澤鯛次郎：報社記者（二十八歲）。
櫻井京介：W大學文學院碩士生（二十五歲）。
蒼：京介的助手（十五歲）。
栗山深春：京介的朋友，W大學學生（二十五歲）。

黎明山莊平面圖

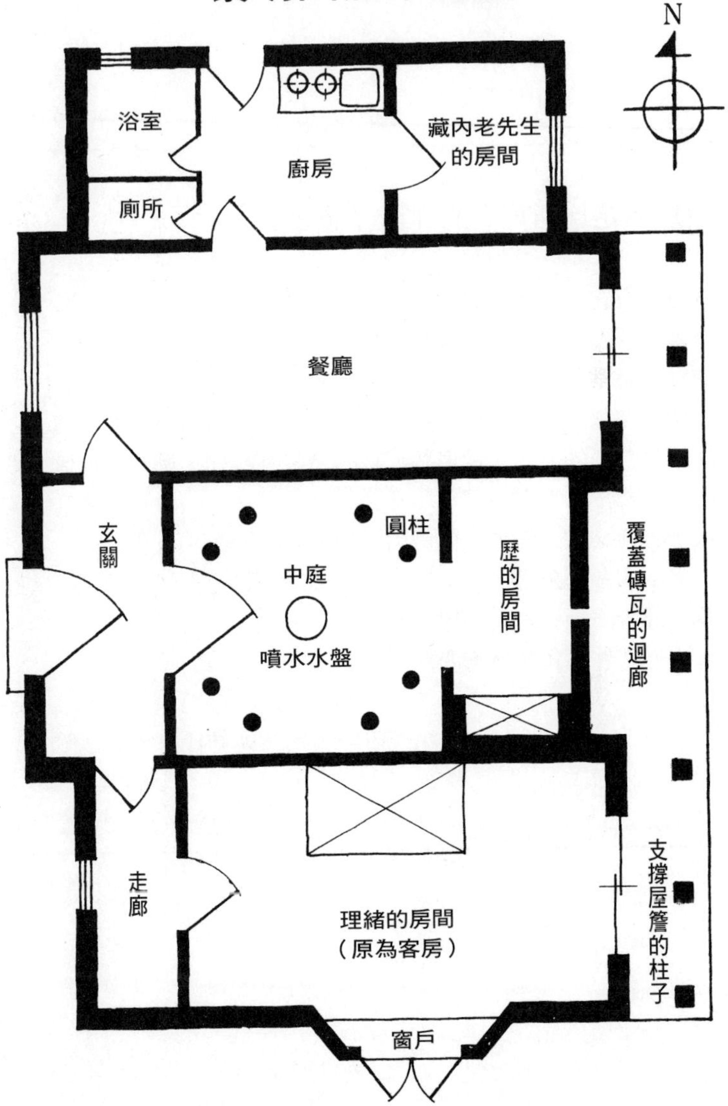

註）中庭的門和鐵門有兩扇，圖在此省略。

爲您鑑定您所擁有的「西洋建築」

各位擁有在二次大戰前興建的西洋風格建築，
廣義的「西洋建築」的屋主，
您是否時常對於您的建築有很多疑問？
我們站在您的立場，爲您鑑定其在歷史、學術等方面的價值，
理解設計師的想法，從現狀藍圖的繪製到改建、擴建的評估。

接受各種諮詢，面談、估價均免費，
日本全國各個角落，
將依據聯絡順序由衷爲您服務。
〔國外案件請先另外詢問。〕

第二研究大樓二樓神代研究室　櫻井
〔內線＊＊＊〕

序章

事情發生在一九九四年黃金週（註1）將結束的時候。

有張傳單被貼在東京新宿區某私立大學的文學院校區內。更精確地說，是在一根面向中庭的柱子右側。不過可以確信的是，不論學生或教職員，幾乎完全沒人注意到這張傳單。

那張B5的傳單，是文字處理機列印出來的，看起來相當平淡無奇。非常隨興地貼著，兩邊都翹起來了，膠帶也已經有些剝落。也許再過個半天就會被風吹落。

不過，即使只有一個人，還是有人在那張傳單前停了下來。也確實將那張傳單，送到了有需要的人身邊。

1　黃金週：在五月的第一週，日本將國定假日與一般假日調整爲約一週的休假。日本人稱此爲「黃金週」〔Golden Week〕。

騎馬的少女

1

當蒼氣勢十足地把門打開時，看到站在他眼前的，是位充滿古典美的美少女。

那是位一頭烏黑秀髮的古典和風美人。卻又與市松人偶（註2）那種齊眉瀏海的樣子完全不同。素淨的潔白臉龐上，有著兩道引人注目的濃眉。單眼皮的眼眸相當細長，而上揚的眼角則隱然流露出一絲好勝的感覺。

她如果穿著深藍色的練習服，握著竹刀，看起來會是個完美的「少女劍士」——蒼的心中浮現出了那樣的聯想。將長髮紮在腦後的馬尾，似乎更加突顯了那種形象。

還沒有敲門就先被打開來，讓少女驚訝地瞪大雙眼。然而，她搶在蒼詢問她身份之前，先一步開口：

「請問這裡是神代研究室嗎？」

「是的。」

「請問櫻井先生在嗎？」

「耶！」

蒼脫口而出的歡呼聲，令少女相當的意外。

「妳看到了那張傳單！」

製作及張貼傳單的正是蒼。如果來訪者是個冷漠的人，沒有反應可能會造成困擾，然而這個美少女點頭的動作很清楚地表現出她確實是看到那張傳單而來的。蒼忽然想起該開口邀請客人進來，表情爲之一變。

（糟了……）

「請、請妳稍等一下，馬上回來。」

蒼衝進屋內的房間。

「京介，有、有客人、客人來了呀！」

一片安靜沒有任何回應，不過登那個廣告的主人，櫻井京介，一定在裡頭。他背靠著一大片的玻璃窗，坐在神代教授——這間研究室原本主人的桌前睡覺。看來他睡得正酣，心情非常愉快。

蒼無論如何也不想讓初次見面的人看到這副模樣，慌張地搖晃他的肩膀。陽光照在使用過度而變成灰色的白衣背部，因爲一段時間沒理髮而留長的瀏海，恰好遮住了眼睛，完全是一副長毛狗在午睡的樣子。而且散亂在書桌上的，既不是研究書籍也不是筆記本，竟然是才拼好的拼圖。

「起來了啦！京介！你以爲現在幾點了！笨蛋，貪睡也要有個限度呀！」

但是太遲了，等不及的美少女一口氣穿越了擋住她視線的書架，已經站在蒼的背後了。那雙眼睛張得比剛才還大，目不轉睛地盯著櫻井京介睡覺的模樣。

（唉……）

蒼抬頭望向天花板，嘆了一口氣。

（我可不負任何責任喔——）

儘管如此，蒼仍然十分努力，可不能眼睜睜看著好不容易上門的第一個客人跑掉。把還沒睡醒的京介趕到洗臉台，並且拉出椅子請客人坐下後，自己跑到茶水間，迅速地沖泡咖啡——當然不是即溶咖啡。雖不可能到滴落式咖啡的等級，但也是申請經費剛買來的好喝研磨咖啡豆。咖啡杯也狠下心拿出神代教授的珍藏品，據說是他以前在佛羅倫斯買的，Richard Ginori（註3）的水果圖案杯。

蒼回到原處，帶來好運的美少女還沒逃走。她儀態優雅地坐在散置於屋內凳子中的一張，以綁書帶綁好的教科書，擺放在她整齊而修長、穿著牛仔褲的腿上。

研究室沒有接待客人的空間，即使想請她喝杯咖啡，也只能以書桌代替茶几使用。蒼將礙眼的拼圖俐落地全掃進盒子之中，順便用抹布擦了擦桌子。

「請慢用。趁冷掉前趕緊喝吧。咖啡豆是正門前W咖啡廳的綜合口味，砂糖和奶精在這裡。不過我希望您至少先品嚐一口黑咖啡的味道。」

蒼坐在她旁邊的凳子上，拿起自己的杯子喝了一口。OK，沒問題！雖然是匆忙泡的，不過還是充分的讓香味散發出來。

「請問……」

直率地拿起杯子的美少女，在開口喝咖啡前又停了下來，有點猶豫地開口說：

「抱歉，冒昧打擾了。問這個問題也許有點怪。那張傳單的意思，是指大學裡的人用建築諮詢的方式在打工嗎？」

也難怪她會這麼問。撞見剛剛那種場面，一點都不擔心的人反而奇怪。看來她是個長相又好看、腦袋又聰明、很可靠的女孩子，蒼讚賞地微笑著點點頭。

「是呀，趁著現在，我先跟妳作個說明。剛剛睡在這裡的櫻井京介，專長是近代日本建築史。做那張傳單的人是我，可以說是打工兼研究吧。畢竟總是做些文獻回顧也滿無聊的，而且不是有些久負盛名的偉大建築，卻從沒有人去調查過的情況嗎？加上學術界山頭林立，不能放手去做的情況也很令人困擾。就算想去調查某些看來已經是廢墟的建築，卻赫然發現某大學的某個研究室正在處理那兒，外人要是膽敢插手可是會被說閒話呢。

而且西方研究建築史的學者，也有不少都是從美學的觀點切入，為什麼日本這邊，卻一廂情願地歸類到理工學院的建築科系裡頭？京介是了解以美術觀點去看建築史的少數派，所以就會有些搞不定的狀況。像是理工科的實地測量之類，那種需要整個團隊的作業，單憑一個人的努力也是不會有效果的。嗯，總之很多原因啦，就算是去看私人擁有的小住宅，也能慢慢累積所需的知識。至少他不是為了賺錢，這一點請妳大可放心。

啊，對了。這間研究室的主人是神代宗，他是京介在就讀的文學院教美術史的老師。今年從四月起到威尼斯的研究所去，預計要在那邊過上一整年。所以，那傢伙是教授認可的看門人，我則是他的助手。我的名字？大家都叫我蒼。」

少女的表情中初次見面的緊張感逐漸消退，而轉變爲一臉天眞爛漫的表情。

「請問、蒼……同學？」

「嗯？」

「你應該不是大學生吧？」

「當然啦，我今年才剛要滿十六歲。」

「我也是一個月前才剛成爲學生。這所大學的助教，是不是都有像你這樣的助手？」

蒼忍不住噗嗤笑了出來代替回答。而話題的主人正好在這個時間點進入了房間。

「我看起來有那麼老呀？」

一邊用掛在脖子上的毛巾擦著臉，他一邊低聲喃喃自語。

「我也還只是碩士三年級，二十五歲而已——」

2

「上午的櫻井京介稱不上是個人。」如果問蒼的話，大概會得到這種答案。因此，像今天這樣好好地自己走去洗臉台打點好再回來，睜開惺忪睡眼之後的情況，實在是很不得了。換作是其他人也都會很驚訝吧。

雖然他身高應該有一百八十五公分，但因爲儀態不佳又過於削瘦而看不出來。京介默不開口，以一副老態龍鍾的模樣坐到教授的椅子上。他的臉孔有三分之二被頭髮遮住，只有鼻尖、嘴巴跟刮掉鬍子的下巴沒被遮住。

京介一隻手直搔著頭髮，邊嘆了口氣，慢吞吞地從白上衣口袋裡拿出金屬邊框的眼鏡，掛進還濕漉漉的瀏海底下。一口氣喝乾咖啡後，又嘆了口氣，甩甩頭打起精神。只不過他究竟是否因此而比較清醒，看不到臉也沒辦法確認。

美少女在桌子另一側，極力忍耐地等待著。在京介一連串的動作結束時，她像是下定決心般地開了口：

「我是第一文學院一年級的遊馬理緒。」

「遊馬、理緒小姐。」

京介覆誦一次表示回應。

「姓氏是遊玩的遊跟騎馬的馬，唸作Asuma；名字是理化的理，以及左邊是糸部、右邊是者的緒，唸作Rio。」

大概因爲不是隨處可見的名字，而養成在文字上作說明的習慣吧。儘管如此，卻是與她宛如少年般的長相十分相襯，機靈而清晰的說法。懶散地撐著手肘聽著的京介，忽然問到：

「妳的父親，是研究西班牙文學的遊馬灘男先生嗎？」

「咦——您知道得眞清楚，」理緒頗爲吃驚地說：「您喜愛西班牙文學嗎？」

「好像在哪裡看過的大名，就留下印象了。」

「咦？只是那樣嗎？」

理緒的懷疑是理所當然的。就算是再怎麼不常見的姓氏，能矇對名字，可不只是腦袋靈光就辦得到的。

「倒是妳的名字，是取自西班牙語中的『河流』（註4）嗎？」

「嗯，沒錯。確實如此。」

理緒驚訝地張大眼睛點頭承認，潔白的雙頰浮上了淺淺的血色。或許是因爲對眼前的男人有點刮目相看的緣故。

「可是幫我取這個名字的人，不是家父而是祖父。」

「京介，她是看了我做的廣告才來的喔。」

蒼插嘴道。好不容易對方表現出親切的態度，不如盡快切入主題。

慶幸的是，少女還有意願將一開始想說的事情說出口。

「嗯，就是……在伊豆那邊，有棟祖父以前建造的別墅。我想雖然稱不上有很高的學術價值，不是什麼大不了的建築。但是自從祖父去年過世之後，這半年以來——」

理緒像是要調整呼吸氣息般，暫時中斷了話語。

「因爲家母說要把它拆除，我怎麼也無法接受，所以……」

「對不起，請妳先等一下。蒼——」

「是！」

蒼立刻站了起來，從背後的書架拿出一本書放到桌上。是本畫冊般大小、看起來頗爲沉重的一本書。打開來一看，裡頭既沒有圖畫、也沒有照片，只有密密麻麻佔滿頁面的清單。

「妳知道那棟建築的住址嗎？」

「在靜岡縣的東伊豆町，搭火車的話可以搭乘伊豆急行的列車到熱川站下車。」

「啊，找到了！就是這個。」

京介翻找著攤開的書，然後遞給理緒，從書頁密密麻麻的清單中，指出一行給她看。幸好指甲有剪，沒出醜。

「遊馬家別墅，賀茂郡東伊豆町奈良本、S9、RC1，底下空白。」

從旁邊偷偷看了一眼，蒼念出清單上的文字。

「興建時間爲昭和九年（1934）、鋼筋混凝土建的平房。設計、施工者不明。可是備註欄寫著西班牙式，是西班牙風格的別墅嗎？」

「那能說是西班牙風格嗎？特別塗成白色的牆壁，有個門廊對著庭院。」

「屋頂是什麼建材？」

「瓦片。但不是普通的黑瓦，是像磚頭那樣的顏色。」

「有沒有像是鐵雕的吊燈、舖瓷磚的中庭之類的？」

「有。」

「哇！那就是正統的了！」

即使如此，理緒好像一時之間還沒搞懂，反而一臉稀奇地注視著那本展開的書，封面的標題寫著「新版日本近代建築總覽」。

「這是西洋建築的清單嗎？」

「沒錯。這是從明治時代到第二次世界大戰前，日本全國西洋風格建築的清單。這可是日本建築學會的心血成果，猶如西洋風建築名簿般的東西。」

「可以也讓我看看嗎？」

「請。」

理緒一頁一頁地翻閱。從北海道開始往南，依據地區整理日本全國的西洋風建築並加以條列。只有每個地區的開頭有三、四頁有刊載照片跟解說，之後就全都是文字。每一條都只有一行，記錄了序號、建築名稱、所在地、興建年代。以像是「木2（木造二樓建築）」、「磚1地1（磚造平房地下一層）」之類的記號標明，設計者、施工者，還有備註。儘管有了名字，但對外行人而言，大概完全無法了解到底建築物的具體樣貌是什麼樣子。而簡略的記載項目也無法確切表現出建築的細節。

「寫得眞是過於簡單呀。」

「是呀。因爲總計一萬三千件，爲了節省空間也是沒辦法的事。」

好歹總算是張開眼睛的樣子，京介漸漸流暢地說起話來了。

「雖說是調查，但並不是由政府機關執行的，不具任何強制力。都得向屋主千請萬求，才得以進入調查。如果是正在使用中的住宅、建地什麼的，就算被拒絕也不奇怪。」

「是呀。」

理緒用力地直點頭。

「要是祖父還在世的話，我想他一定會拒絕讓人調查的。」

「那位先生就是興建妳所說的房子的人？」

「是的。」

「大名怎麼稱呼？」

「遊馬歷，歷史的歷，唸作Wataru。也可以寫成在歷字上面加個雨部的那個『靂』。在他去年以八十六歲高齡去世前，一直住在那裡。」

「跟太太住在一起嗎？」

「沒有。祖母在很早以前就去世了。祖父只和一位長年跟在他身邊的藏內叔住在一起。」

「他去世後房子就一直空著？」

「是的。」

「然後，到了今年就決定要把房子處理掉？」

「嗯。會那樣決定不是因爲缺錢的關係，我家並沒有任何經濟上的問題。」

理緒一臉堅決的表情說著。

「然而當有人提議改建成渡假公寓後，引發了家母及三位家姊的高度興趣。」

「遊馬灘男先生的看法如何？」

「我完全不懂家父在想些什麼，而且他現在身體也不怎麼好。」

「總之，妳反對此事。」

「沒錯，絕對反對！」

「因爲那裡留有爺爺生活的記憶嗎？」

被這麼一問，理緒的表情變得有些空虛。

「因爲他是一位跟家人難以相處的老人，然而卻不知爲何特別疼愛妳，妳也滿喜歡他的。所以想要保護這棟充滿他對西班牙年輕時代回憶的房子吧。」

「您怎麼會知道這些事情？」

「不用那麼驚訝，我只是稍微想了一下。」

京介的嘴角帶著點不好意思的微笑，因爲頭髮遮住了眼睛，看不出他的眼神有沒有跟著笑。但是讓蒼吃驚的是理緒的反應。她的臉色毫無血色，表情僵硬而緊繃，抱緊了教科書站了起來，宛如想要保護什麼的樣子。

「可是，關於我家人的事情，我什麼都還沒說。既然櫻井先生知道家父的名字，該不會早就聽過我們家發生的事情了，不是嗎？」

「妳覺得會有誰告訴我呢？」

「我不清楚。可是如果不是那樣，怎麼連祖父的經歷您都會知道？」

不過是微不足道的小事，怎麼讓她反應如此激烈？蒼雖然不知道原因。但是他確實看得出來理緒打從心底流露出來的驚恐。全身的肌肉極度緊繃，像是掉到陷阱中的小兔子，圓睜的眼睛驚慌地轉動。倘若再多說一句話，大概她就會頭也不回地飛奔逃走了。但，隨後京介說出的話，恐怕完全超出了理緒的預測。

「遊馬小姐，妳有沒有玩過拼圖呢？」

蒼把剛剛藏到地上的盒子放回桌上，打開蓋子讓理緒看見裡面一堆的拼圖碎塊。

「沒玩過。我對這種東西，一點辦法也沒有。」

理緒輕輕地左右擺動她蒼白的臉。

「我也是。沒玩過都不知道這麼有意思呢，開始玩以後竟然變成拼好一個，馬上又想要拼下一個了，玩著玩著不知不覺就熱衷起來。譬如說這一塊，妳知道它是在哪裡嗎？」

京介隨意從盒子取出一塊，放到盒蓋上印有圖案的地方遞到理緒面前。拼圖的圖案是「龐巴度夫人」（註5），那是幅十八世紀法國的肖像畫，貴婦身穿著裙擺繡有粉紅玫瑰的深綠色禮服，佔滿了整張畫面。背景呈現深淺不一的棕色，隱約可以看見一個放著豪華時鐘的書架。看來是貴婦背後有一面掛在牆上的大鏡子，映照出時鐘、書架等物品的朦朧影像。另一方面，剛剛被放在盒蓋上頭的一小片拼圖，只是難辨深淺的棕色色塊。

「我曾聽說拼圖要先用色彩區分，以便找出位置。」

「嗯，先看看我剛剛拼的這幅拼圖，先把它的邊緣找出來並加以組合起來後，再依照色彩去分類，就可以讓接下來的工作變得比較單純。例如像是日本國旗之類的圖案，先把紅白交界拼出來之後，剩下就是一塊塊去試了。雖然日本國旗這種拼圖是比較困難的，不過我並不喜歡。妳仔細瞧瞧這片拼圖，角落是不是有個淡淡的、像是污痕變色的地方，對吧？」

被問到的理緒雖然點頭，但一臉越來越不明究理的樣子。

「看起來像是印刷的顏色不均……」

「妳找找看畫面上是否有哪裡跟這片一樣圖案的地方。要睜大眼睛仔細尋找，專心地看原本的圖畫喔。」

「可是這個盒子的圖，比起拼好的拼圖小太多了。」

「沒錯，難就難在這裡呀。」

知道京介打算要做什麼，蒼決定要從旁協助，平常他沒出手幫過京介拼圖。蒼的眼睛對圖像特別敏銳，這種程度對他來說太過簡單，沒什麼挑戰性可言。

蒼用手指在盒子裡面翻了翻，找到了零散的碎片在拼圖中的位置。京介取出的那一片周圍的拼圖像是生物般地飛進了眼簾，蒼邊哼著歌曲，邊在桌子的另一邊開始組合起來。理緒驚訝地盯著蒼的動作。圖畫中時鐘上的羅馬數字盤面，和一旁小天使雕刻的手肘，慢慢地浮現出來。於是就可以清楚看出那是屬於貴婦右肩的背景的部分。

「把那一片拿給我。」

蒼接過理緒遞來的那片拼圖，完美無缺地將它嵌進拼好的部分。理緒發出小小的驚嘆，怎麼看都不過只是印刷顏色不均的淺色部分，竟然變成了小天使手臂的一部份。

「妳看，很不可思議對吧？」

「嗯，眞的很不可思議。」

理緒像小孩一般地頻頻點頭。現在如果拿起正確無誤拼好的那一片拼圖來看，那個淺色部分就怎麼看都像是天使的手臂了。第一次拼圖，讓她有種目睹魔法的感覺。

「直到剛剛爲止，只被當作是拼圖碎片上『無意義』的顏色，一放到正確的位置，就會恢復它的『意義』。這種戲劇性變化的快感，總是讓我每次都樂在其中。從把『無意義』的片段恢復成原有『意義』的作爲。不，也許應該這麼說比較對，看起來『無意義』的東西，只是因爲沒有放到正確的位置，發現那個應該放置的地方這樣的過程，全部都跟『意義』有緊密的關係——剛剛我所說出來的話，也是一樣的過程喔。」

似乎找不到話題的相關性，理緒茫然地望著京介。

「人在日常會話中，不會用朗讀論文的方式對話。不論是有意識或無意識，直接脫口而出的話可以說多半是不完整且片段的內容。但若將那些片段加以組合起來，再補充沒有說出口的部分，就有可能讓更大的構圖，也就是『意義』浮現出來。就像拼湊拼圖，可以把單一的色彩不均的地方，變成完整的一幅畫。」

「那，櫻井先生眞正想說的是，您從我所說的話，就可以連我祖父的性格都猜測到，是嗎？」

「因爲遊馬小姐已經告訴我不少事情了呢。」

一邊說著，京介一邊像是數數般地扳動右手的手指。

「遊馬歷先生去年以八十六歲高齡辭世。昭和九年，也就是他二十七歲的時候，在熱川建造了西班牙風格的房子，給孫女取了個跟西班牙語有關聯的名字。遠離兒子一家人，獨自一人，應該說是跟傭人只有兩人住在那棟房子裡，直到離開人世。

從這個事實很容易可以推測出他對西班牙投入了非比尋常的感情，也非常深愛自己一手建造起來的，在伊豆的房子。不僅如此，他跟妳們之間的關係不太好，因此才拒絕同住，不是嗎？此外，明明沒有經濟壓力卻一股腦地想要拆掉房子，從令堂她們這種態度也可想見一二。幾年前泡沫經濟時沒想到要改建，在這麼不景氣的時候，我想渡假公寓也不怎麼會吸引人。

但是，歷先生本身也不盡然沒有可以推敲之處。如妳所說，他會斷然拒絕對房子進行調查之類的提議，就可以推論出，他終究是個不好交際的人，似乎是那種所謂的孤傲老人。加上在近代建築總覽的備註欄中所註明，不肯讓建築學會的人進入一事，也可得到類似的推論。從我問妳的話當中得知，別墅樣式具備顯著的特徵，只要看一眼外觀就可以判斷爲『西班牙式』。

不過，只有妳一個人反對改建，而妳看來好像也不是對老建築感到興趣的人。也就是說，在你們之間，有著跟家中其他成員不同的牽絆吧。妳不是說過嗎？他特別疼愛妳這個最小的孫女，特地取了個自己選定的名字。所以，我會說他有著關於西班牙的深刻回憶，爲此投入了深厚的感情。蓋了棟西班牙式的房子，以及爲妳取了西班牙風的名字，就是最好的象徵。

因爲妳也想要好好珍惜他的回憶，想要一個人做點什麼，才會想試試看依靠那張傳單吧。嗯，就是這麼一回事吧。」

或許這樣的陳述確實很合理，但聽完解釋之後，理緒臉上的驚訝似乎尚未消失。

「總覺得櫻井先生好像是夏洛克．福爾摩斯呢。」

理緒喃喃自語，緊繃的表情一時無法完全回復。

「請不要這麼說。」

京介認眞地閉起嘴巴，他揮著手阻止。

「我一點也不想要像那位古怪的維多利亞紳士一樣賭博呢。」

「福爾摩斯有賭博過嗎？」

「雖然沒有，可是一看到委託人的臉，在對方開口之前，就一步步猜中對方的家世背景來歷等等。就算是福爾摩斯迷也未必能答得出那些來吧，那正是名偵探的證明。不過正因爲是小說，才會百發百中。一看見對方曬黑的臉，就預設他是從南方回來，不是很投機嗎？猜錯的時候，華生也許就會閉上嘴巴。但是如果在現實中猜錯的話，就只會變成鬧劇一場了。」

「可是有人跟我說過，櫻井先生曾經找出在大學發生的兇殺案凶手。」

理緒一說出口就摀住自己的嘴巴。似乎是原本不想說卻不小心說出口的。坐在她對面的京介，倒是一派冷靜：

「哎呀，妳好像有愛說閒話的朋友呢。」

依舊是輕鬆的口吻，京介搖了搖頭。

「那，我抱著會失敗的心理準備，來模仿看看好了。例如，遊馬小姐有在練習劍道吧？」

「咦，爲什麼這樣說？」

「妳的背部總是挺得直直的，姿勢相當優美，長得很纖瘦，手臂卻相當結實。在我看來穿上和服也很相稱，不過因爲是個人主觀可以姑且不管。左手手指指腹上的繭，我猜是竹刀造成的對吧？猜錯了嗎？」

「是呀，猜錯了。」

不知爲何一臉隨意的表情，理緒將兩手的掌心舉起向外展示。

「算不上是繭那麼硬的東西，因爲我都有戴手套。而且我兩手都有吧？小指跟無名指之間，還有食指的側邊跟拇指。我雖然完全不了解劍道，不過我想一定不會像這個樣子，雙手都有同樣的痕跡吧。您知道這是怎麼造成的嗎？」

京介和蒼的視線，都望向理緒的掌心。看了之後，兩個人都搖了搖頭。

「我不知道那是怎麼產生的。」
「我認輸了。」
「這是韁繩的痕跡，因爲我平常有在騎馬。」

3

「好厲害！好酷喔！」
蒼的聲音高揚起來。
「我從以前就想要騎一次馬試試看。」
這可是眞心話。理緒回應的表情，似乎也是到目前爲止最高興的樣子。
「到伊豆去的話，還可以看見我家的馬喔，我們託別墅附近的馬術俱樂部照料牠們。因爲祖父生前，每天早上一定都要騎馬。」
「於是，妳也開始騎馬了？」
「嗯，祖父曾經是位騎師。」
「馬術……那個時候是穿著鎧甲在騎馬的嗎？」
「又不是扮裝遊行，蒼。」
一旁的京介責備著蒼。蒼想：哼，明明你自己還不是對馬什麼都不懂。
「馬術在第二次世界大戰前的日本，是比現在還要盛行的。那是軍國日本緊追歐美並意圖超越的結果。雖然也許不能說以前就多麼發達，可是奧運時可是得到過金牌的呢。一九三二年洛杉磯奧運的騎馬障礙賽，是由陸軍中尉西竹一所贏得的。」

「原來是這樣啊，我都不知道呢。因爲巴塞隆納奧運時，日本在騎術上一點表現也沒有。」

「所以，遊馬歷先生也曾是位軍人嗎？」

「不是，他好像沒有加入軍隊。我聽說他二十多歲時前往歐洲留學，回國之後，在戰爭之前，在宮內省的主馬寮（註6）上班。可是除了我之外，家父跟家姊們全都對馬毫無興趣。」

「他就是在那段留學的期間內去了西班牙？」

「好像是吧。祖父幾乎沒有跟我說過他留學時候的事情，所以詳細情況我也不是很清楚，只知道他回國時帶了一匹白馬回來。」

「那實在很厲害耶。馬好像很怕熱的樣子，光是越過赤道就很辛苦了吧。」

「不是有飛機嗎？」

「你呀，到底以爲我們在談的是什麼時代的事情呀！」

京介嘆了口氣。

「嗯，然後那匹母馬抵達日本，生了小馬不久之後就死了。」

「意思是說，令祖父帶了一匹懷孕的馬回來？」

理緒點點頭。

「因爲那匹安達魯西亞馬是祖父的愛馬，到現在還還有畫像留在伊豆的家中。」

「馬的畫像？」

「祖父跟馬在一起的畫像。」

「好好喔，我好想看看那幅畫，也好想試試看騎馬。嗯，京介，我們去看看吧。伊豆的魚很好吃，也有溫泉。」

「又不是在說吃喝玩樂的事情，蒼。」

京介以微妙的嚴肅口吻說到，拉了椅子過來。

「結論就是，遊馬小姐，妳爲了要保存爺爺建造的房子，想要改變家人的看法，而希望我去幫助妳，對吧？」

「沒錯。」

理緒將雙手放在併攏的膝蓋上，從正面凝視著櫻井京介。蒼想起一開門時面前理緒的表情。濃眉以及線條筆直的單眼皮，眼裡有著似乎在執著於什麼的神色。看到那樣的眼神，終究不免還是會覺得與劍道十分相配。可是，京介抱著胳臂盯著地板，似乎在思考著什麼。

「總之可否請您去調查一次呢？我想請您以專家的眼光看看。然後，可以的話——我也想請您與家母他們見面。」

「可是老實說，我覺得那滿困難的。特別是像我剛剛想到的，如果令堂是因爲對已經逝世的公公有疙瘩，所以才堅決要進行改建的話，就沒有什麼建築史專家出場的餘地了。」

「這樣呀……我明白了。」

隨後，京介抬起了頭。遮蓋著臉的瀏海中，沉默地直直望著理緒的眼眸。理緒也以堅定的眼神與京介對望。

「我說……遊馬小姐……」

「是。」

「先說好我並不是在模仿福爾摩斯，我要說的話大概會惹妳生氣也不一定。可是妳期待我做的事情，眞的只有調查那棟建築而已嗎？」

蒼聽到理緒猛然站起的聲音，還有劇烈的呼吸。

「爲什麼您會那麼想呢？」

「福爾摩斯式的賭博沒有任何根據可言。只是妳從剛才開始，每當提到特定的話題時，就會出現不自然的表情。」

「不自然的……表情嗎？」

「好像是爲了掩飾心情的變化，讓妳的表情變得僵硬。等到自己不得不開口說的時候，需要一點點時間重整心情，現在也是這樣。」

理緒舉起雙手，摀著臉跟嘴唇。雙手覆蓋住的臉霎時一片赤紅，低垂的雙眼也變得有點濕潤。蒼還以爲她說不定會哭出來。然而，她緊握雙手抬起頭。

「沒有那回事，櫻井先生您多慮了。」

4

「……我明白了。」

聽到理緒這麼說，京介如此回答。似乎忘了該說什麼話一般，從白衣的胸前口袋中拿出輕薄短小的隨身筆記本，以極爲公式化的口氣開始說話。

「先把要不要正式接下案子調查的部分放在一邊，無論如何我決定先看看建築物一次。關於具體要過去的日期，請妳先等個兩、三天。因爲伊豆東海岸週末的時候路上都很塞，所以我們就找個非假日去吧。費用方面，這次就麻煩妳出油錢跟高速公路過路費了。不過，方便的話請妳在第一天空出半天跟我們一起去，要麻煩妳爲我引見那裡現在的管理人，謝謝。妳可以給我電話號碼嗎？等決定時間後再跟妳聯絡。」

理緒那似乎還在發愣的表情上，又閃過不經意的緊張。

「不！請不要打到家裡來。」

她用力搖著頭，搖得連頭髮都亂了。

「那個……因爲我家的電話最近有點怪怪的，常常會出現雜訊。所以我會主動跟您聯絡的。」

那樣的表情跟口氣，會讓人懷疑是要隱藏些什麼。然而，不知道有沒有留意到她的反應，京介毫無感情的回答似乎有點可恨。

「那樣呀，我現在住的地方沒有電話喔，要是不待在這個研究室的話……」

用自動鉛筆在破爛的紙張上寫了寫，交給了理緒。

「這個人有自動答錄機，請妳留下留言。」

「請問這位的名字要怎麼念？」

「唸『深春(Miharu)』，栗山深春。我的老朋友，那就這麼辦囉。」

從窗戶往下眺望，可以看見遊馬理緒正步行離去。她的腳步越來越慢，終於停了下來。她回過頭仰望著研究大樓的窗戶，又露出一副迷惘的表情，回過神後繼續以相同的步伐前進。

鐘聲就在此時響起，那是第三堂的下課鐘，校園裡狹窄的通路被成群的學生所淹沒。理緒的身影像是被前往學生餐廳的人海所吞沒，一下子就看不到了。

「京介還是一樣壞心眼。」

蒼在窗邊發著牢騷。

「那是因爲那女孩想說，我才聽的。可是她終究沒把眞正想說的話說出口，所以我才不讓她繼續在那個情況下說的。與其逼她全部說出來，我這樣不是比較親切嗎？」

「……我才不會像你那麼自以爲是。」

蒼小小聲的回了句。慵懶地將上半身靠到椅背上的京介，兩手將討厭的瀏海一口氣往上撥，眼鏡推到額頭上，握拳揉揉眼睛。距離腦袋正式啓動，似乎還有段時間。

「蒼，再給我一杯咖啡。」

「哼，好啦！」

蒼收拾好桌上全部的杯子，在出門之前，停下腳步。回頭對著椅子上的京介投以一個小惡魔般的微笑。

「可是，她一定誤會『深春』了喔。」

2 市松人偶：日本近代流行的一種玩偶，以木頭雕製而成，手腳可彎曲，可更換服裝。因模擬歌舞伎演員佐野川市松的樣子而得名。

3 Richard Ginori：義大利著名的瓷器品牌，創立於一七三五年。

4 日語的「理緒」發音爲RIO，與西班牙語的「河流（Rio）」發音相同。

5 龐巴度夫人：Madame de Pompadour。法國國王路易十五的情婦，才貌兼備。後代畫家多有以她爲主角而創作的肖像畫。本書中提到的這幅「龐巴度夫人」，現藏於德國慕尼黑的Alte Pinakothek美術館。

6 宮内省：日本政府組織中掌管皇宮事務的單位，1949年縮小規模改組爲宮内廳至今。主馬寮：宮内省内的一個單位，負責掌管馬車、馬匹、牧場經營等等。

看得見海的房子

1

深夜的東名高速公路上車影稀少，破舊的老式吉普車發出巨大的聲響奔馳著。握著方向盤的，是與這輛車十分搭配，有著粗壯身材的高大男子。臉上大半被濃密的鬍子所覆蓋，額頭上綁著紅色的頭巾，卡其色的T恤繃在渾厚的胸膛上。蒼坐在一旁，後頭則是遊馬理緒與櫻井京介。五月十三日星期五，即將進入星期六的時刻，一行人開車前往位在伊豆半島東岸熱川的遊馬家別墅。

不論那一天理緒沒有說出口的是什麼，調查的時間還是敲定了。在獲得目前管理別墅的藏內先生許可後的第二天晚上，理緒打了那個號碼。

「如果您的時間沒問題，我希望還是盡快比較好。請務必讓我隨行，可是因爲我平常還要上課……」

果然是才入學一個月的新生，不太想要翹課。在京介不願跟週末車潮擠成一堆的堅持下，她做出妥協的決定——在星期五深夜出發。

蒼一邊低聲唱著與車上的收音機傳來的旋律呼應的，Simon & Garfunkel的「羅賓森太太」（註7），一邊讓靈活的視線在後視鏡上奔走。算不上坐起來有多舒服的吉普車後座上，理緒好像心神不怎麼安定。也許圍繞著別墅改建的問題使得家中的情況相當混亂，她也說這次的調查是瞞著母親進行的。即使如此，電話留言中的理緒的聲音，還是給人一種壓抑不住的緊張感。縱然是因爲懷抱著對祖父的思念而極力守護這棟房子，她今天的模樣依然顯得過於誇張了些。

那究竟是爲了什麼，蒼大致上有了點眉目。京介是怎麼想的？蒼一下子也問不出來，因爲京介今天依然在睡覺，無視於車子的噪音及震動，把長毛狗般的頭靠在角落的睡袋上。

雖然遊馬家位於澀谷的高級住宅區松濤，可是相約的會合處是在車站前。理緒上車時，京介早就已經睡死了。

「抱歉，因爲這幾天很忙，他都沒有好好睡一覺。」

儘管一邊想著「爲什麼我非得道歉不可？」還是編了個自然的理由。要是老是變成這樣的話，也許要求提高打工工資比較好。雖然如此，從第一次見面就看到他這副模樣，到底理緒爲什麼還非得把事情交給這種人，蒼實在不得不好奇。

「要是他滾到地上的話，別特別去叫醒他喔——啊！我還要跟妳介紹，這位是京介的老朋友，調查時總是請他提供體力勞動、送貨司機、拉捲尺以及拍照等工作。他看不起不太像是二十五歲吧？明明跟京介同年，因爲在印度、坦尙尼亞等地到處跑，比一般大學生還老，現在還在念大學。」

「你這小鬼對年長者放尊重點。」

這個滿臉鬍鬚的男人，用低沉的聲音警告蒼，讓理緒嚇了一跳。從他粗獷的臉上露出了微笑，而他也伸出大大的手掌。

「眞不好意思，請妳多多指教，我叫栗山。」

「栗山……深春先生？」

理緒明顯地感到困惑，這也是理所當然的。如果不作任何說明，大部分的人看到「栗山深春」這樣的名字，都會認爲是個女性吧。不過當事人的栗山倒是一臉不在意。他是個有如一頭毛茸茸的熊般的高大男人，笑起來的眼睛卻非常討人喜歡。

「很不合適的名字吧？請別笑我喔。」

「笑吧笑吧。」

栗山敲了一下蒼的腦袋。

「好了，要上路了嗎？路還很長呢。」

栗山伸了個舒服的懶腰。身高也許跟京介差不多，但厚實的體格則似乎遠遠超越他數倍。

「要在日出時到達熱川的話，時間很充裕，所以請讓我在途中休息兩、三個小時。其實我今天早上才剛回到成田機場。」

「您是去旅行嗎？」

「是呀。這次是到泰國、寮國跟柬埔寨三個月。」

「所以呀，遊馬小姐，我勸妳最好不要太靠近這個傢伙喔。」

「咦？」

「他還沒通過檢疫。」

「胡說八道！」

栗山大吼，引擎轟鳴，蒼則是大笑著。櫻井京介依然沉醉在夢鄉中。似乎略為寬心的理緒，也忍不住笑了出來。吉普車載著怪異的四人組，在深夜的東京朝西前行而去。

2

「可以的話，請在黎明時分到達。」這句話是理緒說的。

「因為位在海邊的台地上，所以從院子可以看見很漂亮的海，像是太陽升起時的海面。因此祖父把那個房子取了個『黎明山莊』，西班牙語叫『Casa Madrugada』的名字。」

雖然是週末，但因為是在深夜，所以連以塞車聞名的眞鶴公路都空盪盪的，只要沿著東海岸的國道一三五號南下即可。不過行經彎路及高低起伏的沿海公路，還是花了比想像中多的時間。當車子駛入山間，一旁可見熱川溫泉的白煙時，黎明的微光已經出現，東方一片泛白。

為了引導栗山路途，理緒跟蒼換座位坐到前面來。爬上一個陡坡，進入像是私人小徑的道路後，再順著樹林間的彎曲小路前行。車行往北，似乎還有段路，沿路路況都差不多。途中有鐵絲網圍繞的牧場，雖有木頭的柵欄門，但是似乎是荒廢已久地敞開著。

「到這裡就行了嗎？」

因為栗山的聲音而嚇了一跳抬起頭，道路的終點浮現出一扇漆黑的大門。白色的圍牆上有排列整齊的瓦片，鏤空的鐵門上刻著植物圖案。這些都是極具西班牙別墅風味的特徵。

開了門打算下車的理緒突然停下動作，發出小小的一聲「啊」。

「只有我的話會進不去，因爲現在這個房子是空屋……」

「可是，不是有管理員嗎？」

「藏內叔目前在附近租房子住。到了早上他應該會來，可是現在還太早……」

「唉，那扇門也上了鎖。」

「可以看得見海的院子，在這棟房子的另一邊。眞是抱歉，都是因爲我執意要大家急忙過來。」

「嗯，那樣的話，可以爬過那扇門過去嗎？」

蒼提議。那扇門比兩公尺略高一點，而且又是不愁沒有踏腳處的鏤空鐵門。

「那扇門對遊馬小姐來說也一點都不是問題。好不容易才到這裡，大家應該都很想看太陽升起來的景象吧？好不好嘛！」

理緒雖露出有些困擾的表情，但還是點頭同意。

「就這麼辦囉。」

「我在這裡等好了，要是把門搞壞的話就糟糕了。」

的確以栗山的體格而言，或許雕刻華麗的裝飾鐵門也不是他的對手。

「京介呢？」

「……我不要。」

只有雙眼醒過來的樣子，從頭髮中傳來了不痛快的回答，他醒來的時候總會有起床氣。蒼絲毫不在意地到了外面，即使是五月，清晨的空氣依然十分寒冷。伸出雙手抓住頭頂上方的鐵棒，像是拉單槓那樣把身體撐上去，之後就幾乎跟爬樓梯沒兩樣，因爲門上面沒有什麼障礙。接下來爬的人是理緒。如蒼的預期一樣，她身輕如燕、沒有發出半點聲音地翻了過去，看著蒼露出了共犯的笑容。

「院子在這一邊嗎？」

「嗯，往這邊。」

通向玄關的小徑鋪著卵石，兩個人穿過洋溢南洋風情的棕櫚樹跟龍舌蘭樹叢，繞到房子的背後。

「哇……」

蒼不由得發出了驚嘆聲。完全沒有樹木阻擋視野，庭院的草地寬闊地延伸出去，沒有遮蔽視線的圍牆，一整片直達山崖邊後落入海中。當然在庭院跟海之間也有國道跟伊豆急行的軌道，但是從這裡望出去，草地直通海洋。而在正對面，似乎伸手可及的近處，浮現了像是倒過來的深盤子形狀的島嶼。陽光掠過島嶼的稜線，貫穿飄在水平線上的朝霞，宛如射出了金色光芒的箭。

蒼張開雙手深呼吸，散發著海潮味道的空氣，充滿了肺部。

「那是大島（註8）吧？看起來很近呢？」

理緒沒有回答這個問題，一動也不動地面對著逐漸上升的太陽。

「好棒喔，好像獨占了大海跟朝陽呢。遊馬小姐的爺爺，每天都看著這種景色吧。」

理緒依然望向海面，但是輕輕地搖了搖頭。

「不，爺爺不看海。」

「咦？」

「他也討厭朝陽。總是要等到太陽升起來，他才會出來庭院裡。」

「爲什麼呢？」

蒼實在不敢相信，一個討厭大海跟朝陽的人，怎麼會選個視野這麼好的地方蓋房子。

「儘管如此，也是妳的爺爺替這個房子取了『黎明山莊』的名字。所謂的黎明，就是說天亮之前吧？」

「是呀。可是西班牙語的Madrugada，比起黎明，指的更像是天亮之前還是一片漆黑的情況。所以，也許正確的稱呼應該是『未明山莊』。」

「要是那樣的話——」

正當蒼還想要進一步問下去時——

「你們在做什麼！」

背後突然響起非常巨大的吼叫聲，簡直讓人嚇得魂都散了。出現在庭院左方修剪成型的樹叢間，大步朝這裡走來的，是兩手拿著棍子般物體的瘦高老人。即使隔著一段距離，還是可以清楚感到他銳利的眼光。漆黑大衣的下擺搖曳，乾瘦的身形加上稀疏而雜亂的白髮，看起來簡直就像是個黑魔法師一樣。嚇得蒼想要拔腿就跑。

「是我啦，藏內叔。自己跑進來眞是對不起！」理緒的聲音讓老人停下了腳步，反而是理緒加快腳步跑到老人身旁。「一年不見了，您看來精神還不錯，眞是太好了。」

「沒有啦，都是託理緒小姐的福。」

「您太客氣了。那不是獵槍嗎？」

「因爲門口停了輛有點髒的車子，我還以爲又有什麼人亂跑進來，想給他們一點教訓。」

蒼心裡想，這可不是鬧著玩的。這個老人伺候過理緒的爺爺，想必也是個相當偏執的老先生。

「眞是的，又發生那種事情了嗎？」

「就是啊。庭院裡到處都有被挖掘過的痕跡，門廊鋪的石頭也被翻動過。最後是沒抓到啦，大概是聽到我的腳步聲就慌慌張張地逃走了。連隨身攜帶的手電筒都掉在地上。自從去年冬天發生了少爺那件事之後，又發生了好幾次呢。」

「少爺」指的應該就是理緒的父親，西班牙文學家遊馬灘男先生吧。可是，「那件事」是什麼呢。蒼裝作沒聽到的樣子，實際上專心地聽著。

「現在開始氣候會變得越來越好，也許那種事情會越來越多也不一定。這樣說雖然很失敬，不過就這樣讓房子空著，唉，不是不太好嗎？」

「我也這麼覺得，藏內叔。」

理緒緊緊地閉著嘴唇，對著老人點頭。

3

因爲藏內老先生把鎖打開的緣故，『有點髒』的吉普車終於可以進入鐵門內。

「這可不是建築工地的貨車呢！」

聽到那種說法的深春有點不太爽。只不過這個評語倒是正中要害，因爲車主是他常去打工的測量公司主任。近年來的吉普車多半都設計得很清爽，但是深春是覺得舊車的設計比較有實用感。只不過碰上這種老爺爺也就沒什麼好爭論的了。

在庭院前面拿出汽化爐煮水泡咖啡。早餐是咖啡歐蕾跟澀谷買來的牛角麵包。眼前早晨的海洋跟翠綠的草地。雖然對不起藏內叔，但是在場者應該都很能體會露營者的那種心情。

稍微出乎意料的是，老先生似乎還頗爲滿意蒼所泡的咖啡。據說是遊馬歷先生雖然出生於明治時代，但是總是以麵包作爲早餐的緣故。

「你們今天晚上會住在這裡吧？那我明天就作個老爺教我的『chocolate y churro』給你們吃。」

「啊，是西班牙式的早餐吧？」

深春看來很開心地撫著鬍子。

「你說什麼？」

「chocolate y churro，也就是熱巧克力跟甜甜圈的一種。跟日本的熱巧克力或甜甜圈比起來，味道更加濃郁也甜得多。」

「我來小住的時候，藏內叔常常作給我吃呢。」

「我去西班牙旅行的時候也常常吃，眞讓人懷念呀。」

「好了，那就請大家期待明天吧。」

至今爲止一直保持沉默的京介，緩緩地起身。

「那麼就請各位聽我說關於工作的事情囉。」

「你是教建築的老師啊？」

藏內這麼問道。雖然理緒剛剛把他們都大略介紹了一下，可是藏內毫不客氣地張大眼睛來回打量著京介。

「嗯，是呀。」

「頭髮留得那麼長，有那種只露一點點臉給別人看的老師嗎？」

蒼與深春同時爆笑出來，理緒則有點困擾般地紅了臉。

「怎麼能那麼說？藏內叔太失禮了。」

「不，他說的一點都沒錯。京介，你也給我差不多一點。」

可是京介一點也不生氣，輕輕地聳了聳肩。

「再說吧——那麼，可以麻煩您帶路嗎？藏內先生。」

帶著鑰匙的藏內老先生走在最前面，接下來依序是理緒、京介、蒼、深春，繞到了玄關。大門是整塊將近十公分厚的木材，卻沒有半點摩擦聲就打開了。入口是個整潔雅致的玄關大廳，地上舖著棕色的陶板，天花板與牆壁則塗成白色，牆壁上掛著的樸實櫃子，上頭放著格拉納達風格的壺。室內吊掛著像是中世紀修道院的鐵製油燈，雖然裡頭裝了燈泡。不過因爲沒開，所以是暗的。

通往內部的門共有三扇，分別是左右兩側以及前方。

「一點都沒有霉味呢。藏內叔都有好好地在整理呢。」

理緒的聲音聽起來十分高興。

「那是當然的，因爲我每兩天一定會來開門打掃一次。」

「我的房間也還是老樣子嗎？」

理緒打開右手邊的門，那扇門似乎沒有上鎖。出現的是一條短走廊，圓拱形的天花板加上磚瓦舖成的地板，散布在白色牆壁上、畫有花紋的磁磚是唯一的裝飾。左手邊牆壁的中央，有扇黑色的、看起來很堅固的門。

「這是我的房間。雖然建造之初是用來當客房的，不過我來的時候就住在這裡。」

打開門之後出現在另一邊的，是一間頗爲寬廣而舖著木板的房間。靠著左邊牆壁的是張木頭床，右邊外推式的窗戶，下半部則是固定式書架。正對著門的這堵牆則是被落地的窗簾所覆蓋。

「哇，好讚喔！全都是馬呢！」

蒼的聲音充滿了欣喜。從地板上的民族風地毯到窗簾、床單，到處都是充滿巧思的馬兒設計。掛在牆壁上的畫是古典的馬銅板畫，排在書架上的書盡是馬術理論與寫眞集，窗邊則是木製、金屬製或陶製的大大小小，數量達幾十個之多的馬匹造型排列著。

「埴輪（註9）馬、唐三彩馬、旋轉木馬、北歐馬，這個是不是印度的馬呢？」

那是以黑木雕刻而成的馬。形狀雖極為樸素，金色的黃銅跟白色貝殼的鑲嵌卻非常美麗。

「這些都是爺爺每年送我的生日禮物。」

「嗯……每年都送馬？」

「老爺他呀，對於理緒小姐開始騎馬一事感到十分高興，只有小姐生日的時候他會到東京去，自己去尋找這些要送給小姐的禮物。」

「那時，總是過得很愉快呢。一邊在院子裡賞月，一邊吃藏內叔親手作的西班牙海鮮飯，第二天再去騎馬。爺爺明明精神那麼好——」

「實在是來的十分突然……」

兩個人感嘆萬千地交談著。京介卻一副不太關心室內設計的樣子，拿出指南針，繞著地毯看。蒼則試著掀開覆蓋著牆壁深處的窗簾，有著塗上白油漆窗櫺的玻璃窗，對面是由方形柱子支撐，貼著瓷磚的門廊，以及庭院。上午明亮的陽光在翠綠草地上映照，眩麗奪目。

「奇怪了……」

理緒低聲喃喃自語。

「藏內叔，去年的馬不見了。我記得的，是中國風，白瓷做的，滿大的一個的。」

「那個您不是拿回東京去了嗎？」

「哪有呀！自從爺爺的葬禮之後，我都沒有來過這裡，怎麼可能會帶回去呢？」

「可是——」

被理緒嚴厲的口氣一問，藏內老先生一臉困惑。

「自從住在這裡的少爺發生了那件事之後，我再到這裡看時，那匹馬就已經不見了。所以這半年以來，我才以爲不是少爺就是理緒小姐把它帶回去……」

理緒咬著嘴唇直搖頭。蒼想，又是少爺的「那件事」。與理緒在研究室中欲言又止的事情，是不是有什麼關係呢？偷偷瞄了一眼旁邊的理緒，面對有些擔心的老先生，理緒好像調整好心情再度微笑起來，但是她的表情依然有些僵硬。

玄關大廳的左手邊，是間寬廣的餐廳。餐桌的桌面是一整片木板製成的，椅子的椅背與座墊都是皮製的高背形式，嵌有彩繪瓷磚的門，堅固的餐櫃，周圍則是貼著同樣瓷磚的暖爐，地板上舖著蘭草墊。從這裡的玻璃窗看出去，右邊是面向庭院，從寢室一路延續過來的迴廊。

「眞好呀。看看外頭的景色，眞有如安達魯西亞的農村。」深春爽朗地說。

「這些家具是從西班牙進口的嗎？」

「當然不是。拜託你幫幫忙！昭和初期哪有那麼容易就可以弄到這些東西？這是專程向各家廠商去訂製的。老爺親自一件一件畫成圖交給師傅去製做的呢。」

「喔……難不成這個瓷磚、鐵製吊燈都是這樣？」

「沒錯。那些瓷磚的確是伊萬里（註11）的窯，依照老爺畫給他們的底稿去描繪，然後再去燒製的。」

「嗯……這麼一說，這是藍紋花釉的陶瓷吧？這東西還眞了不得。」

深春頻頻捻著下巴的鬍子，十分佩服。

「圖案畫的是風景畫，可是每一個又有所不同……」

餐廳再過去是有後門的廚房，以及藏內老先生所使用的房間。看過之後，一行人第三度回到玄關大廳。老先生拿出另一支鑰匙，打開正面那扇難以親近的黑木門。門打開之後還有另一扇門，但這是一扇宛如由細緻的蕾絲編織出阿拉伯裝飾花紋圖案，具有伊斯蘭風格的雕花鐵門，透過鐵門可以看得到的便是中庭了。

「哇塞！這眞的是安達魯西亞的中庭了！」

再度聽到深春發出的嘆息聲。地面是由黑白雙色的大理石鋪成西洋棋棋盤的樣子，中央則有小的噴水水盤。四周立著兩根一組的圓柱，支撐著瓦片屋頂。抬頭往上望不到天空。以鐵框支撐的玻璃屋頂覆蓋了整個中庭，從中央的橫樑到噴水水盤的上方，形成了像是璀璨切割的寶石般的模樣，鐵與藍色玻璃製成的燈則垂掛其下。

「原來如此，畢竟是多雨的伊豆，還是得裝個屋頂。」

深春的口氣有著遺憾。

「……完全沒有盆栽呀。」

到目前爲止一直保持沉默的理緒，低聲地說：

「枉費藏內叔那麼費心照顧，維持著一年四季都綠意盎然。爸爸到底爲什麼要收起來？」

「您也看到了，空的花盆我都放在庭院面前。」

「把裡頭的花跟草都拔光？到底是爲了什麼？」

脫口而出之後，理緒自己又趕忙彌補。

「對不起，對您生氣也沒用吧。」

「沒關係，我很高興。」老先生也是低聲地回答。

「假如少爺他說了些什麼，我想我還是應該離開這個家吧。」

當兩人交頭接耳之際，深春大聲地說著自己在西班牙各地看過中庭。不知是否聽到了他的話，京介一隻手拿著指南針來回走動；蒼站在中庭中心，視線緩緩地四處張望。

頭頂上的玻璃天窗，原本該是透明的，卻由於經年累月的污垢與傷痕變得非常幽暗，因此照進中庭的陽光也顯得昏暗不明。做成扇貝形狀的噴水水盤，因爲沒有水而乾枯，圓柱上突出的勾子應該是拿來掛有盆栽的地方卻空無一物，充斥在這個空間中的，只有冰冷而乾燥的空氣。雖說是空屋，之前看到的寢室、餐廳，都是維持在隨時可以使用的狀態，唯有這個中庭散發著廢墟的氣息。

（這裡，有種說不上來的厭惡感……）

蒼具有高度動物般的直覺。

（眞不想待太久，讓人毛骨悚然——）

要是說有不吉的氣息，大概會被深春那種人嘲笑。然而只是像這樣站著，脖子後頭寒毛直豎的感覺卻也無從否認。蒼雖然沒有遇過眞的鬼魂，但要是在這種地方冒出鬼魂他也一點都不會感到訝異。而且那還不會是日本的朦朧鬼魂，而是那種出現在英國鬼屋，輪廓非常清楚可見的白晝幻影。而且，如果眞的出現在此地的話，無疑必然就是遊馬歷的鬼魂了。

去年，這座黎明山莊，應該發生過如下的事情。

理緒生日過後，老爺——也就是遊馬歷——突然死亡。爲了讓在他死後依然守著這裡的藏內先生遠離，少爺——也就是遊馬灘男——雖然很少待在這裡卻經常出入。其間，祝賀理緒生日的禮物白瓷馬消失不見，中庭的盆栽也空了。然後去年年底，灘男身上發生了某件事情，黎明山莊再度無人居住，而成爲現在這副模樣。

蒼悄悄地轉過頭去，理緒的側臉進入他的視線餘光。不知是否穿過玻璃的稀薄陽光之故，那側臉看來有些微妙的陰沉憂鬱感。

今年母親提出要改建黎明山莊的意見。理緒爲了無論如何都要加以阻止而四處求助，最後找上了櫻井京介。她對於房子的命運感到憂心，因爲那時有著還不明朗的情況。蒼大致想像了一下到底發生什麼事情，但苦無發言的切入點。

（明明可以不要一個人獨自煩惱，勇敢地把話說出來呀。倒不如我先開口，主動表示關心好了……）

「喂！要走了喔，蒼小貓。終於要到屋主的房間了。」

深春像手套一樣的手，從後方輕拍了一下蒼的頭。蒼忍住想要大吼「別亂碰人家的腦袋」的衝動，隨後追了上去。等一下再跟這隻熊好好算帳，現在得先收集資料。仔細看著周圍的環境跟物品、用心聽聽聲音跟話語，要是能夠查明造成這種奇妙感覺的原因，一切就能迎刃而解了。蒼這麼覺得。

（不過「迎刃而解」，到底會是怎麼樣呢——）

自己都覺得討厭的是，此刻卻連應該解決的謎團到底是什麼，都還不知道。

遊馬歷的書房兼寢室，在中庭的正面。沒有門板的拱形門口敞開著。蒼站在房間裡環顧四週，不由得發出嘆息。眞是一間殺風景的房間。大小遠不如理緒使用的寢室，幾乎沒有任何裝飾。有一座空盪盪的狹窄木製書架、一張木頭書桌，以及板凳般的椅子。床鋪也不是家具，只是從厚厚的牆壁中依照床的大小挖出的一塊地方，裡頭鋪著薄薄的寢具。加上面對中庭那側的開口只有一個，是個在比腰部略低處挖出來的洞，再嵌入玻璃，大小大概只有撲克牌那麼大。不管是要看海或是庭院都是不可能的事情。

「這裡眞像是間修士的冥想室。」

深春小聲地說，這回連蒼都能頗爲贊同他的看法。到底遊馬歷這個人，是抱持著什麼想法建造出這棟房子的？面對著在明亮的東方海面，卻製造出扼殺所有景色的房間。

「……深春，你仔細看看。」

京介開口說道。

「這是西班牙文吧？你會念嗎？」

京介單手拿著筆型手電筒，站在挖進牆壁的床鋪面前。深處的牆壁上掛著小小的畫框，裡頭裝裱的不是圖畫而是一張有幾行手寫文字的紙張。像是小心仔細地折成小塊後又攤開來，留著摺疊成方形的痕跡。怎麼看都不覺得是件美術品，或是什麼貴重的歷史文獻。好像不過只是寫在從筆記上撕下，邊緣泛黃的紙張上的四行文字，看起來像是詩歌。

「是西班牙文沒錯。發音我當然知道，因爲都是些簡單的句子，也大概知道意思啦。要念嗎？」

「嗯。」

咳了一聲清過喉嚨後，栗山深春把紙張上的句子念了出來。即使不懂其中的意義，卻看得出來一、三行有押韻。

「Frío Nuevo: Canta un gallo.
Trueno y luna: Llora un niño.
Calle sola: Se ve un perro.
Aún noche: Piensa un hombre.

MADRUGADA」

「奇怪？『MADRUGADA』是詩的標題嗎？」

深春沒有回答蒼所提出的問題，開始現場翻譯這首詩。

「嗯……『剛剛感覺到的寒冷中，有雞鳴聲。
雷鳴與月光下，有孩子的哭泣聲。
了無人煙的道路上有隻狗。

夜未明，男人沉溺於思緒中。

黎明』

……大概就是這樣吧。」

失眠的男人沉溺於思緒，在這棟分明可以看見海洋卻刻意不看海的房子裡，在未明的深夜中。遊馬歷將他的房子取名爲MADRUGADA，無疑的，這首詩中的男人比喻的正是他自己。

（可是，他到底是在思考什麼事情呢……）

蒼偷偷地斜眼往旁邊瞄，藏內也好，理緒也罷，都沒有想開口說話的樣子。

「藏內先生。」

反而開口的是京介。

「遊馬歷這個人，是個很可悲的人吧？物質生活不虞匱乏，在這麼優美的地方，自己設計建造了這個家，但是如此卻無法撫慰他的心靈。他所追求的，是這裡沒有，也已經無法追回的東西，對吧？」

7　Simon&Garfunkel的「羅賓森太太」：原文為「Mrs. Robinson」，電影「畢業生」的主題曲。
8　大島：隸屬東京都，面積91.06平方公里，距東京將近120公里，距離伊豆半島約35公里左右。
9　埴輪：日本古代陪葬的土製品，常製成人或動物的模樣。
10　伊萬里：Imari，位於日本九州佐賀縣西部，面臨伊萬里灣的城市。伊萬里港曾經因為出口陶瓷器與煤炭繁榮一時，「伊萬里燒」指的是經由伊萬里港出口的陶瓷器，以有田燒為主。伊萬里南部的大川內、平尾等地也出產陶瓷器。

封閉的中庭

1

「可悲的，人……」

藏內老先生喃喃自語。有如骨骸般削瘦的臉龐上，兩隻眼睛炯炯有神地注視櫻井京介。

「也許可以那麼說吧，可悲的人。這位先生，對我們家老爺──」

蒼不得不神經緊張起來。畢竟他可是個爲了趕走不法侵入的露營者，會提著獵槍衝過去的老先生。一但侮辱了他最尊重的主人，可不知道火大了會做出什麼事情。

「這位先生，你爲什麼會那樣想？對於一個素未謀面的人，卻說得好像他就在你面前一樣。」

他的表情明顯地轉白卻依然在逞強。雖說是老人，但手很大、身高也高，看來力氣也遠遠超過面前那個輕飄飄的的京介。理緒跟深春連大氣都不敢喘，只有當事人京介毫無反應，似乎沒半點危機意識。左手隨意地插在牛仔褲的口袋裡，拿著指南針的右手，沒有特定的目標，在身體的四周繞了一圈，以如常的隨意口氣回答：

「爲什麼？看了這棟房子就知道了呀。沒有什麼比這裡的一切，更能展示出遊馬歷先生的心靈了，所以我才會有那種感覺。藏內先生，您果然有同樣的感覺，不是嗎？」

老人什麼也沒說。雖然沒有怒吼，強硬的表情也未見舒緩。但不久後他垂下雙眼，從充滿血色而薄薄的嘴唇中，流出了長長的嘆息。

「我第一次看見老爺，是十二歲的時候吧……」

接下來他所說的，是不知不覺脫口而出的懷舊故事。

「他在松濤的宅邸內，獨自一個人窩在房間裡足不出戶，反複地塗塗寫寫著什麼。之後回想起來，應該就是在畫這個家的設計圖吧。老爺二十七歲時剛從歐洲回來，不管看見什麼、聽到什麼，都沒有笑容。一開口就是西班牙話，看起來就像是個外國人。在當時我一個小孩子的心裡，也疑惑究竟這個人心裡在想些什麼，那可眞是讓人感到害怕的情況……」

理緒吃驚地張大雙眼，或許這是連她都很少聽到的回憶。

「從孩提時代開始，我就獨自伺候老爺一段很長的時間。別的我是不知道，可是老爺的事情我一清二楚。我理所當然地這麼認爲，但或許老爺內心深處，我還是一無所知。」

藏內用拇指及食指揉了揉閉上的眼皮。

「可悲的人嗎……」頭一甩，再度張開雙眼的老人，眨了眨眼，繼續說下去。「我是沒這麼說過。這位先生說了之後，我才終於有點了解了。也許情況正如您所說的也不一定。」

隨後，十分體諒地，對著輕輕低下頭去的京介，補充說到：

「雖然，這位先生看起來像是個腦袋迷糊的人——有什麼奇怪的嗎？」

安靜聆聽老先生說話的蒼跟深春，一聽到這裡不約而同地忍不住爆笑了出來。

2

在車站附近的餐廳吃過中餐後，京介與深春回到黎明山莊。這次雖說只是大略瞧瞧，但京介似乎對這山莊產生了不少興趣，想再度仔細觀察所有細節。某種程度而言已經對他重新評價的藏內老先生，同意將鑰匙借給他們。

深春拿出單眼相機在一旁協助。冬天是滑雪山莊的廚師，夏天是游泳池的救生員，作過各式各樣打工的他，也曾是攝影師的助手，他自己的興趣也是玩相機。他把公寓的壁櫥改建成暗房，從藥水稀釋到沖洗都自己親手處理。看來像是在旁邊心不在焉地閒晃，這次則是代替助手來幫忙。因爲蒼哀求理緒帶他去騎馬了。

叫來的計程車駛入山中後，約莫經過五分鐘的路程，就抵達了照顧遊馬歷愛馬的馬術俱樂部，俱樂部裡的設施，遠遠比不上最近興起的遊樂區。鋪著沙子的長方形馬場有兩處，只有十匹馬的馬廄，還有不過像是儲藏室那般大小的辦公室。即使如此，也是伊豆的馬術俱樂部中歷史最悠久的，附近居民有不少都是會員，據說是輪流來騎馬的樣子。

據說，馬場的土地在戰爭前全都屬於遊馬家。似乎是歷一面在主馬寮工作，管理宮中使用的馬匹，一面在這裡飼養自己騎乘的馬兒。縱使沒有親自負責繁殖，但也屢次前往日高、岩手等著名的馬產地，收購年輕的馬匹後親自加以調教。聽說那些馬有送到宮中的，也有去替代已經年老或是受傷的馬。

然而到了戰後，卻變得把土地跟馬匹丟在一旁不管。幸好原本在遊馬家牧場的員工把牧場買了下來，承繼了原先主人的意願，辛苦讓作爲牧場的部分保留下來。面積雖比以前少了一半以上，但這個「東伊豆馬術俱樂部」依然可說是「遊馬牧場」的繼承者。

「那麼，現在這些都是當時的馬所生的後裔嗎？」

蒼站在有股懷舊氣氛的馬廄通道四處張望。鋪了稻草的乾淨隔間，每一個欄位前都掛著寫了馬匹名字跟年齡的牌子。可是幾乎全都空著，就算不是以觀光客爲主要客群，而是服務居民爲主的俱樂部，在週末午後的客人也挺多的，大部分的馬都到馬場去了。

「是呀。這裡不負責繁殖，所以留下來的多半是騸馬。」

「『騸馬』是什麼？」

理緒有點難爲情地笑了笑：

「就是去勢的馬，把牠們的睪丸加以割除。」

她索性直接說出口，然後在蒼了解到意思之前，趕忙快步走向最裡面的馬廄去。蒼慌慌張張地跟在後頭，理緒停在橫列著鐵棍的柵欄前，伸長了雙手撫摸著黑馬的臉頰。

「我向你介紹，這匹是爺爺的馬，叫做尼祿。」

「哇！好棒喔——」

不管是什麼動物，蒼都十分喜愛。不愧是初次親眼所見的馬兒，感覺十分巨大。光是那張臉，就比牠旁邊的理緒的臉要大上不知幾倍。

「馬都長這麼大嗎？」

「尼祿的體型特別大。」

「體重大概幾公斤？」

「應該超過五百公斤了。可是就算這樣，牠還是可以完美越過一公尺以上的障礙喔。」

「障礙？」

「你有看過奧運嗎？依照順序跨越木製柵欄、矮樹籬笆或是水溝等等，比時間最快、扣分最少的比賽。」

「嗯，有看過。」

「以前也有一頭叫做畢昂可的馬場用馬。相對於剛才說的障礙賽，馬場用馬比的是人馬之間的調和。有點像是花式溜冰的規定般，例如用一定的步伐畫出圖形等等。可是畢昂可在去年的時候轉讓給別人了，似乎是因爲牠是參加比賽的馬，卻沒有能夠固定搭配的騎士，眞是可憐。」

蒼也嘗試站到尼祿的面前。剛剛還讓理緒雙手貼近臉頰又撒嬌的馬兒，現在則立著兩個耳朵向著蒼。圓圓的眼睛正好跟人類的視線同高，棕色深處沉澱著青色的雙眼凝視著蒼。

「你要不要摸摸看？」

「好呀。」

伸出手，蒼靜靜地撫摸長長的馬臉，光滑馬毛的觸感實在很不可思議，讓人愉快。

「好暖喔！啊，鼻子附近眞的好柔軟。」

「太靠近嘴巴附近的話，可能會被咬到喔。」

「這樣呀……」

蒼不由得縮回了手之後，尼祿的大鼻孔抖動著，瞇著眼睛，鼻子皺了起來，透過黑色的嘴唇可以窺見巨大的前牙。看起來好像是在嘲笑人的樣子。

「馬會咬人？」

「會呀。會咬露出來的手臂之類的。像被鉗子夾住那樣，瘀血兩個星期之內都不會消退——怎麼樣，你還想要騎嗎？」

「當然要！」

蒼興奮地回答。

然而讓蒼心中稍微鬆了一口氣的是，給他騎的馬並不是尼祿。而是看起來好像挺沉穩的栗色母馬，體型也比尼祿小了很多。儘管如此，第一次騎坐在馬背上，那個高度還是會讓人不由得四處張望。蒼還以爲理緒會陪他，可是卻不是那樣。理緒跟認識的俱樂部指導員說了幾句話之後。

「加油喔！我也去騎一下馬。」

理緒揮揮手後就迅速離開了。指導員是名年輕的女性，但是頭髮剪得跟男人一樣短，曬黑的臉看來並不太容易親近。

「第一次騎馬？」

「嗯，是的。」

「肩膀再放鬆一點，全身僵硬的話反而很危險。韁繩放長，搖搖晃晃的就可以了。對，接著踢這裡。」

馬慢慢地開始走動了，指導員在一旁跟著走。被柵欄隔得小小的馬場，沿著欄杆走到角落再回來，馬會自己好好地迴轉。

「這就是馬最慢的步伐，很簡單吧？好，現在再踢一次看看。」

蒼照著指示一踢，馬的步伐卻突然改變了。上下晃動的幅度變大，坐在馬鞍上的身體碰碰地彈跳起來。就算慌亂地想要支撐身體，放長韁繩也毫無幫助。雙腳一用力，反而讓馬更用力加速前進。這已經不是走步，而是跑步了。

以爲到了角落就會停下來，但卻沒有停住。馬兒速度絲毫未減就轉彎，被甩出去的腰滑到了馬鞍外面，蒼知道自己已經失去了平衡。

（完蛋了！）

背後流出了冷汗。

「身體往後仰，拉緊韁繩！」

蒼聽到後，身體立刻作出反應，在馬鞍上一口氣將身體後仰。回過神，小心地讓馬停下腳步。

「爲什麼這匹馬會忽然跑起來？」

「牠不是隨便亂跑的，是你給了牠那樣的命令。」

指導員的回答非常冷淡。

「牠腳步一快，你的腳也急著用力對吧？因爲你的腳跟結實地踢到馬腹，馬就會以爲要快跑。」

也就是說，這都是自己的錯囉？笨手笨腳的話就會那樣落馬了。也許還滿該慶幸，理緒並不在這裡。

（還是說，理緒在什麼地方看到了？）

在馬背上東張西望的蒼，視線一瞬間就捕捉到馬場中如同黑箭般飛馳的物體。那正是騎著尼祿的理緒。

在整個寬闊的馬場中，設置了好幾個障礙。像是在看奧運的現場轉播，各式各樣的形狀或高度，跳躍的方向也都不一樣的障礙。在其中沿著柵欄奔馳的是理緒與尼祿，蒼剛剛經歷過的快跑根本比不上那樣的速度。理緒的腰就像被吸附在馬鞍上，身體宛如輕巧搖槳般的韻律，完美地配合馬背的上下跳動。

到了馬場盡頭便轉身的尼祿，沿著障礙的進行線前進。宛如沒有重量的輕盈，漆黑而巨大的身體浮在空中，理緒則騎在牠的背上。在空中稍微前傾的理緒，著地同時挺起了身體。連思考的時間都沒有，迅速地又到了下一個障礙。

跳躍的瞬間，馬的頭部會大大地向前伸出去，騎師則會輕輕地在馬鐙上站起來，身體前傾，放鬆轠繩，彷彿不想阻礙馬的頭部的活動。障礙越高或越長，馬匹的動作就越大，伴隨著馬，人的動作也會跟著變大。光用眼睛看，蒼能了解的也就只有這樣了。

可是，理緒與尼祿的跨越，宛如就是優雅的半人馬在飛舞。兩個不同的軀體好像變成一個，同時伸展、挺直、奔跑、飛躍、漂浮、著陸，再度奔跑。所有的一切動作都十分流暢，一點都不勉強。雖然看得見理緒右手握著鞭子，但卻完全派不上用場。

畫完一連串複雜的曲線後，沿著柵欄，尼祿輕快地走著。現在牠一身的馬毛都被汗溼透了，陽光之下宛若黑曜石般散發光芒。在馬場的角落轉身後，又朝向障礙而去。馬兒浮在空中的瞬間，理緒的黑髮自頭盔下流洩而出，隨風搖曳。同時，尼祿的黑色鬃毛，也在理緒的手掌之下飛舞。

「好美喔……」

蒼把自己還騎在馬上的事情給忘得一乾二淨，出神地望著。

「看起來就好像是長了翅膀一樣……」

「沒錯，她確實很厲害。幾乎是國手級的實力呢。」

突然從下方傳來指導員的聲音，蒼嚇了一跳低頭看著對方。瘦高的女性指導員，抱著胳臂，目不轉睛地將視線投注在理緒身上。

「請問您是遊馬小姐的親戚還是什麼人嗎？」

「只是認識的人而已。」

「那，你知道她爲什麼不打算繼續騎馬？」

3

名叫夏木的女性指導員，說出了理緒不再騎馬的情形。理緒從小時候開始，就加入了在東京專門培育奧運選手的知名俱樂部。不論是哪種運動的選手，每天練習是不可或缺的。去年，也就是理緒面臨大學入學考試的時候，她依然毫不怠惰地繼續練習馬術。然而從今年年初開始，卻變得常常缺席，那時還以爲是因爲考試將近。但是放榜之後，也越來越少在俱樂部現身。正當大家以爲她很快就要回來的時候，卻聽到她毫無緣由地說也許會就此不再練習馬術。

祖父遊馬歷去世對她而言，當然是個重大的打擊。可是，如果原因爲此，爲什麼不是在祖父離開之後立刻決定，而要等到今年呢？雖說祖父以外的家人對她騎馬一事並不支持，卻也不是那時候才開始的。俱樂部指導員在無計可施之下，好像曾經打電話到與遊馬家有著淵源的「東伊豆馬術俱樂部」，詢問是不是有什麼線索。

「如果你知道了些什麼，務必請通知我。」

蒼作出承諾：「騎得那麼好的人，不繼續下去實在太奇怪了。而且，她又那麼喜歡馬。不必只因爲祖父去世就放棄騎馬呀，何況她也爲了祖父一直很努力呀！」

「是啊，我也這麼想——那，然後呢？你還要繼續騎嗎？」

「當然要！」

蒼自信滿滿地回答，夏木第一次露出潔白的牙齒笑了。

蒼返回黎明山莊時，京介與深春也正好剛剛完成工作。一行人便開車沿國道一三五號南下約十公里，前往位於今井濱海岸新落成的町營溫泉泡湯。室內溫泉小得出人意料，而在有段距離之外的庭院戶外溫泉，眼前可見海浪拍打的岩岸，就讓人很有伊豆溫泉的感覺。因爲時間還很充裕，晚餐就更往南行，到栗山深春所推薦，物美價廉、位於下田市的活魚餐廳去用餐。

京介有些心不在焉的感覺，對溫泉或是餐點似乎都沒有什麼意見。原本這就不是什麼稀奇的事情，蒼完全沒有放在心上。理緒依然不知爲何悶悶不樂，蒼雖然有點在意，但美食當前也就暫時擱在一邊了。

深春說這家店雖然簡陋，卻便宜又好吃，不過到了以後發現竟然是棟新建的四層樓房，連深春也嚇了一跳。幸好裡頭看來還是一樣。新鮮生魚片、烤魚、連骨頭都可以吃的炸金目鯛、茶碗蒸等等，不管是哪道料理的味道都沒話說，而且價格的確只要東京的一半，有夠便宜。

京介一行人決定晚上在黎明山莊的庭院露營。理緒就睡在自己的寢室，而蒼他們三個則睡在帳棚裡。向藏內先生說明最近的帳篷都不需要打樁，還攤平讓他看了之後，終於得到了許可。黎明山莊用來灌溉植物的自來水沒有停掉，所以廁所還可以使用，但電跟瓦斯都沒有了。將汽化燈點燃後，掛在原本應該是用來掛盆栽的迴廊柱子上，黑暗中頓時浮現出翠綠的草地。

「剛才的魚雖然也很好吃，但如果眞的可以在這裡生火烤肉才是最棒的。」

深春用鍋子一邊煮開水一邊說：「說到野外生活，我呀，不喜歡像這樣用精緻的道具弄得小里小氣的。露營還是得要粗獷些才好。堆疊撿來的石頭然後生火，再在上面放上香魚、蝦子、貝類……」

「嗯。可是呀，這草地這麼漂亮，可不能讓火給燒了。」

「這種院子只能放烤肉爐而已。在堆好的石頭上擺鐵網，蝦子活跳跳，蠑螺肉鬆軟得不得了，肉汁滴在火上發出咻咻的聲音……」

「聽起來很好吃的樣子……」

「現在才剛吃過晚飯，你們爲什麼怎麼還能夠談那種話題啊？」

閒躺在草地上，京介傳來了似乎不耐煩的聲音。

「腦袋沒別的事情好想了嗎？」

深春的鬍子中露出牙齒笑起來。

「不然這樣好了，老師。泡個咖啡，爲了飯後幫助消化，來場研究發表會怎麼樣？」

「還沒有什麼可以稱得上是研究的成果啦。」

「可是你應該有在思考些什麼吧。你呀，從白天開始就一直看著天空不是？」

「是呀。」

京介躺在草地上，翻了個身，像是隻身體很長的狗趴在地上。要說是長毛狗又有點太瘦，要說是俄國牧羊犬或阿富汗獵犬似乎又是過度誇讚。

但是在他開口之前，理緒站了起來。

「抱歉，我有點累，要先睡了。」

蒼聽了覺得有點掃興。原本他期待在今晚大家聚在一起輕鬆的氣氛中，理緒也許會解除戒心說點什麼。可是就算理緒想推開迴廊玻璃門進入寢室時，似乎也看不出京介有打算阻止。

「雖然我是第一次問啦，你們對這個黎明山莊有什麼感覺？」

「感覺？不就是典型的西班牙式建築嗎？」

「沒錯。室內裝潢讓我覺得就像是安達魯西亞的一般民家那樣。」

京介用手托著臉，聽蒼與深春的意見。

「那我說我的看法吧。這棟房子其實是棟奇怪的房子。而且我可以毫不留情地指出，你們剛剛所說的話包含著矛盾。」

「你說什麼？」

把剛剛輕拂胸口的直覺忘得一乾二淨，蒼撇著嘴提出抗議。

「京介那邊關於建築史的書上寫說，昭和初期有一陣西班牙風住宅的流行說。那本藤森照信的《日本近代建築》裡頭是這麼寫的啊。」

「那是部名作。」

「就是說嘛。在溫暖的伊豆建溫暖的西班牙風格別墅，既不奇怪也不矛盾，不是嗎？」

「不管哪一部名作，閱讀的方式錯了，就什麼也不是了。」

被徹底否定的蒼噘著嘴，深春的反應也不太客氣。

「到底是怎麼回事！你每次都這樣話中有話！」

從垂落的瀏海中傳來像是苦笑的聲音，京介說：

「好吧，那我就直截了當地說了。蒼說的確實沒錯，昭和初期的住宅建築流行過西班牙風格。但那並不是直接從西班牙傳到日本來的。雖然爲了求學遠渡重洋的日本人，數量越來越多，但目標多半是先進的知識，與西班牙等等過去曾經繁榮一時的大國，根本等於沒有往來。

那些是經過美國傳來。移民帶來的在加州的普及樣式，摩登或是田園風格，都符合了那個時代的口味，日本也深受影響。理所當然，日本的西班牙風，與西班牙當地的民宅建築像是像，卻是不一樣的。原因之一是經過加州過濾的，還有一個原因是日本與西班牙的風土民情相差極大。可是，這棟房子給人的印象，卻是與西班牙當地的民宅非常近似，沒錯吧，深春？」

「嗯，確實如此。」

「但那是因為西班牙回來的祖父親手設計的緣故吧？我了解它與一般的西班牙風不同，可是沒有奇怪或矛盾的地方吧？」

蒼試著提出反論，然而看來似乎早在京介的意料之中。

「在我回答你的問題之前，我們再好好思考一下，日本與西班牙的風土民情的差異何在吧。以中庭為中心去進行房間配置的住宅形式，是自古以來地中海世界普遍的設計。那是基於溫暖少雨的地中海型氣候這個條件。

日本可就大大不同了，你應該知道日本考慮的重點是採光吧。日本傳統是以南方為主去配置房間，開窗的目的是為了採光。可是，西班牙南部夏季時充滿跟非洲一樣強烈的陽光，為了避暑，牆壁都做得很厚，窗戶也都開得小小的。四周被牆壁圍繞，具有涼快陰影的中庭，是在那種環境中為了享受戶外生活的高明方法。

可是在日本建造出像西班牙那樣的中庭，因為多雨又濕氣重，至少關東以北是怎樣都辦不到的。如果想要享受類似的樂趣，把南側的庭院擴建，延伸出迴廊的做法一定更好吧。所以，日本的西班牙風建築中，有中庭的例子應該沒有那麼多。」

「可是，黎明山莊有好好地在庭院旁邊做出迴廊，中庭上方也有玻璃屋頂不是嗎？」

「對。所以爲什麼遊馬歷非得要做到這種地步，也要蓋個中庭？」

「爲什麼呢……」

代替沉澱思考的蒼，深春回答。

「那是因爲，他想要忠實重現自己親眼所見的西班牙房子吧？」

「這確實是原因之一，也是很能夠呼應的妥當解釋。看了放在玄關大廳或餐廳的家具，就可以感覺得到。」

「連裝飾用的瓷磚都要在日本訂做，眞讓人吃驚。」

「嗯，可以感覺到他很執著。」

「所以，奇怪的事情是，這棟房子卻說不上是忠實重現西班牙的民宅。」

「什麼啦！」

趴在京介的身旁的深春感到非常無力。

「你都這樣子說話，不知道是哪裡跳得太快了。天要亮了喔。」

「但是，這棟房子從外面看的話，還是極爲普通的西班牙風呀。庭院旁邊有迴廊，餐廳或臥房都開了大窗戶。」

「沒錯，如果不把主人的房間算在裡面的話。」

探索著京介的視線，蒼回過頭去。黎明山莊的庭院旁邊，有著從主屋延伸出去，覆蓋著磚紅色西班牙式瓦片的迴廊。從庭院看過去，左邊是理緒的臥房，右邊是餐廳的玻璃門，牆壁上各自開了門窗。然而，房子的中央，像是遊馬歷的冥想室的房間，某部分的牆壁，除了一個極小的小窗，並沒有開窗。光從這裡看，大概料想不到那裡還有房間吧。因爲連綿的迴廊，隱藏了柱子，加上左右房間稍微延伸出去的感覺，位在中央的不自然的牆壁，就變得不太顯眼了。

「你想說的是這樣嗎？黎明山莊跟日本一般的西班牙風住宅不一樣，因爲是從西班牙回來的外行人根據自己的見聞所設計的。像是室內設計、家具、當事人沒有窗戶的房間，都是硬要移植當地形式的部分。混雜了跟日本氣候妥協的部分，則是像寢室跟房間的大窗戶、迴廊、中庭的玻璃屋頂等等。」

「謝謝你幫我整理。」

京介的口氣不是諷刺而是眞心道謝。不過，他接著說下去：「把這當作前提的基礎上，我想與其說黎明山莊奇怪，不如說有可疑之處。你們兩個，有沒有看到這個？」

草地上攤開的是一本速寫簿。看來像是下午再度在這棟房子內穿梭時，匆忙畫下來的房間配置圖。因爲是建造簡單的平房，大略的速寫就充分捉住了感覺。

「如你們所見，房子的中心有個中庭。從玄關進入後，右邊是短走廊跟客房。左邊是餐廳、廚房、浴室、廁所、管理員房間跟後門。正面是中庭，以及位在中庭深處的屋主房間。今天早上，我們依照了我現在說的順序看過去：從玄關到寢室，從玄關通過中庭到深處的房間，沒錯吧？」

一邊覺得京介事到如今還在囉哩八唆，蒼一邊點頭。

「沒錯呀。可是那又怎麼樣？」

「等等……」

摸著下巴喃喃自語的是深春。

「啊哈！原來如此！的確很奇怪！」

「我以爲你很早就發覺到了。」

「因爲室內設計太像那個了，所以才會被騙啦。」

「討厭！不要說只有你們兩個人聽得懂的話啦！」

「我說小鬼貓，你好好地想想看。爲什麼我們今天早上，非得依照那個路線去繞房子？」

「拜託不要再叫我小鬼貓，我又不是妖怪——爲什麼會那樣嘛，因爲除此之外沒有其他路線可以繞了吧？」

「一點都沒錯。寢室也好餐廳也好，中庭的左右明明就各有一扇牆，牆壁上面卻沒門沒窗。在西班牙可找不到這樣的中庭。」

「是嗎……」

眨著雙眼尋找今早的記憶，蒼的視覺記憶力比相機還要好。幾乎是正方形的中庭，鐵架支撐的玻璃天窗底下，在四個方位的迴廊有著同樣的瓦片屋頂。屋頂以白色圓柱支撐，一側各有一組兩根，位於玄關旁邊跟房間旁邊的出入口的左右兩側。所以剩下來的兩個方位的柱子另一邊，就是貼彩繪瓷磚的牆壁而已。

「像那樣的東西，另一邊沒有嗎？」

「沒有喔。」

「可是，也許老爺爺他知道的房子就是這個樣子呀？」

「聽好了，蒼。地中海世界的住宅的中庭，像我剛剛說過的，是爲了享受而建造的。同時，也作爲房間之間連結動線的重要關鍵。」

京介以授課的口吻說到：

「古羅馬的大型住宅重視採光與換氣機能，天井直接與玄關相連，作爲休閒娛樂場地的繞柱式（註11）中庭是分離的；同樣爲了享受戶外生活，但是氣候有點不太好的威尼斯一帶的中庭，是具備了屋外的樓梯和水塔的實用空間。所以不論如何，房子的中心都是挪出空間給中庭。沒有從四周的房間打通到中庭的窗戶，這只能夠說是矛盾。要是在西班牙有那樣的房子的話，會比黎明山莊有更多謎團呀。」

「不過，寢室或是餐廳都有正對庭院的窗戶，所以中庭這邊不就不必開窗了？」

「那麼想的話，就會跑出更多矛盾。」

「咦？爲什麼？」

京介「啪」的一聲把速寫簿闔上，翻身之後臉朝上。

「遊馬歷根據自己的見聞，盡力忠實地建造了西班牙風格的住宅。但爲了配合日本的氣候條件，做出一部份妥協。就是剛剛討論的黎明山莊構造，這應該是大家都有共識的前提吧？」

「嗯。」

京介從瀏海裡拿下眼鏡。

「那麼他爲什麼在中庭的兩扇牆壁上，沒有做出任何窗戶呢？那絕不是因爲日本氣候的限制，而且也沒辦法由西班牙民宅的原型來作爲解釋。」

「說的也是……」

反應慢了很多的蒼，終於想起了當他一腳踏入那個中庭時，該說是直覺還是什麼，胸口所湧上那股非常異樣的感覺。明明沒有特別髒，也不是積滿灰塵，但就是感覺像座廢墟。令人感到這棟房子哪裡不對勁。

與中庭這個響亮的名稱相反，那兒是個詭異陰森的空間。給人一種不想久待的感覺。跟寢室、餐廳，還有這個有草地的庭院給人的印象是截然不同的。也就是不該存在的東西在眼前出現時的不協調吧。

「很難想像這是設計錯誤。再說，我不認爲他沒有意願要用其它的部分來重現西班牙。也就是說雖然他的意願如此，他還是有意地，建造出了世界上沒有一個地方會有的，奇妙而封閉的中庭。爲什麼呢？這可說正是黎明山莊孕育著的謎團。」

「你應該可以完全了解那個答案吧？」暫時保持沉默的深春，小聲地說：「剛剛你佩服老爺爺的話裡頭，不就已經有答案了？」

「一半是假設，一半是虛張聲勢。要說埋藏在深處的答案，我當然是完全都不知道。」

蒼盯著沒戴眼鏡的他，問：「兩邊牆壁上面沒有做窗戶，是黎明山莊發生過什麼嗎……」

也許是說話說累了，京介用手枕著頭，以迷糊的口吻回答：

「這個小小的房子，分成兩個部分。通往玄關的門關起來的話，主房跟中庭就完全對外隔離了。像貝殼一樣，像監獄一樣。」

「嗯……」

「只能認爲這種封閉的特徵，是設計者當初就有的企圖。倒不如說，外牆的小窗戶反而還滿不可思議的。」

「……」

「處在如此明亮、暖和、寬闊的景色中，他在抗拒著什麼呢？厚重的牆壁裡，凝視著有點昏暗的中庭，一個人在思考著些什麼？大概到了現在，也沒有人能夠了解吧。那樣子的人，還有比『可悲』更好的形容嗎？」

背後響起像是摩擦的聲音，蒼反射地轉過頭去。正後方的迴廊深處，餐廳的玻璃門開了一個小縫，站在那裡的是照理應該已經就寢的理緒。

「呼……嚇了我一大跳。」

「對不起。」

「我們太吵了所以睡不著？」

「不是的。我一直站在這裡聽你們說話。」

不明白理緒爲何要這麼做，蒼嚇得目瞪口呆。

「櫻井先生，不知道您方便嗎？我有話想跟您說。」

京介絲毫沒有驚訝的樣子，慢慢地起身。他的臉已經被眼鏡跟瀏海給完全覆蓋了。

「到研究室去打擾的時候，我就想要說出實情了。可是不管怎麼樣都下不了決心，我不想被別人嘲笑。可是現在聽到你們說的話之後，我已經下定決心了，請您聽我說。」

「如果只有聆聽的話。」

與方才熱切談論相比，京介判若兩人，以冷淡的口氣回答。

「不過，遊馬小姐。之前我也說過了，如果妳期待我是名偵探福爾摩斯，會讓我頭痛的。如果妳心裡抱持的疑慮是很深刻的，我勸妳還是應該去跟警察說比較好。」

理緒臉色蒼白，瞬間再轉爲憤怒。

「我還沒說，您就看穿一切了嗎？」

「沒有那回事。」

如常的毫無感情流露的淡然聲音，櫻井京介搖搖頭。

「我的意思是如果妳只是要我聽的話，我就好好地聽。看看爲什麼妳會認爲，遊馬歷先生是被令堂所殺害的。」

11　繞柱式：peristyle。古羅馬的一種建築形式，四周部份或全部以柱子圍繞，用於建造中庭。

白馬的肖像

1

〈眞是的……〉

蒼在心裡發牢騷。櫻井京介這個男人，性格惡劣的程度怎麼會超出一般人這麼多呢。

那天理緒初次拜訪大學的研究室時，就推論出她欲言又止的事情是什麼，當然不是不可能的。她非常突兀地提到，京介曾經找出殺人事件的兇手一事。從她當時的表情透露，她原本並無提起此事的打算，卻不小心脫口而出。最想說的事情沒有說，結果理緒央求他們到伊豆的別墅看看，以及跟她的家族碰面。加上離開的時候，京介所指出的，她話語間微妙的有所保留。她被京介一說，臉色變了，提到某個字彙時談話間出現不自然的停頓。那就是「母親」。另一方面，理緒在不到一年之前，失去了祖父遊馬歷。

內心注意卻無意識隨口說出的事情是殺人事件。再加上犯案現場、嫌疑犯、被害人，這些要素聚集在一起的話，結論就呼之欲出了。蒼還頗擅長思考這一類的事情。

因此，好不容易對方開口的時候，沒有一針見血地點破聽起來欠揍的話語，未嘗不是好事。對女孩子來說，那樣可能會造成恐慌，說不定還會哭出來。不然的話，一生起氣來，應該會痛毆對方吧。

然而，蒼佩服的是，遊馬理緒沒有表現出任何一種反應。壓抑著要提高的聲調，低頭緊咬著下唇。兩手在胸前交握吸了深深一口氣。再度抬頭時，望著京介的眼神已經感覺不到動搖。

「總之，您願意聽的話，我就告訴您。雖然會有點長，不然的話爲什麼我會那麼想呢？我不認爲您能了解。」

蒼想，果然這個女生也不是等閒之輩。

時間接近夜半，戶外變得相當冷。因爲只能用來睡覺的帳篷沒辦法談話，四個人便移到屋內的餐廳。放在餐桌上的汽化燈，發出有些刺眼的光芒照向四周。因此，庭院旁邊白天可以看見明亮天空與海洋的玻璃門，在夜晚此刻則是映照著室內情景的陰鬱大鏡子。對於在場的四個人而言，室內面積、天花板的高度都顯得太過，使人感到有種微妙的壓迫感。是否因爲意識到，在靠著牆壁的餐櫃的另一邊，就是封閉的中庭呢？

蒼兩手握著裝著重新泡過的咖啡的杯子，理緒眼眸微低地開口了。

「祖父他在去年八月十六日，星期一的清晨，被發現倒臥在自己房間內的地板上去世了。是前一天晚上到東京去的藏內叔回來後才發現的。被發現的時候似乎是仰臥在地上，後腦被撞擊到，身體已經冰冷了。大概是不小心摔死的，雖然警方有調查，但也沒有深究。畢竟八十六歲的老人家腳一滑跌倒在地上，就那樣去世也沒什麼好奇怪的，所以警方就當作意外處理了。可是……」

「可是理緒無論如何也不能接受那樣的說法。」

深春插嘴。京介靠著椅子，不發一語。

「是的，您說的沒錯。」

「我想聽聽妳的理由。」

「在那天的兩天之前，我還暫住在這裡。祖父像平常一樣跟我一起吃飯、第二天早上一起去騎馬，看起來精神很好。他的雙腳一點問題也沒有。」

「嗯，可是那要當作證據的話，過於薄弱。」

「當然不是只有那樣！」

理緒兩手撐著桌子，注視著深春滿是鬍子的臉。

「藏內叔回來的時候，門好像沒有上鎖。不管是大門、玄關還是中庭的雙層門，全都沒鎖。祖父從來沒有過晚上不鎖門這種粗心大意的事情。

而且，藏內叔前一天晚上還留在這裡看家，星期天下午祖父忽然要他去買東西。聽說那明明不是急著要的西班牙文書籍，祖父卻表示無論如何都想要看到，非得在那一天買回來才行。藏內叔只得先到東京住一晚，星期一再去找。如果是藏內叔說的那樣，本來不應該超過半天以上都沒有在祖父身旁才對。」

「怎麼搞的？搞得好像是因爲不想要藏內先生在場的樣子。」

理緒表情陰沉地點頭。

「藏內叔爲了幫祖父辦事，大概一個月會去東京一次。但那都是很早以前就排好的行程，沒有過像那天下午那種忽然就算要外宿，也非得把書找回來，在當天一定要辦好的吩咐。一般要買書的話，祖父總是打電話跟熟識的書店訂購，再請對方送來。所以那天晚上藏內叔雖然住宿在品川的商業旅館，卻怎麼樣也覺得不安。聽說他抱著會被祖父痛罵一頓的心理準備，第二天一早搭最早的電車回來。」理緒繼續訴說著。

「明明不只是藏內叔，我也打算來這裡住個兩、三天，卻第一次在星期六被趕回家。因爲星期一開始，馬術俱樂部要到富士吉田去集訓。雖然我明明說了，比起先回東京再過去，從這裡出發更方便。他卻裝模作樣地說什麼我是考生，所以一定要更用功一點才行，爺爺自己都笑了。我跟爺爺那樣說，最後……」

理緒像是要擺脫回憶一般，用力地搖頭。

「祖父在星期天晚上，不知道預定是要接待哪一位客人。依照祖父當時的言行舉止，只能認爲如果被我，或是藏內叔知道那位客人究竟是誰就糟糕了。」

「嗯……原來如此。狀況證據呀……」

深春一邊喃喃自語，一邊摸著下巴。

「想要不管的話，又有點在意……」

「不只是那樣而已。與其說我是聽藏內叔說的，不如說是倒臥在地上的祖父身邊，有一張翻過來的小木頭桌子透露的。祖父好像就是被那張桌子的桌腳撞到頭的，裝有葡萄酒的水晶酒瓶跟酒杯，在附近碎了一地都是。那套酒器剩下來的部分在這。」

理緒站起來，打開西班牙沒骨描繪風格的餐櫥。擺放在小的橢圓形盆子裡，像是桌上搖鈴的形狀，長杯腳的切割玻璃杯。雕工極爲細緻，理緒用手指拿起那細長的杯腳，在汽化燈強烈的白色光芒中，宛如寶石般閃閃發光。

「哇，好漂亮喔……」

「這是手工切割的波希米亞酒杯，聽說是現在非常不容易買到的夢幻逸品。祖父從戰爭以前就很寶貝，一套有六個玻璃杯和一個酒瓶。」

「只有四個呀？」

「可是掉到地上的玻璃杯，不是只有一個嗎？」

深春低聲地吹了聲「咻」的口哨。

「也就是說，還有一個是被那位客人拿走了？」

「爲了隱藏指紋？」

「不是，應該是因爲那個也破掉了。本來洗乾淨放回來是最好的處理，但破掉了就沒有辦法了。意思就是，掉到地上的是兩個玻璃杯，一目了然，在場的應該還有一個人。然後他急忙把碎片給收拾乾淨了。」

「妳有把這件事情告訴警方嗎？」

理緒搖頭。

「因爲等到葬禮結束後，藏內叔才發現這件事。當然，酒杯的碎片早就被處理掉了。」

「好可惜喔。如果還留著的話，也許就可以著手調查了。」

或許如果當時更加注意的話，就會發現碎片的份量超過了一個酒杯該有的。因爲在同時摔破的碎片中，只撿起自己使用的那個杯子的碎片，應該是不可能做得到的。

「我也是今年年初，從藏內叔那裡收到來信才知道的。」

「的確，爺爺倒下的時候，應該還有人在場的。我都了解了，理緒。」

深春那像是樹根一樣粗壯的手臂，在胸前交叉。

「不過到底是誰呢，那個人……」

畢竟是母親，所以難以啓齒。應該讓理緒可以沉澱一會兒。

「妳認爲是特定人士，有證據嗎？」

深春的猶豫顯得有點怪，理緒則露出淡淡的笑容。

「那個週末，家母到修善寺去了，她娘家杉原家的別墅在那裡。我的阿姨，也就是家母的姊姊，還有家母以及家姊都在那裡。留在東京的家父晚上打電話給她們的時候，明明還不到八點，阿姨卻已經睡了。聽說是因爲從上午開始就有感冒的症狀出現。可是，我後來偶然看到相簿，有張日期是『8／15』的相片。上面是阿姨在海邊，穿著無袖上衣笑得很高興。爲什麼阿姨要對家父說那種謊言呢——大概是因爲那個時候，家母人已經不在修善寺了。」

理緒語氣痛苦地下了結論。

「唔……」

抱著手臂，仰望天花板，深春發出奇怪的聲音。

「修善寺到熱川，距離大概多遠？」

大概已經反覆思考這個問題好幾次了，理緒立刻回答：

「不到五十公里。從天城峰經河津再北上，或經由伊豆高山觀光公路南下，都差不多。」

「那樣的話，如果是深夜，路上很空的時段，大概花不到一個小時。」

「嗯，沒錯。」

「可是呀，理緒。因爲沒有不在場證明，就認爲人家是犯人的話，可是不行的喔。」

「你說的是動機嗎？」

理緒還保持著微笑，陰鬱的微笑。

「要說動機的話，她也有喔。」

2

「我的父親跟母親，眞的講難聽一點，是互相心懷鬼胎而結婚的。家母曾經對我們這麼說過，爺爺需要她家的錢，她家則想要遊馬家的人脈。沒錯，祖父是想要錢，人概是因爲他沒有辦法割捨還留在黎明山莊裡頭的幾匹馬。

家母的娘家杉原家，是橫濱的有錢人。開設一間設有小學到短期大學，頗爲知名的女校，叫做杉原學園。現在的校長是家母的姊姊，名字叫做杉原靜音。就是我剛剛提到的，接聽家父打到別墅的電話的阿姨。

家母的名字是遊馬明音。原本是很有企業經營能力的人，聽說結婚之前，二十出頭就在橫濱市內開了間餐館。那幾年好像擴展了不少珠寶名品的分店，不要說是日本各地，就連歐洲、美國都有。可是，家父是個天生的學者，對於金錢的事情一竅不通，只要關在書房裡就很滿足。如此個性不合的夫妻實在很稀奇對吧？不要說是家庭旅行，就連一家團圓同桌吃飯都幾乎不曾有過。不過，從我們小時候開始就一直是那樣，也不覺得有什麼不對的。」

「遊馬……明音……嗎？『明音珠寶』是她開的？」

開口的是始終保持沉默的京介。理緒似乎嚇了一跳，張大眼睛看著他，點頭。

「是呀，您知道那家店嗎？」

「我記得資料上是說，那是家以具有獨創性的設計，針對年輕女性以較爲廉價的商品爲主要市場，而擴展迅速的店。」

「京介，你怎麼連這種事情都知道呀？」

「沒什麼。」

然後他又閉嘴不說話了，眞是個令人受不了的傢伙。理緒也像是放棄等他開口一樣，將視線從京介臉上移開，繼續說下去：「據說祖父決定好家父與家母的婚期，就搬到伊豆來了。當然從我有記憶以來，他一直就住在這棟房子裡。雖然他好像也會去東京的樣子，但都不曾繞到松濤那邊的房子。家人決定要去修善寺的杉原家別墅休息時——與其那麼說，不如說除此之外，也沒有其他地方可去了——也從來不曾順便到熱川這裡來過。

但是不知道是什麼原因，只有我在上幼稚園以前，有到黎明山莊這裡住過。小時候是藏內叔帶我來，長大一點後，我就一個人搭電車過來。」

「令尊沒有一起來嗎？」

「嗯。在我印象裡，直到爺爺去世前都不曾來過。」

也就是說，不只是媳婦跟公公，父親跟兒子的感情看來也不是很好。

「然而令尊會研究西班牙文學，顯然是受到了老先生的影響。」

「似乎是那樣沒錯。爸爸似乎在他小時候也被曾帶來過這裡。有一次爺爺曾經在馬術俱樂部的馬廄裡跟我說：妳爸爸是個膽小鬼，到這裡一看見馬的臉就哭了出來。所有來過的小孩子都哭了出來，卻只有我例外。」

理緒似乎就那樣陷入了回憶之中，忽然沉默不語。聽到深春故意的咳嗽聲後，抬起了茫然的臉。

「抱歉，繼續說吧——像我剛剛說的，我們家從一開始就四分五裂。正因爲認爲四分五裂是理所當然的，所以小孩也沒有思考過爲什麼。因爲沒有碰面，也沒看過家人爭執吵架的情形。但是，這種情況怎麼想都很不自然。不管爺爺他的個性有多頑固、偏執、討人厭，至少他對我很親切。儘管如此，家父也好家母也好，都像是在躲他。家母在我每次說要去熱川的時候，臉上都會皺起眉頭，露出厭惡至極的表情。

所以，我的想法才會變成現在這樣。在他們之間應該有著我所不知道的失和原因。」

「可是呀，理緒。跟公公處不好的媳婦，世界上多得不得了。不想見到老爸的兒子也很多。」

深春插嘴。

「就算把那當成個問題，也沒什麼大不了的。不過就是打從心底討厭，個性不合而已。別人的話，不碰面就沒事了，可是因爲是家人，反而難以處理。拿我的情況來說，我跟我老爸一年頂多就是見一次面而已。」

然而理緒鑽牛角尖的表情依然沒有改變。

「到去年為止，我都是那麼想的。爺爺在八月時去世，在那前幾天，家母到了黎明山莊來，跟爺爺發生了激烈爭吵。而且，像是在威脅藏內叔，說她知道秘密……」

「咦？真的嗎？」

「又來了呀……」

蒼與深春各自聽到了自己想聽的話。

「威脅的話，就不安穩了。」

「而且對象還是藏內叔呀。」

「那件事情，妳確定嗎？」

「祖父的喪禮後，藏內叔特地私下到東京去找我，要跟我確認。他希望不要損及遊馬家的名聲，誠懇地告訴我這件容易招致誤會的事情。不然的話，黎明山莊就保不住了。

藏內叔當時自然也認為祖父的死亡是個意外，覺得沒有必要特別告訴警方，家母來過的事情。可是後來他發現到酒杯少了兩個，還有玄關的門沒有上鎖，以及他被叫去買東西等等事情，都十分反常，讓他不得不在意——此外，得到家母許可的不動產業者也到這裡走動。」

「不動產業者？」

「嗯，我是更早的時候聽到拆除計劃的。我想我收到信的時候，就已經有這個計劃了。」

「妳知道他們爭吵的原因嗎？」

講話的是京介。一直沉默著的他，卻忽然開口了。終於到了這一刻。

「這個我有猜想過，雖然藏內叔所聽到的，只有一點點而已。我想應該是——『藍寶石』。」

3

「藍寶石……是指一種寶石嗎？」

沒有多想就反問了一個蠢問題，因爲那是個有點遙遠的字彙。

「啊！對了！妳媽媽的店是珠寶行嘛！可是……」

「接下來請跟我到中庭去。我有東西想請大家看一看。」

理緒站了起來。蒼內心其實不太想過去。那裡連白天都瀰漫著詭異的氣氛，要在這樣的深夜進去，實在是讓人不怎麼高興。可是深春迅速地拿起燈，站到前面去。眼前的照明只有那盞燈，要是被留在這裡就更受不了了。

跟藏內借來的鑰匙，打開了中庭的門。兩層的門裡頭，先開了木門。老實說蒼有點怕黑。白天看來都有陰氣沉沉的感覺，夜晚的中庭更是顯得陰鬱。汽化燈投射出來的長影子，在灰色大理石上舞動著。乾涸的噴水水盤、沒有掛盆栽的盆栽勾，沒有燈光的吊燈……

「不好意思，可以幫個忙嗎？」

理緒的聲音傳來。她打算拿開靠在沒有窗戶的牆壁上，一塊像是門的板子。板子似乎被防水紙板狀的東西所包著，上頭掛了一根繩子，其實還挺重的。把這塊板子拉到中庭，靠在一根圓柱上，再解開繩子拿出紙版。出現在眼前的是一幅裝裱好的油畫。

這是一幅年代十分久遠的畫。顏色有種污濁暗沉的感覺，畫面上有塊看來非常明亮的地方，好像特別被清過，應該是用什麼東西擦拭掉污垢的吧。是一張讓人聯想到畫家大衛（註12），那細緻而寫實的筆法，描繪的是一個男人，還有一匹馬。

男人有種不算年輕，但又還與中年有段距離的感覺。黑色高禮帽加上黑色燕尾服，但褲子是合身、及膝的白色馬褲，穿著黑色馬靴。不知爲何以陰沉深思般的眼神望著前方，站在馬頭前方的正對面，戴著手套的左手則握著轡繩。這幅畫的主題，很明顯是那匹馬。

從來沒看過這麼美麗的馬……

對於馬一無所知的蒼，不由得這麼想。今天在馬術俱樂部看到的、騎的，都是英國純種馬，賽馬所使用的競賽馬也多半是英國純種馬。畫當中的馬，比例明顯不同。臉更大一些，頭比較壯，四肢也感覺比較粗壯，似乎是北海道特有的道產馬。但並不是肥胖，而是勻稱有如雕刻出厚重感的馬身，會讓人覺得那反而才是馬原本該有的體型。

另外，還有美麗無比的毛色。宛如發光的純白頸部與軀體，臀部與足部則稍微帶著有如積雲的灰色花紋。如弓昂揚的後頸上面，是微風繚繞的鬃毛；豐厚的尾巴是交雜著細微灰色的純白。握著轡繩的男人，視線向著畫面之外，但在他前面舉起右前腳高站起來的白馬，又大又圓的眼睛專注地望著男人的臉。

金色的畫框，刻有小字。「黎明號之圖／一九四〇」。

「這是年輕時的爺爺，還有爺爺的馬。」

理緒低低的聲音，帶著點哽咽。

「這匹馬活著的時候，我還見過牠。」

「啊！這就是千里迢迢從西班牙帶回來的那匹馬？」

「正確來說，是在西班牙誕生的小馬。大概到目前爲止，踏上日本的純種安達魯西亞馬，就只有這一匹吧。」

「叫做『黎明號』嗎？所以說，山莊的名字是跟著馬名取的？」

「或許吧。英國純種馬也是一樣的。雖然是蘆葦色，也就是白色的馬，小時候也是棕色的。隨著年齡增加，毛色會漸漸變白。想到這一點，就會覺得『黎明號』是個頗爲貼切的名字。」

「嗯，確實如此。」

「你們知道嗎？這個地方。」

理緒伸出手指，指著馬額頭的部分。從耳朵到臉一帶，被風吹動著的鬃毛。

「這個轡頭正中央有藍色的裝飾品對吧？這是以前爺爺從西班牙帶回來的藍寶石，家母一直很想要。」

蒼墊起腳尖，把臉湊近掛畫的地方說：「可是，如果這是依照眞的東西畫下來的，那寶石還滿大的喔。跟馬的眼睛差不多一樣大了。」

她以拇指跟食指做出一個圓形狀，向深春等人展示大小。

「這個藍寶石，到底有幾克拉呀？」

「等一下！一克拉到底是多少公克？」

「一克拉等於零點二公克。」

京介小聲地說。

「五克拉才有一公克呀。要是有幾百克拉的話，實在無法想像。」

「到底有幾克拉？」

「不要問我啦。」

「京介？」

「寶石的價值會根據本身的品質而改變，只看圖的話怎麼可能知道。」

「這個眞的在這裡嗎？」

理緒搖頭。

「也許以前有，但我想如果有那個東西，爺爺應該也會賣掉，把所得用在馬的身上。可是家母好像不認爲他會那樣作。去年夏天事件發生前，我也被她死纏爛打追問了好久。『爺爺這麼疼妳，妳不可能不知道。妳說不知道，那妳倒是說說看。爺爺怎麼回答妳的？他是什麼表情？』那時候她一開口，說的盡是這些。」

理緒露出苦澀的表情。

「我聽看過鑑定書的人說過，戰爭之前好像鑑定過那顆藍寶石。但說的人只是看過鑑定書，沒看過實物。我雖然不太清楚，但應該是最優良品質的皇家藍寶石。確定是現在已經很難去開採的喀什米爾所生產的。就算戰爭之後的那段時間有多混亂，如果把那種東西拿出來賣的話，一定會成爲話題的。但到處都沒有相關的記錄，只能認爲那一直都在爺爺手上——家母是那麼說的。」

蒼想，那也是多少有點道理的。無論如何都是珠寶店的董事長，像那樣的資訊確實與否一定可以掌握。

「當然我想家母不單單只是想要拿走爺爺的東西而已。那種國寶等級的寶石，假設只是擺在店面裝飾，就是很棒的宣傳了吧？因爲她總是說，雖然到現在是以年輕客層爲主的店，但不能只是如此，要成爲能夠提供更高級商品的店才行。」

「可是，這樣不對呀——」

像是在偷瞄理緒一樣，蒼搖了搖頭。

「光是那樣的理由，人是不會去殺人的呀。」

「就算不是預謀殺人，但不能完全否定一時衝動殺人或是意外的可能。」

背後傳來京介的低語，理緒默默地點頭。

「所謂財富是災難的種子嗎？我覺得不管再怎麼漂亮，到頭來不過就只是顆石頭嘛。」

悵然所失地撫著下巴的深春，表情忽然一變。

「喂，理緒，這個難不成是血？」

「嗯。」

深春所指著的是圖畫的下方，塗成黃褐色的地面部分。畫裡的遊馬歷用左手牽著馬的轡口的轡口，拿著鞭子的右手往下垂著。右手的食指像是指著自己的腳邊一般地伸直。而正好在食指所指的位置，有個黑色的水滴狀物體。感覺上是把畫放平，然後從上方滴落液體形成直徑約五公分左右的圓形。那應該是滴落的血滴所形成的。

「那，這是爺爺的血嗎？」

理緒緩緩地搖頭，臉色鐵青。

「那是，家父的血。」

「令尊的……」

「去年十二月二十八日，家父在爺爺去世的那個房間裡，腹部上插了一把刀倒在地上。藏內叔發現之後，把他送到醫院。」

去年年底發生的「那件事」。雖然有一半猜測到的感覺，老實說卻背脊發涼。因爲那是眞實發生的事情，跟閱讀偵探小說是不同的。

「怎麼會發生那種事？」

「自殺未遂。家父是那樣跟警察說的——但是，那一定是在說謊！」

理緒用力地搖頭，嘴裡發出的聲音近乎慘叫。

「因爲那個時候，藏內叔已經不住在黎明山莊了，只有家父留在這。因爲當家父一個人在黎明山莊時，只要藏內叔一來他就很不高興。那天早上藏內叔會特地過來，是因爲清晨時接到一通奇怪的電話。有個聲音沙啞的女人說這裡有人受傷要他過來，不然就太遲了。我只能認爲，家父一定是在袒護犯人。」

「那麼，理緒，令尊的傷也是令堂造成的？」

低著頭的理緒點頭。

「家父他沒有自殺的動機。而且，也沒有會遭人殺害的理由。至少，沒有遭其他人——」

不是其他人，而是他的妻子所做的？

「可是，所以說……」

「我們稍微整理一下吧。」

京介以平常的淡然口吻打斷了理緒。

「現在在這裡也沒辦法調查證據，就把聽到的事情全部都當成事實來推論看看。這樣的話，那天在這裡發生的事情，值得思考的地方有三個。

遊馬灘男先生在這裡，不知道動機為何，企圖自殺，打電話的那個女人無法阻止他。或者是那個女人就是要來殺他的，但因為某些理由沒有成功。再不然就是他是因為某種意外而受傷。不管是哪種情況，在那個時候，並不希望遊馬先生死亡的那個女人，打電話把藏內先生叫來，卻不能讓別人知道她當時也在場。

可是不管是哪種情況，為什麼遊馬先生要隱瞞那個女人的存在？這一點就變成了一個謎團。能說的就是這樣了吧。」

「不，櫻井先生。還有一個可以考慮的情況。」

理緒低著頭，稍稍地搖了搖頭。

「那個女人一開始就沒有要殺死家父的打算，她的目的只是要盡快把家父趕出黎明山莊而已。為了趕走礙事的人，好去尋找應該是藏在這棟房子某處的藍寶石。找到之後就迅速地拆除這棟房子，好讓自己殺人、傷害跟竊盜的犯罪現場從世界上消失。

然後，家父到現在為止都是那個樣子，現在也像是放棄了一樣。那個女人，就是家母。這樣所有的疑問就會被埋藏起來，不是嗎？」

理緒的臉靜靜地抬起來，雙眼望著京介等人。蒼、深春，大概連京介都一樣，在這個時候忍不住大吃一驚。理緒那瘦小的身體，彷彿散發著潔白而冷冽的火焰。

「把自己的親生母親，當作是祖父跟父親的殺人傷害事件的犯人去加以檢舉，也許你們會認為我是個過分的女兒。」

理緒嘴角上揚，似乎是想要擠出微笑的樣子。但是，卻只出現了些許的痙攣。

「可是，我還是無法原諒家母——」

理緒渾身發抖。邊發抖邊喊叫。

「她總是一副只有自己是正確的樣子，像是只有她才能光明正大走在外頭一樣。一臉她可以做到爺爺跟爸爸做不到的事情的樣子。把拉拔我們長大也當作是她的功勞。她那種人，就算是意外，也會放著在眼前逐漸死去的爺爺不管，去收拾酒杯的碎片，然後再偷偷逃走。為了寶石，看著家父快要氣絕的雙眼，還裝作若無其事。會做出這些事情的人，說的全是謊話。對我說的、對我做的，全部都是假的。我絕對，不會原諒她！」

4

（唉，眞是個性格激烈的女兒呀……）

深春在嘴裡喃喃自語。但是儘管給人這種感覺，蒼還是覺得她很可憐。正因爲不想要憎恨母親，所以理緒才會如此痛苦。無法跟任何人商量，只有自己獨自懷疑，獨自煩惱。甚至無心繼續練習最愛的馬術。

京介是怎麼想的呢，還是一樣完全看不出來。那張被瀏海覆蓋的臉抬了起來，什麼也沒看地，只是站起身。

「總之，先離開這裡，換個地方吧。」

這個中庭一點都不好，讓人心情鬱悶。深春打算回答這個問題的同時，蒼的耳朵捕捉到了某種聲音。是車輛的引擎聲。聲音的來源並不是庭院下面的國道，而是明顯地朝著這裡而來的。

「有人……來了……」

這麼脫口而出時，其他人應該也聽見了。尖叫般的煞車聲在門口停住，是相當粗魯的停車方式。開門聲之後是打開玄關的聲音。雕花鐵門的另一側，忽然冒出了刺眼的光線。

「你們這些人在做什麼！」

非常高傲的女人聲音。她一隻手拿著手電筒，大步走了過來。雖然看得到對方身上華麗的紅色套裝，但直接打到臉上的燈光，讓人看不清楚對方的臉。

「理緒，妳到底想做什麼？這個時間還把男人帶到家裡，可不是年輕女孩該做的事情唷。」

「媽。」

理緒總算發出了一點聲音。蒼慢了半拍才注意到。啊，原來這個華麗的女人就是理緒的母親，女企業家遊馬明音，以及說不定就是「犯人」的人。

「妳還知道叫我媽！我到現在是這麼信任妳，才讓妳隨心所欲不加干涉——」

「不好意思，遊馬董事長。您好像有些誤會了，可以讓我說明一下嗎？」

京介緩慢地插嘴說到。

「你誰呀？」

遊馬明音惡狠狠地轉頭過來，但有些尖銳高亢的音調已經多少有些下降。

「我們是W大學文學院美術史系的近代建築調查團隊。這次承蒙遊馬理緒小姐與藏內哲爾先生的協助，到這棟黎明山莊進行實地調查與測量。非常抱歉這麼晚才跟您打招呼，我是負責人，神代研究室的櫻井京介。」

毫不介意直射著臉的光線，從容地往前走的京介，站在對方的正對面，以熟練的動作遞出名片。

「請您多多指教。」

12　大衛：Jacques-Louis David，1748-1825。法國新古典主義畫家，繪有「拿破崙加冕」等著名畫作。

不笑的男人

1

遊馬明音——與這個不景氣時代相左，現在也持續急速成長的投機企業，明音珠寶連鎖店的女董事長。在十八歲的女兒理緒之上好像還有幾個小孩，應該至少也有四十五歲了。但是，現在單手拿著手電筒，站在蒼等人面前的，客套的說法大概可以說是大朵的薔薇，是位充滿魄力的「歐巴桑」。

因爲燙髮顯得很濃厚的短髮，染成明亮的栗色。沒有皺紋的額頭底下，是讓人聯想到理緒的濃黑雙眉，但雙眼與單眼皮的理緒大不相同，是上了濃妝清楚顯現輪廓的雙眼皮。鼻子也是又高又大，塗成紅色的雙唇更是豐厚。也就是說臉上的所有工夫就是要達到大又華麗的效果。身高應該也超過一百七十公分，似乎差一點就要發福的魅力身軀，包覆著醒目的深紅色，腳上穿著同色系、看來足足有八公分高的高跟鞋。雖然不能說不是個美女，但那種「美」跟能夠讓男性開心的美是不同的，應該說是讓人退縮、氣餒、屈服之類的感覺。

只看了一眼的蒼，便打從心底同情起理緒。姑且當作是無關的陌生人，這也絕對不會是個讓人覺得開心的母親類型，即使是在生意上，要與這種人來往，想必也一定會消耗大量心力。

可是此時在她面前的是誰？可是櫻井京介喲，即使是面臨對手充滿壓迫的進逼，京介也絕對不會改變自己的態度。有必要的話，不管是伊莉莎白女王，或是瑪丹娜，都可以跟現在一樣平靜的口氣說話，並且遞出名片吧。

所以，假設是像現在這種必須得拉攏情緒激動的對手，在一瞬間就想出最能收到成效的對策，更是他的得意技巧。雖然現在一身的打扮怎麼樣算不上正式，但言詞可是規規矩矩地照著禮儀來。

而不管對方是怎麼樣的怪物，只要好好地打招呼，並且遞上名片，隨後邊說著「謝謝您」收下名片，邊遞出自己的名片，這已經成了日本商人的反射行爲。女性企業家遊馬明音，似乎也完整地植入了這套思考模式，對於女兒的行爲舉止怒不可抑的母親，一看到京介的名片，就立刻切換開關變了另一個人。

虛張聲勢說是近代建築調查之類的，多少還是有些效果的。拿出自己的名片交換之後，遊馬明音仔細地看著。

「您是櫻井京介先生對吧，是W大的學者囉。」

自言自語的口氣也跟到方才爲止相比，似乎更爲恢復了一些冷靜。當然，京介還只是研究所碩士班三年級，雖然稱不上是學者，但這樣的誤會似乎也在預測之內，所以也不加以訂正。

「我們一家都是W大畢業的。祖父、家父是W大經濟系的。不過這是戰爭以前的事情了啦。」

「令尊杉原毅先生，就是杉原學園的創辦人吧。」

似乎在說「哎呀」，明音看了京介一眼。

「你還滿清楚的嘛。」

「因爲收集資料是一切學問的基礎。」

「是那樣嗎？我還以爲所謂的學者，都是閉門躲在書房裡頭，眼裡只有書本的人。」

「我想這是根據學術的領域而有不同。因爲我研究的是建築，文獻調查是必要的，但光靠文獻調查是無法完成研究的。因此可能的話，還是要用自己的眼睛跟耳朵去收集第一手資料。我認爲這樣是最好的。」

「可是，建築這棟房子的是遊馬家的父親，跟杉原家應該沒有什麼關係吧。」

「哪兒的話，現在擁有決定這棟房子的命運的權力，是您不是嗎？」

「沒有那回事。繼承人是我丈夫。」

「不，我不是說所有權，而是決定權。」

明音的濃眉像是觸電般抽動了一下。

「你連我們的家務事都調查了？」

「是的，這是當然的。還有您娘家杉原家的事情，以及您結婚之前的事業，到現在的明音股份有限公司都一併調查了。」

「還眞是失禮呢，調查建築有必要連這些都追究嗎？」

「確實或許已經多少超過了常理，因爲我實在是很容易就脫軌了。」

毫不介意表情再度越來越難看的明音，京介微笑地繼續說著：

「我個人對於董事長您高明的經營手段，非常有興趣。這也會讓您感到不快嗎？」

理緒瞪大了雙眼；深春在後面忍著不笑出來；蒼倒是特別感到驚訝。京介這個人呀，若是爲了特定的目的，更露骨的奉承也能夠平心靜氣地說出口。世俗所謂的陰謀家，指的說不定就是這種人。

遊馬明音那張臉色難看的臉，突然消失不見。

「你這個人還挺有意思的嘛。看樣子，對於最近的學者，我也得重新再好好認識才行了。」抬起豐厚的下巴，像個男人地笑著。正如所料，她的確是客套奉承能夠發揮最大效果的類型。

「所以呢？你們現在從這棟房子裡，找到了第一手資料了？」

「是的。」

「那麼，作爲一位學者，你得到了什麼樣的結論？」

「已經有結論了。我們以研究者的身分，希望今後也能保存並且維持現狀，我認爲這是棟具有如此價值的建築。」

但，果然光是因爲這樣的客套話就改變心情的對手，並不存在。

「眞是遺憾，難得你這麼樣的誇獎。對不起，這是不可能的。不過你要仔細調查的話，應該還有幾天足夠的時間。下星期就要開始土地測量，這個夏天就要整個拆除完畢。」

「媽！」似乎無法再忍耐，理緒叫了起來。

「媽，我求求您……」

明音一聽，立刻恢復了原本可怕的表情，睥睨著女兒。

「妳那是什麼聲音？實在太不成體統了。有什麼辦法？現在的遊馬家可不是有能力維持這塊土地玩樂的有錢人。姑且不管房子的維修費用，光是固定資產稅，妳以為就要花多少錢？」

「媽，您總是這樣，總是只會說錢的事情。」

「是呀，我當然只會說錢，為什麼不能說？倒是妳，為什麼老是要那樣說？明明連一毛錢都沒有自己親手去賺過！」

「可是，應該有比金錢更為重要的東西呀！」

「那種話等妳自己可以好好照顧自己的時候再說！我每天可是忙得連在家裡睡覺的時間都沒有，整天東奔西跑。希望妳不要忘了這一點。什麼叫做比金錢更重要的東西？不管是妳還是灘男，你們這些遊馬家的人都只會說一樣的話！」

明音的口氣越變越急。無疑的，在她們母女之間，像這樣的爭吵已經不知道有過多少次。理緒低頭，緊咬著嘴唇。她內心所想的，一點都沒有說出口。侵蝕著女兒心中的疑惑，似乎就連母親也完全都沒有注意到。

理緒背過臉去打算離開，但明音伸出手抓住了女兒的手腕。

「等一下，妳要去哪裡？」

「我要睡了。」

「在這個空房子？真是豈有此理。妳跟我一起回修善寺去。我就是為了要帶妳回去，才專程過來這邊的。」

「我才不要！」

理緒努力地想要抽出自己的手，明音卻毫不在乎。女董事長不是只有力氣，體力看來也不錯的樣子。

「我剛到修善寺時，打算打電話問問看藏內先生這裡的情況。妳沒有跟家裡任何一個人說就擅自行動，不是嗎？更重要的是，還沒出嫁的女孩子，居然跟一群男人到沒有人在的地方一起過夜，像什麼話！」

雖然她怎麼看都跟保守婦女相差甚遠，但果然一與女兒有關，還是免不了這麼說的。蒼在內心裡深感意外。

「說是過夜，我們都睡在院子裡的帳棚……」

「我沒有說不相信你們。我只是在說一般常識而已。」

深春客氣的抗議，立刻遭到了封殺。

「可以的話，可以請你們也一起過去嗎？雖然是古老的別墅，但優點是還滿寬廣的，房間數也很夠。我的幾個女兒還有姊姊這個週末，打算去久違的伊豆旅行。」

「承蒙您的邀請。那麼明天——說是明天，其實已經是今天了。」

京介的視線瞥了一眼手錶。

「等到傍晚再到府上打擾吧。因爲早上已經跟藏內先生約好了，今天晚上我們就依照預定在院子裡的帳棚休息。」

既然對方也答應了邀約，女董事長倒也爽快地點頭答應他們留宿。

「明天晚上的話，我要介紹的人就不只是我們一家人而已了，因爲我打算辦個小型派對。你們可以一起來參加嗎？」

「那我也等到明天再一起——」

「妳安靜一點。妳要是穿著那套衣服在派對出現，會讓我們家丟臉的。」

蒼覺得好像有點不太對勁。要說服裝什麼的，他們也沒半個人穿著是像樣的。

「你們就載藏內一起過去，讓他幫你們帶路吧。最晚請在六點之前到達。那麼，櫻井先生，在明天的派對之前，您想要做什麼呢？」

「機會難得，我打算再仔細地調查一下黎明山莊。」

「所謂的調查，是要做些什麼事情？」

「因爲我也沒帶器材，所以只是些觀察、拍照、速寫之類的事情而已。」

只有這些的話，今天一天之內應該是可以順利結束的，但京介裝模作樣地回答到。

「這樣呀。那麼到時候這屋子裡頭，就會只剩下你們了……」

「如果您擔心的話，那我們在屋子裡的時候，可以請藏內先生陪同。或者是，要先寫一份契約？牆壁、地板、天花板，還有包含其他家具在內，屬於這棟房子的所有東西，都不會加以移動或者損傷。還有，當然——」

京介似乎是故意的，加上了說明。

「調查過程中所發現的任何物品，都不會佔爲己有。」

遊馬明音的臉頰瞬間變紅了。京介所說的話語，在她耳裡聽來，明顯的是種指桑罵槐。但只有這種程度，是不會讓她退縮的。她瞪了一眼被她抓著手的理緒後，轉頭正面直視著京介。

「你說的話還眞有意思，櫻井先生。難道你想在這個空屋裡頭來個尋寶活動嗎？」

赤紅色的嘴角浮現了看來無所畏懼的微笑，但京介還是沒變地淡然以對。

「您說的一點都沒錯，遊馬女士。對學者而言，調查確實是除了尋寶之外什麼都不是的活動。」

2

「京介，你看女人的眼光還眞糟啊。」

深春突兀地丟出結論。理緒與明音一同搭乘的BMW的引擎聲逐漸遠去，剩下的三個男人躺在帳棚裡的睡袋中。京介立刻摘下了眼鏡，一副準備睡覺的模樣；但深春卻拿出裝有威士忌的隨身酒壺；蒼也因爲情緒激動，現在似乎還不太想睡。

「對那種跩得要命的歐巴桑，扯了那些客套話，可也保護不了理緒不是嗎？你還眞是冷漠呀。」

「我本來就沒有那樣的打算……」

連額頭都埋到睡袋裡面，只能聽見模糊的聲音。蒼也伸長脖子，注視著京介的臉。

「喂，京介。你眞的連那個歐巴桑的事情都調查得那麼清楚呀？因爲剛剛我們又沒有問理緒，明音珠寶是不是她母親的公司。」

「我只是碰巧記得杉原毅這個名字，剩下的都是虛張聲勢。」

又來了？

「可是那個女董事長，確實是個讓人很有興趣的人物——」

接著就聽到了睡著的安穩呼吸聲。

「喂，你這傢伙！不要睡啦，京介！」

「不可能的啦。他已經已經睡成那個樣子就沒用了。京介如果要睡，十秒之內就可以完全熟睡了。」

蒼搖了搖頭。

「一旦他睡著了，接下來的八小時就會跟屍體一樣，不管旁邊怎麼吵鬧，都完全不會醒來。」

「他平常可是個晝伏夜出的吸血鬼呢。」

「調查中的京介可是會完全轉性，變成一個健康寶寶呢。深春你不是認識他很久了嗎？怎麼會不知道這種事情？」

「知道這傢伙的睡眠習慣又怎麼樣？眞是噁心。」

「嗯，要是他是女生就好了。」

「說的也是——笨蛋，你在胡說什麼？」

把栓緊瓶栓的隨身酒壺放在枕邊，深春把睡袋的拉鍊拉起來。

「喂，蒼。」

「幹嘛？」

「我改變主意了，我要堅決支持理緒。那個扯高氣昂的歐巴桑一定是爲了想要藍寶石，所以殺害了老爺爺，還刺傷自己的丈夫。這些她若無其事，一臉什麼也不知道的樣子所說的事情，搞不好都是她做出來的。可是，說到這個笨蛋——」

說著，敲了敲櫻介從睡袋裡露出來的腦袋。

「還是一點都沒變，腦袋裡只有建築的事情。這樣下去，他很可能就會對著那個歐巴桑搖尾巴了。我只想好好保護理緒，你也趁這個時間好好想想，要站在京介那邊還是我這邊。」

「可是說要保護理緒，具體的做法是什麼？」

「那就是你從現在開始要思考的呀！所以總之最需要的就是，探究眞相。嗯，沒錯。」

說完想說的話後，一個人頻頻贊同，深春的睡袋不一會兒便傳來了鼾聲。蒼越過京介的頭，偷偷地伸長了手，把深春枕頭邊的隨身酒壺拿過來。他可不想要跟一頭熊間接接吻，但因爲附近也沒有杯子，只能用舌頭舔著倒到手掌上的酒。雖然便宜的威士忌只有火辣刺痛，一點都不好喝，但喉嚨一帶還是一下子暖了起來。心情稍微變得好一些了。

（探究眞相……嗎？）

閉上雙眼，彷彿在黑暗中翻閱相簿般，今天所見到的情景一幕幕地浮現出來。白馬的畫像、陰暗的中庭、理緒總是一臉快要哭出來的表情、沒有窗戶的奇怪房間、那裡的床上方掛著的小畫框當中的詩歌。「男人沉溺於思緒……」

（他到底在想些什麼呢，獨自一人，在這個家待了五十年這麼久。）

五十年的歲月，可以讓牽著白馬的憂鬱青年，變成孤獨又偏執的老人。那位老人被不知道什麼東西傷到頭部而身亡。附近的地板上散落著破碎的水晶酒杯碎片，從小小的窗戶照射進來的晨光，應該會閃耀著宛若寶石的光芒吧。

（寶石——國寶級的藍寶石——）

那麼久遠以前降生到這個世界的老人，如果眞的是被人殺害的，這的確是最有可能的動機。可是，那顆藍寶石現在應該還藏在某處。他到底是在什麼地方，如何取得的呢。是在西班牙嗎？儘管如此，在那個國家並不容易取得寶石之類的東西。不管是怎麼有錢的留學生，應該也不是隨隨便便就能買到的。不，因爲他在西班牙時完全音訊全無，應該是無法接受日本方面的金錢支援的，不可能會有多少錢在身上。

（那個時候的西班牙，一定還有國王存在吧。說不定是因爲有什麼樣的功勞而受到賞識，所以能得到皇室的寶物吧。）

想不通的事情實在太多了。當事人遊馬歷身亡之後，只能夠成爲永遠的謎團了。

（可是，如果不弄清楚，理緒說不定永遠無法脫離陰鬱了——）

蒼忽然注意到這一點。難道不是嗎？問題既不在於寶石的下落，也不是眞正的殺人兇手是誰。理緒所祈求的，並不是檢舉母親或是讓她被逮捕。打從自己懂事之前，家人間扭曲的關係就像是扣錯的鈕扣一般。祖父可疑的死亡，父親怪異的負傷，無疑地都讓那個矛盾浮現出來。唯有解開那個如同扣錯鈕扣般的扭曲眞相，才能夠讓理緒得到眞正解脫。

（可是那樣的話，比推理小說的解決方式還要難上百倍呀……）

把掌心殘留的威士忌都倒到嘴裡，蒼在睡袋裡頭伸展了身體。

推理小說的名偵探找出犯人，揭穿犯罪手法跟說明動機後，就可以了無牽掛地下台一鞠躬了。留下來的人們會因爲那個結果而幸福嗎？今後要如何生活下去？這些事情彷彿都不重要。但或許對於關係人而言，謎團的探究其實是可有可無的。因爲，被殺死的人雖然很可憐，但是活下來的人總是得繼續生活下去的。

不過，那天晚上的夢裡，蒼便化身成爲了名偵探。在不知位於何處的房子裡，一間像是客廳的地方，坐在椅子上環視著周圍的人們，緩緩地開口：

「好了，各位——」

但因爲連自己都在發愣，所以之後要接什麼台詞，腦子裡完全都是一片空白。

3

五月十五日，星期天下午三點。

一如往常，由栗山深春駕駛的越野吉普車，正在貫穿伊豆半島中央的國道四一四號上，一邊發出噪音一邊北上。然而因爲天氣非常好，加上又是星期天的下午，路況跟深夜的高速公路完全不同。不管到哪裡，都是不乏伊豆特有的精采活動。這附近有日本唯一的，可以看見豬表演才藝的遊樂園，以山葵田聞名的瀑布，與名小說《伊豆的舞孃》有淵源的健行路線等等，觀光景點成群結隊的擠在一起。因此，雙向各一線道的狹窄公路，顯得更加混亂擁擠，大型的觀光巴士多到看不見盡頭。

「可惡，早知道一開始就走高山觀光公路了！」

這已經不知道是深春第幾次發牢騷抱怨。

「沒用啦，這個時間不管走哪一條路，大概都是一樣塞。簡直就是不知打哪兒來的人潮，一股腦地全擠到這裡來了。」

副駕駛座傳來藏內老先生很不痛快的聲音。

「戰爭以前的伊豆雖然有溫泉，但跟東京相比根本是不同的世界。從那時一路看過來，現在根本就已經不是同一個地方了。」

「遊馬歷先生一開始不是住在熱川嗎？您那時候就在他身邊工作了嗎？」深春問。

「沒錯。那個時候老爺住在松濤的房子，我平常當然也就在那裡工作。可是因爲熱川的牧場裡寄養了幾匹皇室的馬，老爺一部分也是爲了公務，常常會在那裡住上幾天。」

「他是什麼時候結婚的？」

「昭和十七年(1942)，太平洋戰爭開戰後的第二年秋天。老爺那時都已經三十四歲了。」

「這樣呀。那請問一個失禮的問題，這樣豈不是滿晚婚的。他不是遊馬家的繼承人嗎？」

一開始還以爲是在打發塞車的無聊空檔，現在看來好像又不是那麼一回事。深春終於要出面，認眞開始「探究眞相」了。儘管如此，難道沒有更高明的提問方式嗎？這樣子問話要是讓對方心情不快該怎麼辦？蒼有些擔心地在後座豎起了耳朵。

不過，藏內老先生似乎是比給人的第一印象來得更喜歡說話的人。大部分上了年紀的人，理所當然都會喜歡別人問他以前的故事。

「不，確實是那樣呢，你說的一點都沒錯。到老爺決定結婚之前，好像發生了很多事。唉，我自己那時候因爲去當兵，所以沒辦法直接知道他結婚前後的事情。你想聽那個時期的情況嗎？」

「我想聽！」蒼從後座探出身子。

京介雖然什麼都沒說，但還是醒著的。老先生削瘦的臉龐上浮現了一絲苦笑。

「那麼，請你們慢慢聽我說吧。唉，我不知道你們愛不愛聽，不過既然在塞車，就聽聽遊馬家的歷史也還不錯，不是嗎？」

遊馬家的祖先在明治以前，是在崎玉縣秩父一帶擁有土地的富裕養蠶人家。再加上因爲老家位於埼玉縣草加，到了明治以後，取自於當地的地名而得到了遊馬這個姓氏。同時，富有進取之心的年輕當家，把養蠶家業交給了妹婿後，便到橫濱去作生意。一開始專門經營生絲，不久就擴大規模，買賣各式各樣的商品。因爲是草創初期，便盡可能進行一些投機的買賣，眼看著就逐漸成長爲在政府裡頭也很吃得開的富商。

第二代當家因爲繳了很多稅金，而被賜與男爵的稱號。第三代就是明治四十年(1907)出生的歷。雖然如此，在他之前還有兩個兄長，所以在繼承家業這一點上，他一開始是很自由的。然後在大正十二年(1923)，父親把看來無心於買賣的十七歲三男，送到英國劍橋留學。

「英國？不是西班牙嗎？」

對著忍不住發問的蒼，藏內老先生搖了搖頭。

「因爲我也是後來才聽說的，詳細情況也不太清楚。但據說老爺是因爲在英國的時候，偶然了解到騎馬的樂趣，所以說他無論如何都想要去西班牙的馬德里學習馬術。」

當然，在日本的父親並未馬上答應。雖說是去英國留學，但並沒有一個明確的目標。因爲只不過是打算過個水鍍金一下，以便成爲能夠進入官界、政界或是財金界的精英分子。這也是理所當然的。在那個時代，除非是要成爲職業軍人，否則馬術再怎麼精進，也不可能成爲出人頭地的手段。

但不管寫了多少封信加以斥責，或是拜託當地認識的人前去勸說，距離如此遙遠，很難收到效果。然後，歷終於在沒有家人同意的情況下，擅自到了西班牙去。不久，突然從馬德里寄了一封信給擔心的雙親，寫著他已經得到皇家馬術學校的入學許可。父親氣沖沖地說要斷絕父子關係，但最後遊馬家還是不得不接受這件事。

「可是，第二年就發生了很恐怖的事情。」

「怎麼了？」

「是西班牙革命嗎？」開口的是一直保持著沉默的京介。

「一九三一年四月，西班牙的皇室被推翻了。」

「哦……國王被殺了嗎？」

「流亡逃到法國去了。」

「好像是吧。皇家馬術學校當然也隨之關閉了，但老爺只有那一次什麼消息都沒有，完全不知道他到哪裡去了。又不像現在有電視，總之遙遠的日本完全不知道當地的情況，想要託人去找，但是當地也沒有日本人。雖然託人去找了好幾次，結果卻仍然一絲音信也沒有。最後終於認爲只得放棄。」

然而——

又過了三年，誠如晴天霹靂一般，收到了下落不明的歷發出的電報。而且上面只有告知他某日會搭船回到横濱港，此一過於簡短的訊息。完全沒有交代究竟這三年間，他在什麼地方過著什麼樣的生活。因此，在還抱持著是不知是否爲惡作劇的疑慮而半信半疑前往迎接的家人面前，遊馬歷竟然就這麼現身了，還有一件誰也沒有預料到的事情是，他還帶著一匹大腹便便的母馬。這時已經是他離開日本的十年後了。

「我到遊馬家工作，是在老爺回國剛經過半年的時候，但還聽了不少關於那陣子騷動的情況。聽說以前老爺可說是個性溫和又成熟穩重的人，但聽說那時他對著纏著他又哭又笑，說著『十年不見，你還是活得好好的』的母親與伯母沒有一絲笑容。就連她們去碰那匹馬，都被大聲怒斥『妳們安靜一點』。然後，不論父親跟哥哥怎麼問他，他就是沒有半點解釋，始終保持一副撲克臉。

一提到老爺的事情，每個人的嘴上都掛著『整個人完全變了一個樣子，到底在國外發生什麼事情了。』他明明曾經是個替母親著想、個性和善、敏鋭的孩子。爲什麼會變成那個樣子，簡直像是換了個人。好像被什麼給附身了……」

「也就是說，在西班牙的時候可能發生了什麼事情，但是問他卻總是沒有回答囉？」

「是的。甚至連提都變成一種禁忌。不但如此，只要他有一點不高興，就會像座石像一直不說話。那個時候如果硬要靠近他身邊的話，他好像就會什麼也不說就把附近的東西都摔爛。聽說有年輕的女傭因爲害怕而逃走。」

「哇，那是家暴啊——」

「是呀。嚴格的父親也沒辦法，覺得他怎麼樣都無所謂，完全管不動。其他家人雖然也有意見，但卻也沒有成效。唉，決定要我到他那裡工作的時候，也是因爲覺得少爺應該不會對這樣的孩子做出什麼粗魯的事情才對。」

「然後呢？藏內先生應該平安無事吧？」

「我在松濤的房子初次拜見他的那天，他一開始讓我學會了兩個西班牙單字，『si』是『是』，『no』是『不』，大概是這樣吧。」

老先生瞇起雙眼微笑。

「我一次就牢牢記住。他沒有露出笑容，不過跟我說『你的腦袋還滿聰明的。』總之他以前的事情我什麼也不知道，雖然知道他是個恐怖而嚴格的人，也覺得那是當然的，沒什麼好奇怪。說不定，我那樣反而比較幸運。」

「藏內先生，您有沒有看過據說是歷先生收藏的藍寶石？」

深春似乎很順其自然地脫口而出。老先生嘴邊的笑容消失了，一雙眼睛瞪得大大的。

「你是聽理緒小姐說的嗎？」

「嗯。我們也看過那幅畫像了。」

「沒錯，我確實看過，那顆鑲在黎明號頭套額頭部位的寶石。我不知道那到底值多少錢，只是像馬的眼珠一樣的藍色石頭。不過總之那個轡頭沒有實際上拿來使用。與其說石頭這樣那樣，倒不如說是因爲老爺他本來就不喜歡替黎明號佩帶馬具。」

蒼有點不太理解藏內所言之意。

「可是，如果不套上馬鞍什麼的，一般來說不就不能騎馬了？」

「他幾乎沒有騎過黎明號。」

「爲什麼？他不喜歡那匹馬嗎？」

「不是的。老爺對黎明號的疼愛方式，跟其他人不太一樣。老爺到熱川來的時候，都會跟黎明號一起睡覺、一起起床迎接黎明，就像那匹馬的名字一樣。」

當然他留在東京的期間，黎明號也跟其他的馬匹一樣，接受牧場馬廄的照料。可是當時別墅的庭院裡也有馬廄，他到別墅的時候，習慣讓黎明號住在庭院的馬廄。然後只要時間允許，運動、整理保養、餵食等活動，他會全部親自去做。如果愚笨地去問他「要不要幫忙」，反而會落得被大罵一頓的下場。

「我到現在都還記得，他在東京的時候總是像這樣緊緊皺著眉頭，除非必要，總是緊閉著嘴，完全不會看見他開口說話。女傭們路過他房間門口時，都得暫停呼吸。但是那樣子的老爺，跟黎明號在一起的時候臉上就會有笑容。看起來是那麼地快樂，簡直就跟小孩子一樣。

雖然說是讓黎明號運動、整理保養，也沒有我可以插手的地方。他靠近黎明號，熱情地用西班牙話說著話，梳理著那長長的鬃毛，還不是用馬用的粗糙金屬梳子，而是專程買來的，塗成紅色的梳子。用那把紅梳子，慢慢地、慢慢地，疼愛又仔細地梳理。光是那樣就已經像是非常幸福快樂的模樣。所以，當我看到老爺那個樣子的時候，都會盡可能避免讓其他的人去打擾他，讓別人在旁邊稍等，有什麼事情晚點再處理。」

「他沒有騎那匹馬去參加馬術比賽過嗎？」

「沒有。甚至讓別人看到黎明號，老爺都會覺得很不高興。連負責照顧的牧童也不能騎，他嚴格命令說只要讓黎明號做伸展運動就可以了。聽到謠傳的人，要他把那麼美麗的馬帶到東京去，務必讓他們也能親眼看看。好像很多人都想要黎明號參加比賽，連皇宮方面也一再要求，但是到最後老爺連一次都沒有答應過。」

「嗯……」蒼想，這還眞是挺不可思議的飼養方法。難得有那麼棒的馬，卻不想讓別人看見，也不去騎乘，只是對牠疼愛有加，實在很難理解。簡直就像是女生在玩洋娃娃的樣子呢。

「也許就是這個意思吧：他喜歡馬，可是並不喜歡騎馬。討厭用腳跟踢、用鞭子打之類像是在欺負馬的行爲。」

但藏內再度搖頭。

「老爺調教馬匹的手腕非常高明。不管是性格如何惡劣的悍馬，只要經過老爺調教之後，騎上去就會像是另一匹馬，乖乖地聽從人的命令。一般皇宮的馬匹，都是交給成田的御料牧場負責照顧，但也有特地交給老爺的牧場的，就是因爲想要借助老爺那優秀的手腕。

可是我也在旁邊看過，所以知道一點皮毛。馴馬並不是個容易的工作，也不是個好看的工作。爲了要讓人能夠騎上去，把不是馬與生俱來的東西加在牠身上。使用像是馬轡、鞭子、韁繩之類的道具，硬是強迫牠要服從人。告訴牠『你是禽獸，我是人。我是比你更強、更優秀的生物。』牠再怎麼掙扎反抗也逃脫不了，只能記得那些調教，被迫服從人類。很殘忍呀，但沒有通過的話，就無法創造出人類能夠騎的馬。

但是，老爺對待黎明號，我想別說是用鞭子打，就連馬轡都不想套到牠頭上。該怎麼說呢，只有牠是特別的吧。」

4

從天城出發，經過湯島前往修善寺的漫長塞車路途中，意外健談的藏內老先生所說的故事不僅如此。有他很小的時候就失去雙親，在日本各地的親戚間輾轉的辛苦故事。然後，認識的人幫忙介紹，沒想到能進遊馬家工作，雖然被難纏的主人厲聲斥責，但回想起至今以來的生活，反而覺得極爲開心。他說了不少像是這類的故事。

「總之，睡覺時有棉被蓋，吃飯時有白米飯就已經覺得是奢侈了。甚至上午沒有工作的時候，還可以去上學。」

蒼的心中一邊嘆氣，一邊側耳傾聽。不過是五十年前左右，自己聽起卻只覺得像是另一個世界，老人的半生，無疑是個珍貴的故事。

「男生版的阿信呀……」

忍不住脫口而出後，擔心被罵而又慌張起來。

「對現在你們這些小孩子來說，聽起來像是夢話吧。那也不錯啦，眞的。」

藏內反而哈哈地笑了出來。

「那麼，當藏內先生不在遊馬家的期間，他就結婚了？」

京介發問之後，收起笑容的老先生點點頭。

「是的。到目前爲止，我從十二歲起就待在老爺身邊沒有離開，只有去當兵的那四年不在而已。一開始徵兵期滿是昭和十七年(1942)九月，我離開軍隊後就到松濤的房子去了，一聽說在我回去的幾天前老爺終於結婚的消息，還被嚇了一大跳。

當然這門親事在他剛回國的時候還沒有敲定，但他的母親花盡心力地說服他，完全不理他的抵抗。父親則是幾乎用盡力氣把他帶到女方家去，他忽然用西班牙文滔滔不絕了一頓，最後弄得亂七八糟就跑走了，就這樣直接跑到了熱川去。讓人完全無計可施。

我所服侍過的人當中，老爺是最不正常的，甚至有傳言說他得了精神方面的疾病了。他的雙親甚至一度當作他已經死亡，當他回來之後變成這樣也毫無辦法，有種已經放棄的感覺。然而在我當兵的期間，遊馬家上面的兩個哥哥相繼在短短時間內病死，使得情況變成唯有他才能夠繼承家業，所以不論如何都要讓他結婚以繼承家業。」

青年藏內立刻打算前往表達祝賀之意。遊馬歷跟藏內十二歲時第一次被帶到他面前時一樣，獨自待在宅院裡最深處的書房。看著在大白天裡，在拉上窗簾而陰暗的西式房間內，坐在椅子上的主人讓青年藏內驚訝地無法自己。

「我正打算說『眞是恭喜您了』，卻只開口說了『眞是——』就說不下去。他臉色蒼白、神情憔悴，凹陷的眼窩底下浮現了黑眼圈，整個人的樣子簡直像是個鬼魂。他問我『是藏內嗎？』

聲音也沒有一點活力。他忽然說『黎明號死了。』然後說『我覺得變成怎樣都無所謂，所以就結婚了。沒有人了解我的心情，一見到我就像呆子一樣只會說著祝賀的話。至少你別跟我說什麼恭喜之類的。有什麼好恭喜的？這是我第二次的葬禮。』我聽了什麼話都說不出來。」

「他連那種話都說了呀……」深春在一旁傳出有如嘆息的聲音。

「新娘子好可憐……」蒼也低聲說道。

「是呀，真的很可憐。她很安靜，讓人不太容易注意到，看上去是個成熟穩重的人。我在第二年很快又再度被軍隊徵召，到了中國北方，回來的時候戰爭已經結束，是昭和二十二年(1947)了。她好像生了孩子之後就不幸往生，那時因爲是戰爭末期，醫生跟藥品都不夠。想起來就覺得可憐呀。」

「那位夫人生下來的，就是遊馬灘男先生對吧？」

「沒錯。」

那麼，接下來終於可以聽到遊馬家戰後的故事，蒼在後座準備好好聆聽。遊馬歷與黎明號之間不可思議的關係是很有趣，但是跟現在的情況關係最密切的，無疑還是灘男跟杉原明音結婚之後的事情。這段婚姻反映了多少歷的意思，是如理緒昨晚所說，歷是爲了杉原家的資產才讓兒子去結婚的嗎？

不只是如此。因爲在黎明山莊發生的兩件事件，第一個發現的人都是藏內。不是理緒所轉述的間接說明，而是能聽到當事人實際上講解親眼所見。可是，回過神時，深春把方向盤大大地往左邊切過去。

「好了，終於到修善寺了。藏內先生，麻煩您帶路了。」

深春這個蠢蛋怎麼這麼不機靈，蒼實在很生氣。如果快到了，不會假裝不知道，再繞一點遠路嗎？讓這個機會流失的話，就不知道要到什麼時候才會聽見藏內所說的話了。

修善寺這個城鎮，是在沿著桂川的道路兩旁，林立著許多雜亂小店的古老溫泉街。其中混雜著像是射擊或是打彈珠這些古意盎然，如今也只有在鄉下的祭典或這種溫泉觀光地才能看見的攤位。不知是拜天氣之賜，或是因爲是週日的傍晚，窄得不得了的馬路上人車擁擠到了極限，體積巨大的越野吉普車光是前進就大費周章。

「眞是太可怕了，沒有其他的路可以走嗎？」

「沒有耶。雖然現在很擠，不過從前面的虎溪橋過去是最近的路。到了指月殿後，再順著路標箭頭的方向直走上坡，然後就有一條路了。」

這附近似乎是修善寺景點的聚集地。滿街都是在本來就狹小的路上停下的車子，買當地名產或是看看沙洲上露天澡堂的人，不然就是在拍照的人。正當蒼暗想乾脆就動彈不得算了，他們的車子卻逐漸分開人潮，慢慢地跨越了桂川上的橋。將川邊整排的高級溫泉飯店拋在車後，爬上細長的坡道。時間已是黃昏，初夏延遲的薄暮，從竹林濃綠的山巒中，悄悄滑落。

在鋪著圓石、細長且十分古老的道路上左搖右晃地前進著。忽然之間，方才右手邊一直連綿不絕暗沉的綠色消失了，出現一扇已經開啓的大門。那些綠色原來是修剪整齊的高大籬笆。

「請你們在這邊下車，讓我把車開進去停就行了。」

照著藏內老先生的話，三個人在門口下車。踏進大門之後，映入眼簾的是枝幹姿態優美的老松樹以及巨大的石燈籠（註13）。地上鋪滿的細砂，用掃帚劃出了清晰美麗的線條，御影（註14）產的步道鋪石像是圍繞著翠綠假山通往茶室的玄關。距離前庭最近的房子是棟寬廣的二樓建築。點上燈的玄關前，格子門已經開啓，妝點著新鮮的紫薇花，枝葉垂落，增添了鮮豔色彩。

「歡迎光臨，久等各位了。」

忽然傳來有如漿糊的聲音，蒼不由得嚇了一跳。一位身穿和服的中年女子，恰好站在玄關的內側，正深深地彎腰鞠躬。抬起頭之後，也是張與聲音相符的臉，讓人聯想到女子學校的舍監還是什麼的，感覺有點恐怖的臉。

「那、那個，請問您是杉原小姐？」

深春頗爲愚笨的問題，女子一點笑容也沒有地回答：

「非常抱歉，我是這個家的女管家。期待各位光臨已久，請進來吧。」

13　石燈籠：石製的燈籠，在日本用於寺院的獻燈或是庭院的裝飾。與中國的燈籠不同的地方是，石燈籠有一個臺座立在地上，而不是懸掛於空中。

14　御影：地名，位於神戶市東灘區，爲著名花崗石產地。

魔女們的宴會

1

（管家呀，可是——）

（這還眞是傷腦筋呀……）

站在感覺上好像比外頭氣溫更低個兩、三度的寬廣玄關，蒼與深春不由得四目相交。

隨意放置的備前燒（註15）大壺中，插著藍紫色菖蒲。牆上有張漆黑的方形硬紙，紙上是用淡墨所寫流暢的書法。當然一個字也認不得，蓋在左下角的朱紅色落款非常鮮豔。墊著古代裂（註16）的青瓷香爐放在地板上，白煙裊裊上升。看上去就像是非常高級的日式旅館或是日本料理店。雖然沒有去過那些地方，但腦海裡卻自然浮現出這樣的聯想。

跟在自稱爲管家的女子後面，走過瀰漫著焚香味道的陰暗長廊。磨得黑亮的地板上，拖鞋發出啪噠啪噠的聲音，讓自己都覺得太不像樣。走在前面的女子幾乎沒有發出任何聲音。

「老實說，我們跟這裡還眞是不搭。」

「都到這個節骨眼，說那種話還有用嗎？」

壓低聲音彼此交談。深春把綁在頭上的紅頭巾解了下來，儘管如此也改變不了什麼。穿著卡其衣配工作褲，附口袋的背心，雖然常見，卻像是熱帶雨林中的隨軍攝影師。蒼則是緊身牛仔褲配印有動物圖案的T恤，加上掛在肩上的運動衫。儘管如此，最誇張的是披著麻紗夾克前來的京介。他跟平常一樣，雙手懶散地插在夾克口袋裡，面對高級的房子，也毫不畏縮地跨著修長雙腿前進。

像是在走廊裡繞了一圈後，前方忽然一片明亮。

「這裡會低個兩階左右，請小心您的腳步。」

吃驚的是，從這裡開始的另一側，完全都是西式建築。以一些凹進去的孔來做裝飾的白牆上，金色的壁燈閃耀生輝，地板上鋪著酒紅色地毯。好幾扇門扉並列著，是個宛如小型宴會廳的地方。女管家敲了敲最前面的門，開了個小縫，好像對裡面說了兩三句話。

「請進，我現在就去替各位泡茶。」

說完之後，女管家隨即消失身影。

「喂，怎麼辦？」

「什麼怎麼辦？」

「蒼，你開。」

「深春你來開啦！」

輕聳肩膀的櫻井京介不理會互相推託的兩人，握住門把隨意一拉，房間內部就出現在眼前。

（哇——）

蒼險些就叫出了聲音。門的正後方有三張臉、六顆眼珠，彷彿正在等待著演員登上舞台，直直地看了過來。

2

室內裝潢是大量採用金色的洛可可風格。吊燈上雕花玻璃球如瀑布般垂落，縱長的窗戶圍繞著蕾絲窗簾，白色大理石製成的壁爐爐口周圍裝飾著淺浮雕。

不論是四腳細長、描繪出曲線、看起來似乎會絆倒人的布製椅套，還是感覺上很厚的長毛地毯，甚或是以貝殼裝飾構成的壁掛鏡子框架，放眼所見，幾乎所有物品都是薔薇色的。這樣的設計要是讓普通的男人坐在其中，恐怕會覺得很難爲情吧。

然而在這個當下，根本沒辦法從容地觀察室內設計，因爲自己才是被觀察的對象。三個氣質各不相同的女子，相同的是毫不客氣的視線。

「可以先讓我們坐下嗎？」

最先開口的人，果然還是不會被這些小事動搖的京介。

「我看過別墅了，眞是棟十分寬敞的房子呀，腳走得眞酸。」

「啊，抱歉。都沒有注意到……」一邊說著，一邊站起身的，是坐在右手邊穿著和服的女性。她的兩手遮著血色上浮的潔白臉頰說：「實在很對不起，請坐。」

如絲綢般光澤的黑色直髮之上，別著宛若明治時期女學生的大蝴蝶結，穿著細碎花紋的偏暗紅色大振袖（註17）。輕聲解釋後，對著坐到沙發上的京介說：

「我叫遊馬蘇枋(Suo)，舍妹好像給您添了不少麻煩。」

她的頭髮似乎要碰到地板，深深地行禮。然後，像是要蓋過她的另一個聲音插了進來：

「哎呀，姊姊難得的自我介紹，不再好好多說一點怎麼行呢？遊馬蘇枋，二十三歲，長女。杉原學園短大畢業，現在正在上新娘課程。已經有未婚夫了，預定今年秋天舉行婚禮。還有，是杉原學園將來的校長——」

「朱鷺，妳沒必要連那些事情——」

「爲什麼？又不是三圍或是喜歡的內衣款式嘛。」

說著說著就哈哈大笑起來的是佔據門口正前方的女子。雖然也是髮長過肩，但卻是一頭有著金色挑染的卷髮。服裝也是明顯秀出身體曲線的粉紅色針織洋裝，以及幾乎可以看見高高翹起來的腿部深處的迷你裙。雙眼化了濃妝，但與造作的華麗臉龐卻十分相配。包括身材在內，毫無疑問地可以輕易歸入美女範圍之內。

「我是次女遊馬朱鷺(Toki)。與其說這個古典名字跟我的臉完全不搭，不如說這是個瀕臨絕種的名字。現在二十一歲，去年從杉原學園短大畢業，工作有一大堆喔。朋友也很多，可是沒有未婚夫當然也沒有男朋友。怎麼樣，你有沒有興趣啊？」

簡直是比誘惑還要露骨的言詞，但京介什麼反應也沒有，好像沒有耳朵地聽過去。不過因爲他的臉一如往常地隱藏在長長的瀏海與眼鏡底下，就算有點臉紅也沒有人會知道。

（要說是那個大紅色歐巴桑的女兒，這個還比較像呀）

蒼想著。因爲是姊妹，臉的模樣是很相似，但看來像是妹妹搶了鋒頭，而壓迫著身爲姊姊的蘇枋。假設只瞥一眼，朱鷺具有挑戰意味而且會直盯著對手；相反的，蘇枋則是雙眼低垂，幾乎不會與人視線交會。因此，她時常從纖長的睫毛之間窺視著四周。古時候只能待在家中足不出戶的女性，是不是就擁有像這樣的眼神呢？雖說是個很有日本風味的女子，或許會有很多男人喜愛，然而像是強烈地壓抑，讓人摸不清楚眞正的心思，也挺讓人覺得有點害怕。

「喂，珊瑚，輪到妳了，說點什麼吧？」

朱鷺動了動下巴示意。蒼的目光也順著望向另一邊，卻驚訝得而眨了眨眼睛。原本以爲是理緒安靜地坐在那裡，但仔細一看才發現不是。對方比理緒還胖了很多，而且一臉差勁的化妝。燙得蓬鬆的頭髮，在臉的左右兩側別上緞帶，穿著帶黃色的粉紅夏季針織衫，不論是髮型或服裝都完全不搭調。因爲有張鬆軟像是草莓棉花糖的臉，如果至少笑瞇瞇地露出有親和力的笑容，還會比較可愛，偏偏她像是嘔氣一般地繃著臉，看起來格外地醜。

「我不要，好蠢喔。爲什麼我非得要對這些沒關係的人自我介紹不可？」

她鼓著多肉的臉頰，不高興地回答。

「要在這裡坐到什麼時候？我想去找爸爸了。」

「妳不去，爸爸也不會不見啦。要是妳眞那麼想去就去呀？雖然媽媽會生氣啦。」

「什麼嘛！朱鷺姊妳在跩什麼？明明妳更常惹媽媽生氣！」

「哈哈，妳嘴巴一鼓起來看起來更肥了喔。這張臉還眞好笑，現在到底幾公斤了？」

「妳太過分了！」

讓人吃驚的是，珊瑚手伸進桌上的玻璃罐子，將抓出來的三、四顆糖果，瞄準姊姊的臉連續丟過去。朱鷺雖邊笑邊閃，但最後其中一個終於打到鼻子，讓她發出一聲慘叫。

「好痛！」

「朱鷺、珊瑚，可以請妳們別在客人面前打架好嗎？」長女終於站了起來，坐立不安地說。

「眞的非常抱歉，讓大家看笑話了。」

珊瑚「哼」地轉過臉去，朱鷺也像是忘了剛才的慘叫，對客人擠出笑容。

「哎呀，怎麼了嗎？無聊小事，不值得那麼關心，對吧？」

塗上睫毛膏的視線忽然轉向了蒼。就算被那麼明白地詢問，也不可能會回答『是的，沒錯。』蒼想，如果強烈壓抑的女性顯得詭異，那麼毫無壓抑的女性又怎麼樣呢。

「當事人不說的話，我就代她發言吧。這位是遊馬家的三女珊瑚，十九歲。你們也看到剛剛她完美的投擲吧？她高中的時候可是壘球社的王牌投手呢。現在就讀於杉原學園短大二年級。

沒錯，我們家的小孩全都就讀杉原學園。你們也能了解吧，這並不怎麼值得高興。那樣的母親一旦做出決定，是不可能簡單就推翻的。能堅持違抗亞馬遜女王（註18）的，漂亮地貫徹自己的志願，理緒還是第一個。」

該說果然是眞正的女兒嗎，能替遊馬明音取個「亞馬遜女王」如此貼切傳神的暱稱。說出這些話的朱鷺，也充分具有公主的魄力。她從椅子上緩緩站起，雙手交叉在突出的胸部底下，一面說著一面悠閒地移動，當她走到京介座位正前方時，停下腳步。抬起睫毛，冒失無禮的視線，集中到了京介臉上。

「您是櫻井先生吧？」

「是的。」

「這還眞是怪髮型啊，您是爲了什麼留成這樣的？」

「與其說是目的，不如說自然而然就變這樣了。」

也許心裡出現了不吉利的預感，京介若無其事地站起來往裡面的窗戶走去。縱長的玻璃窗的另一邊，是精心整理過的日式庭園。

「喔，是這樣嗎。因爲我還以爲有其他理由，那就要請你讓我看看——」

雖然不清楚遊馬朱鷺是否有在從事任何運動，但那一瞬間的迅速俐落可是有兩下子的。吃了一驚回過頭的京介，舉起手腕也已經來不及了。朱鷺的右手把他垂落的瀏海撥了上去，左手則拿掉了他的眼鏡。因此露出來的臉，目不轉睛地看著擋在面前的朱鷺。

當然，其他兩人的視線，也集中在京介臉上。不，不只是她們，好巧不巧那時正好有人打開門走進來。最前面的是明音，後面還有位約五十歲的女人，然後是穿著和服的理緒，最後推著茶車的是剛才的女管家。總共七個女人十四顆眼睛，因爲硬要從椅子往窗邊移動，京介成爲在場所有人視線的焦點。

「嚇死人了——」

朱鷺霎時變得喃喃自語，喉嚨擦出微小的聲音。臉頰像是血液上衝地紅了起來。

「爲什麼要藏起來呢?你呀，明明有張這麼好看的臉……」

3

當天晚上。

在杉原家位於修善寺的別墅，舉辦了遊馬明音所說的「小型派對」。如果是在和室舉辦，與其說是派對不如說是宴會，會場是包括剛才的接待廳在內的洋房。

擁有大廳與大小兩間接待廳的洋房，門全部都被打開來，好幾處擺了用來盛放料理或飲料的桌子。雖說是站著吃的派對形式，但因爲到處都有椅子、沙發跟茶几，賓客們自然也就與談得來的對象找個地方，各自把料理拿過去。所以也就不必煩惱怎麼用兩隻手同時拿著盤子、筷子、酒杯三樣東西的問題了。

原本心想自己只是附屬品的蒼，迅速地在連結三個房間的小廳就定位。料理當然要大快朵頤。因爲上了年紀的客人比較多，大部分都是以伊豆的海產爲材料的日本料理，也因此請了專業廚師過來，味道完全沒話說；主人連外觀的美麗都注入了很大的心力，使用的餐具恐怕也是頗爲高級的。蒼只知道酒杯是巴卡拉（註19）的，其他則是自行推論出來的。

除了蒼等人以外，賓客大約共有二十人，其中似乎大半是住在修善寺而從以前就跟杉原家有所往來的人們。在賓客中，穿著鮮豔的深紅色和服，讓人無法察覺已經四十幾歲，英氣煥發地四處穿梭，對誰都一臉親切招呼、笑容可掬的，正是遊馬明音董事長。說她穿和服的樣子是英氣煥發可能有點奇怪，但也找不到更妥當的形容詞可以用了。

跟在明音身邊的是她的姊姊，杉原靜音，未婚的學園校長。聽說只跟明音差了兩歲，但不知道是否是明音裝年輕過了頭，她看起來老很多。頭髮灰白，和服也是顏色黯淡的鐵銹色桔梗花樣，一身樸素。不只是打扮，連臉上的表情、聲音、說話方式，都是跟妹妹呈現對照的保守姊姊。雖然兩人的身高跟體態都相差不遠，給人的印象卻完全是兩回事。

（明音加靜音，蘇枋、朱鷺、珊瑚、理緒，這個家都是女生呢。）

蒼一邊吃著沾了美乃滋的鹽水煮龍蝦一邊思考著。

（祖父雖然長壽，但已經死了。還健在的男人就只有父親遊馬灘男先生嗎——奇怪？）

現在才發現到，到處都沒瞧見遊馬家主人的身影。難道他沒有來嗎？昨天晚上女董事長只說了姊姊跟女兒會來，可是剛剛三女珊瑚說過「去找爸爸」，當然應該是指他。這麼說，就跟理緒先前說過的一樣，他因爲身體不好，所以就算來到別墅，但因爲身體還沒康復所以沒參加派對。

儘管如此，剛剛還眞是驚險呀。女人都湧入那個房間，讓人有種「魔女！」的感覺。就連櫻井京介也有十五秒是完全啞口無言的。而且說到那時候的他——

「蒼同學，我可以坐你旁邊嗎？」

抬起頭一看，理緒正站在前面。

「當然可以，請坐。妳很適合穿和服呢。」

「是嗎？這是靜音阿姨借給我的。雖然她要我穿像蘇枋姊那樣的振袖，但我怎樣都沒有那種心情。」

普通年輕女性穿的和服，確實都是長長的振袖，但這一件的袖襬很短。是絲織品嗎，和服是素面的深紫藍色，腰帶則是胭脂紅。然而蒼寧願只有衣服是這樣素雅的顏色，也不願看到這種暗沉緊密地映照在她的臉上。

「剛才我一看到就覺得很好看呀，可是都沒有機會告訴妳。」

「剛才？啊！不過我還眞吃驚。那時候眞的……」

一面說著，理緒的視線環顧四週。應該是在尋找話題的當事人。

「沒想到京介有那麼樣的一張臉？」

「眞的沒想到。可是，爲什麼呢？」

「是說爲什麼要把臉藏起來嗎？」

「嗯……」

「因爲他很討厭像那樣被別人肆無忌憚地盯著瞧。」

「可是，他明明長得那麼好看……」

理緒似乎感到相當不可思議。怎麼說呢，看見同一個對象，但男女的反應卻是大相逕庭。關於「爲什麼要藏起來」這一點，女人總是覺得懷疑，男人卻立刻能夠了解。當他們同樣都看到櫻井京介的眞正長相時。

的確，櫻井京介是個美型男子，也就是擁有著縱使說是稀世美男也不爲過的美貌。

如果他不讓頭髮遮住臉走在路上，擦身而過的一百個女人裡頭，有九十九個都會停下腳步回頭看。雖然這個比喻不是很好，但就像貓會聞出木天蓼的味道一樣。

因爲以頭髮與眼鏡加以隱藏的話，任誰都不會再注意到，所以原因當然不是未知的費洛蒙之類的，而是視覺上的刺激吧。可是眞的一瞥後就停下來的女人們，並非立刻鮮明地捕捉到京介的長相。寧可說那只是一瞬間的印象，一掠過視野的刹那，大部分的女人甚至是一部份的男人，都會像被釘在原地而無法移動。彷彿會妨礙眼睛開闔的睫毛既纖長又濃密，底下的一雙眼睛大且長，而且還有著在日本人之中稍微顯得稀奇的淡色瞳孔。比一般人還削瘦的臉頰，豐滿的雙唇，連細部都能夠吸引目光就不提了。

一般常用來形容男人長相的「英俊」，在這種情況下一點都不適當。「英俊」的話，或許還能得到同性的羨慕，但「美型」則會招致迴避，可以這麼說吧。而且，這絕對不是反話，臉蛋是櫻井京介最大的弱點。過於引人注目的特別容貌，不論美醜，對一般人而言都是重擔。然而男人可以輕易接受的事情，女人無關腦袋好壞就是不能理解。

「我說呀，雖然這樣對我說是沒關係，不過這些話最好不要當著京介的面講比較好喔。」

對著一臉疑惑的理緒，蒼說到。

「他對於別人總是評論自己長相這件事感到很厭煩。」

「我知道了。可是，朱鷺姊看來似乎還沒有放棄的樣子。」

理緒視線的方向，是站著跟身穿羽織褲（註20）的禿頭老人說話的京介，還有像是要引起注意而在他左右徘徊的粉紅大振袖。姊妹間身材最好的遊馬朱鷺，卻好像對穿和服很沒輒。動作顯得有些微妙的笨拙，只有華麗的和服浮現出來。看上去就像是鶴的求偶舞。

蒼差點忍不住笑出聲音，連忙低下頭去。只能說這是出乎京介意料的災難，他不打算連這一點都要照顧京介。

用餐大致結束後，賓客紛紛站起身，一手拿著裝飲料的玻璃杯，慢慢地到處走動，努力地進行交談與社交活動。京介好像所到之處，身邊都圍繞著一群人。如果對方不對他那個髮型感到反感，經由交談套出自己想知道的事情，可是他的得意技巧。

至於深春嘛，原本以爲他一定是黏在料理的桌邊狂吃猛喝。但是不知是否因他在跟藏內老先生的交談上嘗到甜頭了，這次好像打算靠近杉原家的廚師跟服務生。

而沒有幹勁的蒼，還是一樣坐在椅子上，觀察著交際的人們。沒有什麼人要幫他介紹，只有坐在旁邊的理緒逐一告訴他。

「現在在跟靜音阿姨談話，穿著和服的那個老爺爺，是從戰爭以前就跟杉原家有往來的修善寺流雕刻高手。跟他在一起的是修善寺的住持，至於走去拿飲料的中年人，我想應該是老店鈴屋旅館的老闆。」

雖然佩服理緒竟然能記得這麼清楚，但對這麼想著的蒼而言，他有興趣的人並不在場。坐在牆邊的椅子東張西望，視線總是會朝著認識的人那裡而去。

「現在站在蘇枋小姐旁邊，拿著果汁的人是誰？」

「他是杉原晉先生，是姊姊的未婚夫。」

從背影只能看見剪裁完美的西裝，以及整齊梳整的頭髮。坐在大廳沙發上的蘇枋，道謝之後接過了杯子。男人就那樣站在她面前，她則是低垂著眼坐著，沒有特別開心的表情。就算是即將步入禮堂的未婚夫，卻稱不上是戀人嗎。

「杉原先生……是親戚還是什麼人嗎？」

「他是靜音阿姨的養子，學園理事的兒子。」

「原來如此……」

未婚的校長從理事那裡收養了孩子，讓他娶姪女之後再繼承學校。反正遊馬家還有三個女兒，把長女嫁出去應該也沒問題。也許從這裡就可以看出，明音很重視娘家的事業。

「哎呀，你來得可眞是慢呀，醒之井先生。」

忽然，傳來遊馬明音響亮的聲音。打開的不是從日式房館連接過來的通路，而是通往洋房玄關的門，一個男人走了進來。他穿著深藍色兩件式的西裝外套，是個有著半白頭髮且留著鬍子的中年男人。豐厚的皮下脂肪好歹還留在日曬過的皮膚下，該這麼說嗎？他不開口說話的第一印象，勉強還有紳士的樣子。女董事長以非常親密的姿態上前迎接他。

「因爲你都沒有任何聯絡，我還以爲這裡一定是被你給忘了。」

「怎麼會呢，董事長，眞是抱歉。因爲被東名高速公路的車潮給塞住，車用電話又壞了不能用。」

「眞是個會找藉口的人。算了算了，這位呢，是在W大學研究建築史的櫻井京介先生，我正請他調查熱川的別墅。櫻井先生，這位是醒之井玻瑠男先生，主要工作是處理渡假地區的不動產。」

「調查？董事長，這我還是第一次聽到，怎麼回事——」

醒之井當然是第一次聽到，因爲就連明音自己都是昨天才知道的。然而，她卻是一臉平靜。她立刻遞了一杯加水威士忌給一臉困惑且欲言又止的醒之井：「沒什麼好擔心的，我們的方向並沒有改變。你要是在意的話，就暫時請老師給你上點課吧。櫻井先生，拜託你了。」

明音臉上掛著微笑離開了。這樣一來，只能認爲找人來調查的就是明音本人。

「滿有趣的嘛，爲什麼令堂要那樣說呢？」

蒼雖然壓低聲音喃喃自語，但卻沒有回應。回頭一看，他嚇了一跳。理緒的臉色極度蒼白，表情僵硬。

「妳還好吧？身體不舒服嗎？」

「不是，我沒事。」

「我去聽聽那兩個人在說些什麼。」

「好呀，你去吧。我待在這裡就好。」

點頭後站了起來，卻還是不得不在意理緒的表情。不由得再度回過頭。

「怎麼了？」

面對蒼的詢問，理緒小聲卻斬釘截鐵地回答：

「因爲，我討厭那個人。」

櫻井京介與醒之井玻瑠男，面對面坐在大廳外門廊下的椅子上。面向庭院舖著石版的陽台上，排列著好幾組鐵鑄的桌椅組。要是伊豆溫暖的五月陽光照在身上，應該也不會覺得冷，但卻沒看見其他賓客的身影。因爲除了室內投射出來的光線之外沒有其他照明，不必擔心會被其他人看見，蒼便大膽潛到了兩人背後的椅子上坐著。說不定京介是一開始就拿定主意，要把對方引導到這個地方的。

「就是說嘛，今後的休閒活動將會同時要求品質跟合理價格。現在已經沒有人會說只要品質好，貴也沒關係。到現在已經沒有人想要在假日、中元節跟過年等休閒假日，被擁塞的交通搞得精疲力盡才回家了。雖然說是不景氣，也不是現在就已經窮得玩不起，與其亂花錢，不如高明地用錢玩樂；比起花幾十萬去國外旅行，到附近悠閒享受還比較好。現在大家漸漸都傾向這種想法了。」

瀰漫著樹木香氣而使人心情愉快的戶外空氣中，迴盪著讓人心情不太好的中年男人嘎啦嘎啦的說話聲。

「伊豆眞是個好地方。不管是從東京或是名古屋過來都很近，有美麗的海洋，也有深邃的高山，還有溫泉。夏天玩水、冬天避寒，春天賞花，秋天賞楓。一年到頭又都可以吃到好吃的海產，有龍蝦、長腳蟹、鮑魚還有金目鯛呢。針對喜歡點特別東西的客人也有新鮮的芥末跟健康的香菇。而若有海產無法滿足的人，還有天城的豬肉。全日本還有哪個像這樣的地方？可以說根本沒有吧。」

一副好像伊豆是自己創造出來的口吻，蒼死命地忍住想笑的衝動。

「可是伊豆的旅館都很貴，眞的是天殺的貴。明明團體就可以打折，如果是個人旅客，而且像是兩個人的情況，就要被敲竹槓敲到會讓人眼珠子都掉出來。設備逐漸地規格化，能夠好好招待客人的專業高級女侍卻越來越少。明明是日本旅館，結果只能在餐廳吃飯，在房間裡好好吃頓晚飯反而變成是一種奢侈。

旅館的菜單是數十年如一日的懷石風料理，對這個豐衣足食的時代來說，每道菜的份量太多，也太多道菜了。非得把吃不完的飯菜排在眼前才能得到滿足，這是飢荒時候的想法嗎？就是因爲出了一堆吃不下的東西才那麼貴，不管是誰都會受不了的。眞正有好服務的小型旅館，一年到頭都有滿滿的預約，而民宿雖然便宜，但房間跟澡堂都很破爛。這該怎麼是好呢？

所以說呀，櫻井老師。伊豆應該增加更多的分租式渡假公寓才對。地理位置好，可以輕鬆地過來，有變化多端的娛樂方式不會令人厭倦。不管是日本料理還是西式料理，一開車出去到處都是很多好吃的餐廳。而渡假公寓所附設的廚房，讓想要享受烹飪樂趣的人，可以輕鬆下廚料理新鮮的食材。跟旅館所準備的死板季節料理比起來，那樣一定更符合現代人的需求吧。而房間當然會備有空調及隔音設備，以完全確保個人隱私，衛浴設備完善，但也有準備旅館等級的大澡堂。就算是再怎麼不景氣的時代，這樣做是不可能不會狂銷大賣的。您也趁現在趕快訂一間怎麼樣？」

才以爲醒之井的長舌終於告一段落時——他就拍手叫人過來。

「喂！拜託給我啤酒，還要兩個杯子——那，老師，關於調查的事情……」

「嗯？」

「一句話，可以簡單告訴我結論嗎？關於那棟別墅的建築，您有什麼看法？」

「我想那是一棟很耐人尋味的建築。設計上的內容充實，保存狀態也極佳。我希望就算要在那塊土地建公寓，也能保存那棟別墅的原貌，請您務必再度考慮。」

「那可行不通呢，老師。不可能的啦，因爲建地不夠大。」

醒之井以在他背後的蒼都能瞧見的模樣，不屑地揮動右手。

「光是現在那樣就太狹窄了。您已經看過應該也明白吧？院子有一半都是傾斜的懸崖，姑且不管戰爭以前建地的樣子，遊馬老爺也把附近的地分割出售了不少。」

「可是，醒之井先生。光是熱川一帶，好像就已經有很多別墅都改建成渡假公寓了。」

「是呀，就是像我剛才說的呀。這是每個人都想要的好東西呢。」

「這是我這個門外漢的想法：像渡假公寓這種不是民生必需品的商品，畢竟還是得有個概念或是特色才是最重要的吧？要說設備的品質，到處都差不多。不只是伊豆的魅力，還要有隔壁的公寓沒有，只有這裡才有的——缺少的應該是像這樣的吸引力吧？」

「這個嘛，說的也是啦。再來就是價格戰了。啊，再來一杯吧。」

「謝謝您。」

京介對酒的態度是，幾乎不自己主動勸酒，但別人要他喝，不管多少則都能喝下去。而且喝了也不會有絲毫變化，也就是看不出來酒醉與否。深春說，讓這傢伙喝酒根本是種浪費。無論如何不必擔心他會倒地不起，但他到底想把話題帶到何處去呢。

「那，老師有沒有什麼不錯的看法？」

「就是遊馬歷的別墅囉，讓那個風格也活用到公寓的建築上，以西班牙，而且是安達魯西亞的印象去統括起來。當然，要保留別墅當作是共同空間。」

「哦……」

醒之井的附和，不知道爲什麼總覺得像是瞧不起人的聲音。

「可是呀，西班牙風格也不是那麼稀奇的花招呀。東京的公寓就曾經大爲流行過不光滑的西班牙牆，結果好像因爲那樣造成的污垢難以清理而深感頭痛呢。」

「所以，要跟那種花招有所區別，就是靠那棟別墅了。」

京介以自信滿滿的口吻斷言。

「您去過赤阪或是高輪的王子飯店嗎？那間飯店就是買下皇室的舊居去當作建地興建的，那裡還保留著宮內省內匠寮（註21）所蓋的洋房原貌。」

「啊，這麼一說我好像有在海報還是什麼的看過。」

醒之井捻著嘴邊鬍子的末端。

「沒錯，就連外行人也會覺得那是很美麗的建築，好像有被當作宴會會場使用的樣子。可是老師，這裡的別墅也是像那個那麼棒的建築嗎？」

京介稍微遲了些才開口：

「醒之井先生，您知道有位叫做瓦歷斯的著名建築家嗎？」

「我不知道。」

「威廉・梅雷爾・瓦歷斯（註22）。生於美國西部的堪薩斯州，一九〇五年來到日本，然後跟日本人結婚並且歸化爲日本籍。一九六四年時在日本去世。」

「哦，也就是所謂的『應聘外國人』嗎？」

「不是的，他到日本來的時候是明治三十八年(1905)，明治政府爲了導入西歐技術而聘僱外國人的時代已經過去了。他是爲了擔任縣立滋賀商業學校的英文老師才到日本來的。然後許多學生因爲仰慕他的人品而受洗，因此深感危機的佛教徒群起抗議，結果他慘遭解聘。他把這個困境當作轉機，建立了近江傳道團與建築設計事務所，更進一步以美國曼秀雷敦公司的日本代理商的身分，成立近江兄弟公司，取得曼秀雷敦的生產販售權。瓦歷斯一生的經歷其實多采多姿又有意思，不過跟現在的我們有關係的，是他作爲一個建築家的成績。

他所經營的建築事務所，在日本全國大概做出八百件作品，其中半數是大小各異的住宅。其中他最喜歡的建築樣式，就是西班牙風格。從大正時期流行到昭和初期的西式住宅，其中能被稱爲典範的，都是出自他的設計。」

「我的確聽過做曼秀雷敦的近江兄弟公司呢。那個叫做瓦歷斯的人，是很有名氣的建築家嗎？」

「您說的一點都沒錯。」

「西班牙風格……哦，老師的意思是說，遊馬先生的別墅也是那個瓦歷斯的作品嗎？」

「沒錯，那棟別墅興建的時間，正好就是昭和初期。」

蒼想「這還眞是奇怪」，跟昨天京介所言似乎相距甚遠。

「同樣在伊豆的熱海地方也有瓦歷斯的作品。或者您也知道，就是身爲明治時期熱愛文藝的貴族而名滿天下的蜂須賀正侯爵，他的熱海別墅就在那裡。侯爵十七歲的時候到英國劍橋留學，七年之後回到了日本。隨後作過種種奇行，例如到菲律賓的雨林去尋找有尾人啦，當第一個去非洲狩獵旅行的日本人啦，還有駕駛水上飛機發生事故等等的，可以說他的特立獨行持續吸引著世人的眼光。他要瓦歷斯創作的熱海別墅，是棟院子裡有茂密的椰子樹，有著既非伊斯蘭式也非哥德式的裝飾的奇怪房子，並且被他從雨林或非洲乾草原帶回來的標本所圍繞。戰爭結束後到他去世的昭和二十八年(1953)，他一直都住在那裡。」

「哦，聽起來那位侯爵跟遊馬先生的經歷，有些地方還滿像的嘛。」

這次的附和，比起先前的更顯熱中。

「遊馬歷先生在戰爭之前好像也是位男爵。」

「沒錯沒錯！聽說他的確在到劍橋留學之後，有一段時間下落不明，好不容易回來卻已經變成一個怪人了。」自己一邊頻頻點頭，一邊獨自倒滿啤酒後一飲而盡。這次京介立刻俐落地再倒滿他的杯子。

「哎，眞不好意思。可是老師，這樣一來實在很有意思，我還眞想去看看那棟熱海的建築。」

「很遺憾，醒之井先生，那棟熱海別墅已經不在了。」

「哎呀，這樣呀。」

「蜂須賀家的血統，嫡系已經斷絕了。那棟別墅因此暫時空著沒人住，然後約在八年前已經拆除了。蜂須賀家位於東京三田綱町的住所也改建當作澳洲大使館，蜂須賀侯爵的建築遺產已經全部都消失了。」

「聽您這麼說，還眞是讓人覺得可惜——」

說著，醒之井忽然中斷了話語，哈哈哈地笑了出來。

「不，老師，這怎麼說都是人的問題。不管我再怎麼覺得可惜，下決定的還是遊馬董事長，哎呀這眞是……」

「不過董事長很信賴醒之井先生的見識，不是嗎？」

「也沒有啦，是因爲我們往來了這麼長一段時間呀，哈哈哈！」

「不管是東京中心或是這附近，所謂的『再開發』就是把古老建築全部破壞從頭開始的想法，也已經在逐漸轉變了。瓦歷斯的建築也一樣，例如最近幾年改建的東京御茶水的主婦之友社，就依照磯崎新先生的設計，在新大樓底下大膽地放進舊大樓的設計概念，用這個方式加以保存舊建築。

「哦，這個磯崎新，不是個很有名的人嗎？」

「您說的沒錯。當然他的嘗試，對研究建築史的人來說，不是什麼都會舉起雙手贊成大大歡迎的。可是比起完全的破壞殆盡，不能不說是好了多少倍。總之，只因爲一時經濟上的考量，而破壞先人留下來的重要遺產，這種做法今後會越來越少。難得有個別處所沒有的存在，卻只把它視爲礙手礙腳的東西，這種想法不是很狹隘嗎？」

「嗯……這樣確實不好……」

「我只在這裡跟您說，醒之井先生。像這種顧全大局的考量，畢竟對於女性來說還是很困難的，不是嗎？就是因爲這樣，所以需要像您這樣的人，下定決心去提出建議，好改變既有概念呀。」一如往常，這是京介不知羞恥的奉承攻勢。不會讓人覺得是在奉承，可以說正是他高明的地方。正如所料，醒之井輕而易舉便上勾了。

「哎呀，既然老師您都這麼說了，我也終於想通了。我聽遊馬董事長提這個渡假公寓的計劃時，老實說，也不是一點猶豫都沒有。畢竟建地面積稱不上充足這點，再怎麼說都稱得上是一大瓶頸，而且更大的問題是在附近已經有兩、三棟大型的渡假公寓，這明顯是個負面因素。爲了要脫穎而出，突顯特色，強調差異，都是必要的。您說的一點都沒錯。以著名建築家的作品，西班牙風格的別墅爲核心，一定可以變成一個讓人想要有段羅曼史的地方。」

蒼悄悄地站起身，他覺得很刺耳，京介的缺點還是老樣子。他連一句話都沒提到那棟別墅是瓦歷斯的作品，只是接連說出瓦歷斯的經歷以及其所興建的熱海建築，還有蜂須賀侯爵的故事，藉此而在不動產業者的大叔耳裡，留下了學者保證，彷彿是著名建築家作品的印象。

然而，醒之井如果轉變爲別墅保存派，又會發生什麼事情呢。

（至少，也要看看遊馬明音的反應……）

她應該會對此一提案不屑一顧——如果她眞的像理緒所懷疑，是爲了要消滅自己的犯罪現場所以才希望拆除的話。

回到大廳，派對不知何時已經結束，除了收拾善後的傭人們之外，已見不到其他賓客。深春獨自一人在牆邊的椅子上，悵然若失地翹著腳。

「你跑到哪裡去了？」

「外面，去聽京介說話。」

「哦……好像又花了很多時間？」

「差不多要結束了吧，目的好像已經達到了。」

「『目的』是什麼意思？」

「我以後再告訴你。」

「去！算了算了！那你去把他叫過來，我們的時間也差不多到了。」

「什麼？要回去了嗎？」

「不是啦！你看，這是理緒給我的紙條。」

深春把像是不希望別人瞧見，折得小小的紙張打開。上面用線條畫了這棟建築的簡易配置圖，以及寫著「家父說希望與各位見面，請在十點的時候到這個房間來。」

15 備前燒：備前〔位於岡山縣東南的城市〕所產的陶器總稱。特徵是無釉，以及因長時間燒製而產生的豐富肌理變化。

16 古代裂：古代的染織品。一般指經過一百年以上，也就是到明治時代左右的染織品總稱。將古代已不能穿著的服裝分解後〔所以稱爲「裂」〕，用於屏風、掛軸的裝裱或茶道的小道具。

17 振袖：未婚女子的正式和服，依袖子長短而分成數種。大振袖爲非常正式的場合所穿的和服。

18 亞馬遜女王：指亞馬遜女戰士一族的女王。在希臘神話中，這族的成員皆爲善戰的女性。

19 巴卡拉：Baccarat，法國品牌，以生產水晶製品聞名。路易十五命令在巴卡拉小鎮成立水晶工廠，故名。

20 羽織褲：和服的一種禮服，由短外套〔羽織〕和褲裙所組成。

21 内匠寮：日本舊制隸屬於宮内省的一個部門，負責掌管宮殿、土木、庭園等等建築相關的業務。

22 威廉・梅雷爾・瓦歷斯：William Merrell Vories〔1880~1964〕。旅日的美國建築師、宗教家。

受傷的漁夫王

1

如果要繪製杉原家別墅的平面圖，究竟會畫出什麼樣的圖呢？蒼怎樣都沒有把握畫得出來。在走廊排成一列往前走，只能看到連綿不絕的紙拉門，難以分辨房間的分布，每次一轉彎就覺得又繞回了同樣的地方。最重要的是，爲什麼燈光總是這麼昏暗？

「這裡的別墅就這樣了，那橫濱的住所又會是怎樣呢？」

因爲一直沉默地走路氣氛很沉悶，所以試圖隨便講些話來改變氣氛。照著理緒在派對會場所給的地圖，從入口的玄關相反的方向前進，宛如踏入裊無人煙的寺廟一般。走廊上既沒有人影，也聽不見說話的聲音。

「據說原本是在大正時代的大地震之後，爲了當旅館而興建的。」

在後面的深春回答。

「說到杉原家，原本就是在高級餐廳、料理旅館等方面取得成功而擴大經營的樣子。明音董事長結婚之前就親自經營餐廳，可以說是有所相關的吧。以服務頂級的客層爲主而興建的建築極盡奢華，因爲附有洋房所以也可招待外國客人。剛才經過的粉紅色接待廳，原先應該是作爲客房。可是結果只營業了十幾年，就因爲戰爭而關門。戰後事業方針急轉彎，將心力放在學校的經營上，也就不再經營旅館了。

現在與其說只是個人的別墅，不如說像是當作杉原學園以及明音公司的接待所，也可以當作是節稅的手段吧。現在不管再怎麼有錢，讓個人擁有這樣的不動產可是很不得了的。」

「嗯，怪不得我覺得當普通住家的話有點太大了。可是深春，你現在說的是剛剛在派對上打聽來的嗎？」

「哦，你挺聰明的嘛。從現在開始請稱呼我爲私人偵探栗山。」

「哼，要是那樣的話，剛剛在藏內叔把話說完之前，你怎麼不懂要把車開慢一點？」

深春一邊發出嘖嘖聲，一邊搖著食指。

「你太天眞了。再怎麼從老爺爺那裡探聽，都已經是前人的故事了。最近的那些事情，他才不會對誰都說的。可是呀，我已經知道了喔，那顆大藍寶石在哪裡。」

「咦！眞的嗎？」

蒼不由得瞪大了雙眼。難道這個目標居然不是京介，而是讓他這隻腦漿都是肌肉的熊男搶先達成了嗎。

「在哪裡？到底在哪裡？」

「嗯，在哪裡呢……」

「哇！」

轉過頭來交談的蒼跟深春，撞上在前面突然停下來的京介，發出很大的聲響。

「你在幹嘛啦！」

「我找不到地圖上面畫的走廊。」

「不會吧？我才不要在這種像鬼屋一樣的地方迷路！」

「是不是在哪個轉角走錯了？」

「我想應該沒有。」

三個人在微暗的走廊角落，聚在一起討論之時。

「對不起！」

蒼嚇了一大跳。沒想到牆壁忽然打開來，理緒探出了頭。身上已經從和服換回原來的牛仔褲跟休閒服，手上拿著手電筒。

「我想在這裡等你們，可是卻不太好通過。」

「什麼？那裡爲什麼會有個通道？」

「這裡不是通道啦。只是爲了不要讓客人看到女傭出入而設置的側走廊而已——櫻井先生？是這邊才對喔。」

不知道也是理所當然的。應該要轉彎的走廊到這裡就沒有舖木板，只能看見房間，拉開拉門後，另一邊接連舖著榻榻米。理緒舉起手中的手電筒，盡頭閃著暗沉的金色光芒。她先小跑步過去，那是黑漆框的紙門，上面貼著的紙抹著金粉。可是那並非拉門，而是一般的門，所以沒有拉門把手

關掉手電筒的理緒，悄悄地把向外開的門打開。

「爸，我是理緒。我帶櫻井先生他們來了。」

蒼沒有聽見回答的聲音。可是理緒慢慢地把門打開後，便可看到她背後的三個人。京介、蒼、深春依序進入房內。與微暗的走廊相較，室內讓人感覺更加陰暗，房間最深處只有唯一的一盞燈亮著。小桌子上面擺著蒂芬妮風格的檯燈，些許昏暗的光線穿過玻璃燈罩，斜斜地照在橫躺於沙發上男人的臉。

男人上半身倚靠著椅墊，似乎是在看書。那張臉緩緩地轉向這邊，眼皮抬起。看不出來是四個孩子的爸，他有張年輕而端正的瘦臉。是否因爲尖鼻子下方蓄了細鬍子，讓人覺得與其說是日本人不如說帶有拉丁色彩的血統。然而，面向這邊的那雙眼睛——

蒼由衷感激那雙眼睛並不是在看他。那雙眺望遠方的眼神令人毛骨悚然，像是骷髏空洞的眼窩，黯淡、動也不動，簡直就像是死人的眼睛。

「就是你嗎？叫做櫻井的——」

與那雙眼睛的色彩相呼應，毫無感情的聲音問到。

「我是W大的櫻井京介。」

京介用一點也沒變的平靜口吻回答。

「您就是遊馬灘男先生吧，我非常希望能與您見面。」

對方終於移開了視線。沒有血色的嘴唇稍微歪曲，做出帶著苦笑的表情。但，那幾乎也像是張面具的演技。

「雖然很失禮，不過我完全不想要跟你見面。」

蒼想，如果這是放話找人吵架用的話語，或許會讓人覺得不愉快。但是從他的口中說出來的話語，再怎麼清晰的敵意也有瀕死的感覺。

「但是請你們來這裡，是因爲我有話要說。我希望你們別打著作學問的幌子，幹這種管別人家閒事的勾當。」

2

理緒倒吸了一口氣，她明顯地是在不知道父親打算說些什麼的情形下，把京介他們帶到這裡來的。可是跟昨晚面對母親時不同的是，她雙手在胸口交握，咬著嘴唇，似乎在猶豫著要不要抗議。而櫻井京介的態度依然一副無所謂的樣子。

「總之，感謝能有這個機會與您交談。這眞是間不錯的房間，可以讓我們進去看看嗎？」

「隨便你們。」

遊馬灘男仍舊像是死人般，用感覺不到一絲善意的口吻低聲說。

「是我叫你來的，現在就算叫你出去，你大概也不會照辦吧。」

「不好意思。」

京介殷勤地點了個頭之後，坐到他正對面那張有扶手的椅子上頭。以左手肘支撐身體半躺在沙發上的遊馬灘男，沒有改變他那有如羅馬人的姿勢。

似乎是將鋪著榻榻米的房間改裝成西洋風格後使用。只有八張榻榻米大小的房間裡，地板鋪著十分厚的灰色地毯，裡頭玻璃拉窗的對面，有張舊式木製書桌佔據在那裡，充滿明治時代知識分子風味的書房。後方是主人坐著的漆黑皮沙發，以及面對面擺放的成對扶手椅。鋪床睡覺的地方大概是隔壁房間。從沒有書架這一點看來，這裡應該不是他常待的地方。右手邊的壁龕沒有字畫，取而代之的是，約有十本大本的畫冊直立擺放著。有哥雅（註23）、委拉斯貴茲（註24）、葛雷柯（註25）等人的。

在深春強力勸說之下，理緒坐到剩下的一張椅子上。深春自己則站在她的後面。蒼慶幸自己什麼也不必說，迅速地坐到壁龕另一邊的地上。是個不必發表高見，適合觀看的好位置。

「這副模樣實在很失禮，我的身體不太好。」

「我知道。」

「那，你想要問我什麼？我想說的已經全部說完了。」

「爸，那樣的話請讓我發問。」

用著像是越想越苦惱般的口吻，理緒切進對話。

「爸對於媽所提出的，拆除黎明山莊改建成爲渡假公寓的計劃，有什麼看法？難道說您也贊成嗎？」

也許是因爲京介等外人在場的緣故，她對父親講話的語氣顯得非常緊張。灘男像是連張嘴都懶的樣子，反問道：「不能不贊成吧？」

「可是——」

理緒的肩膀震了一下。

「那麼，爸也是因爲考量到金錢的問題嗎？如果那麼需要錢，再等四年，到我畢業之前請先把那裡租給我。不管要花多少年，不，就算今後一直都得爲了那裡工作我也願意。」

「這種話妳去跟明音說就好，如果她同意的話就照那樣辦吧。」

微微地皺了皺眉頭，父親顯得有點不大高興地回了女兒這句話。

「如果妳問我個人的意見，我徹底堅持把它拆除。把那個拆除之後，想在原地建什麼，我都無所謂。」

「我不了解……」

理緒低聲說著，搖了搖頭。

「如果那麼希望那棟建築消失，爲什麼爸還要在爺爺遭遇到那樣的事情去世後，又要像爺爺一樣住到那棟房子裡去？」

灘男一側的臉頰微微抽動了一下，露出了一個僵硬的笑容。

「是呀，我去那棟房子住了。結果在我身上發生了什麼事情，難道妳沒對他們說嗎？」

「說明？沒有啊。可是爸，我也是什麼都不知道呀。」

「妳很清楚的，我應該說過才對。我想要自殺，只是失敗了。」

「沒錯，我聽過那種說法。但是我無法相信。」

「當事人都那麼說了，這樣還不能確定嗎？」

「如果是眞的，請告訴我。爸爸到底爲什麼想要尋死？動機是什麼？」

「動機？要說的話，沒有那種東西。」

「沒有動機的說法怎麼讓我相信。我雖然不知道爲什麼，但我認爲爸隱藏了眞相。」

理緒的雙眼瞪得大大的，直視著父親的臉。然而灘男卻轉過頭去，避開了她的視線。灘男把頭轉回來時望向京介。

「櫻井先生，你看過一本叫做《黑死館殺人事件》的古老偵探小說嗎？」

「看過。」

京介簡短地回答。他不但看過小栗虫太郎的《黑死館》，而且和夢野久作的《腦髓地獄》、中井英夫的《獻給虛無的供品》，並列為京介的最愛。在對小說的態度上，與其不斷追逐新作，他更喜歡反覆閱讀心愛的舊作。蒼心裡想著，說不定京介這傢伙出人意表地跟這個僵屍大叔還頗為意氣相投。

「那樣就好說話了。書中談到過建築物給予人類精神的影響吧，你記得嗎？」

「是的。那位偵探的確舉了德國與西班牙的兩個例子，來說明黑死館居民所受到壓抑的影響。一個是進入天主教道明會修道院附設學校就讀的少年，因為那棟陰鬱的建築而產生幻聽，變成了精神官能症患者，直到回到自己家才得以康復。另一個則是，因為過於懦弱而遭到開除的異端審問教士，回到故鄉的古老宅館後，忽然變得殘忍無比。」

「你說的沒錯。我不知道那位作者從哪裡找到那樣的例子，或者是他虛構出來的，但我認為真實感十足。作為研究建築史的專家，你的看法又如何？你有看過那樣子的實例嗎？」

「很遺憾的，我並沒有那種經驗，也未曾看過像那些例子的文獻記載。單單只是所居住的建築，就對人類身心產生重大影響這種事情，不是很奇怪嗎？當然不能把那些跟氣候水土帶來的影響分割開來，但是像小說裡的例子，懦弱的青年一變而為殘忍嚴苛的刑罰設計人，我相當懷疑這種可能性。」

京介始終都很慎重。相對於他，遊馬灘男的口吻，儘管完全沒變地毫無感情，但卻有些微妙的執著。

「當然那是不可能無中生有的。哥廷根（註26）的少年，大概是在被迫與其他人共同生活的情況下，累積了讓他產生幻聽的壓力；塞維亞的異端審問教士，大概在他懦弱的表像之下，原本就具有虐待狂的傾向。但反過來說，把徹底隱藏的病態傾向完全誘發出來的因素，確實是來自於外在，也就是居住的環境。不是嗎？」

「也許吧。」

「那位叫做法水的偵探的確如此結論。無法從黑死館的建築樣式持續給予人們的感官錯覺中解放的話，就會產生病態的個性。那裡的居民是不得不變成心理異常的精神病患的。還有，在那部迂迴曲折的偵探小說中，怎麼看也不像是個名偵探、迷迷糊糊的法水麟太郎，在那個情況下也不能說是正確無誤地找出眞正的犯人。凌駕在眞正犯人所宣稱的動機之上，產生連續犯罪的眞正因素，就是黑死館本身。因爲建築黑死館的建築師，那詛咒的意識，跨越時空引發了發生在後來的住戶身上接二連三的悲劇。」

頓了一下的灘男，沒有血色的雙唇浮現出些許詭異的微笑。

「我可是贊成的喲，因爲我本人就有實際的體驗。」

蒼忘了一開始的恐懼，不由得注視著灘男的臉，不知道他到底想說什麼。京介則是靜靜地反問。

「您的意思就是說，黎明山莊是黑死館了？」

「沒錯。那是充滿家父的瘋狂與怨恨的房子。房子本身的構造，就能傷害人心且讓人發狂。我自己住過之後非常了解這一點。就因爲這樣，我在沒有什麼強烈動機的情況下就想自殺。也因爲如此，黎明山莊非得拆除不可。」

3

爲了傷害人心，使人發狂而建造的房子。這種房子究竟有沒有可能存在於現實之中？但蒼注意到自己並不能一概否定這種說法。遊馬歷與黎明號的畫像，殘留著帶有紅黑色的血滴。意識到這一點的瞬間，毛骨悚然、寒毛直立的感覺在全身皮膚上甦醒過來。而此刻眼前的遊馬灘男，有張像死了一半的臉。被囚禁在黎明山莊，被吸光精氣，千鈞一髮擺脫死亡，成爲空殼的身體，就是現在橫躺在那裡的他嗎？

然而，打破籠罩室內的沉默的，是理緒。

「爸，您當眞以爲我們會相信這種事？那樣的話，不如說黎明山莊是鬼屋，爺爺的鬼魂還在作怪害人好了！」

理緒的漲紅了臉，雙眼閃耀強烈光芒，以尖銳的口氣質問著父親。她的側面看起來竟與遊馬明音十分相似。

「而且爸也知道吧？我在黎明山莊住過多少次。小學時不管寒暑假，只要放假就會去住個幾天。可是我從來也沒有那樣——」

京介安靜地制止了她。

「令尊說的是那間沒有窗戶的主房，還有被封閉的中庭。」

「哦，你也注意到了嗎，那棟房子奇特的雙層構造。」

灘男的聲音，似乎稍微多了些興趣的樣子。

「那個黎明山莊從外面來看的話，實在是棟明亮又具開放感的別墅建築。但不管是開了大窗戶的客房和餐廳，或是庭院邊上的迴廊，結果全都只不過是爲了隱藏主房與中庭的外部裝飾罷了。坐在那個房間裡，大白天的，也只能看著有點暗的中庭，然後就會漸漸覺得自己是活著被埋到墳墓裡頭。我不會叫你去試看看，因爲你應該可以想像得出來。」

京介對著灘男的方向點點頭並說道。

「可是如您所言，如果那樣的構造會侵蝕居住其中的人的精神，就會有一點矛盾了。」

「你說什麼——？」

「遊馬歷先生在黎明山莊的那個房間，應該也住了將近半個世紀。儘管如此，到他去世之前都十分健康，雖然他算是個有點奇怪的人，但是精神狀態要被稱爲瘋狂還差得很遠——」

「你哪懂？」

灘男的口氣急促了起來，打斷了京介的話。

「你根本不知道那個男人，他瘋狂的表現不是固執而已。建造那種沒有窗戶的怪房子，在那裡持續地居住，這件事情就是再明顯不過的異常。沒錯，家父早就已經瘋了。」

「爸——」

京介舉起手來，想要阻止理緒開口，讓自己繼續說下去，但理緒並沒有停下來。

「爸，您到底在袒護誰？」

灘男的表情瞬間像是凍結住了一般。

「妳到底在胡說些什麼？」

從沙發上站起來，右手摸著腹部側邊。

「我沒有在袒護任何人。」

「您說謊。那樣的話，把藏內叔吵醒的電話是什麼？說黎明山莊有人受傷，聲音沙啞的女人是誰？」

「妳從哪裡聽到這種說法的？」

「藏內叔告訴我的，他只有跟我說而已。如果沒有那通電話，爸說不定就死掉了。」

灘男要回答嗎？出人意外地緩緩伸出左手，從檯燈旁邊拿起了香煙。打開包裝拿出一根煙放進嘴裡，用打火機點著。吸了一大口之後，移開了手，吐出白煙。這段時間，他的右手始終沒有離開腹部側邊。

「這我倒是第一次聽到有發生過那種事情。」

他以冷靜的口氣回答。

「那個老先生到底爲什麼要跟妳說這些子虛烏有的事情？」

「您的意思是說藏內叔說謊？」

理緒愕然地反問。

「那種事情根本一點道理也沒有。」

「可是，警察可沒說有人打電話。」

「哦……」

理緒倒抽了一口氣，而讓人吃驚的是其他人也一樣。

「那是當然的。要是警察知道有電話這回事，就算說破了嘴，他們也不會相信我是自殺未遂吧。」

要說的話確實如此。爲什麼那麼重要的事情，他會加以隱瞞。

「理緒，妳眞的是聽藏內那樣說的嗎？」

「爸，您說『眞的』，是什麼意思？」

「那不是妳個人的幻想而已吧？」

「爸——」

理緒無言以對，雖然想要說點什麼，因嘴唇發抖而發不出聲音。張得大大的眼睛湧上了淚水，溢出之後沿著臉頰滑落。然而面對女兒的眼淚，灘男面無表情。像是不想看到理緒的臉，他朝著地板吐了一口淡青色的煙。

「我不會說謊的……」

緊咬的牙關之中，理緒終於擠出了這句話。

「那樣的話隨便妳怎麼想都可以。如果妳相信藏內的話，父親就會變成騙子了。」

前後無著大概就是指這種情況吧。不論怎麼想、怎麼問，都得不到任何一句說明解釋。理緒把臉埋在兩手之中，什麼都不想再說。

房間之外不知何處的壁鐘響起，一點了。

「好了，已經很晚了。如果還有什麼想說的就快點說，差不多也該請你們回去了。」

「我明白了。」

櫻井京介，再度以不輸給對方的毫無感情的聲音回應。

「您的意見我確實了解了，但我並不打算放棄調查黎明山莊。幸好雖然遊馬董事長拆除的計劃沒變，但也沒有禁止我調查。近期之內我還會繼續調查下去，今天非常感謝您。」

一邊鞠躬一邊起身的他，意外地被灘男給叫住。

「等一下。你爲什麼要這麼執著？那不過只是棟外行人設計的小房子而已，不是嗎？對於研究者而言，到底有什麼價值？」

「如果是這世界上眞實存在的黑死館，那就有充分的價值了。」

「那是在跟你開玩笑的，不能當眞。」

像是死人般蒼白的臉，浮現了虛僞作態的笑容，他做出搖頭的樣子。可是相對於此，京介也同樣地搖頭後回答。

「不，您的意見非常地具有價值。的確黎明山莊的構造有所謎團。不過我不想把那個不明謎團視爲『瘋狂』就放著不管。假使在設計黎明山莊的時候，他的精神已經脫離了一般所稱的『正常』的範圍，瘋狂也有瘋狂的邏輯，應該有什麼理由才對。如果不探究這一點就判斷那是瘋狂，就不是結論，而是放棄了結論。

猶如法國南部的郵差謝瓦爾，只憑兩隻手推著獨輪推車所堆疊出來的宮殿（註27），被稱爲瘋狂的產物。那位郵差依照他心中所認定該作品所需要擁有的鮮明吸引力與印象，去搭建成了那棟作品。您的自殺未遂如果說是遊馬歷先生的靈魂誘發的結果，並不會就變成一件毫無意義的事情。」

「這麼說來到底是怎麼回事？」

彷彿是被硬擠出來的低語，遊馬灘男的聲音像是被窮追到絕境一般。沒有血色的臉不知何時浮現了細小的汗珠，一片陰暗的眼睛直視著京介的臉。

「我學的是建築史，而其中住宅是最吸引我的地方，就是人們的個性、思想跟興趣是如何化爲具體而保留下來的。我想做的事情是，依照具體的事物去追溯，喚醒如今已經不在的人們的思念。我，要解開黎明山莊的謎團，然後想要了解遊馬歷這個人注入在那棟房子裡的意念。他這樣一個眞實的人，期望什麼，愛什麼，爲什麼非得要建造那種奇怪的房子。這些我全部都想了解。」

說到這裡，京介短短地吸了一口氣。

「而您也還有在期望的事情吧？」

「你說……什麼……」

灘男靠著沙發的背，像是被什麼刺到一般，站了起來，想要就那樣站著，但似乎劇痛襲擊而上，壓著右腹部外側後又倒了下去。理緒急著想要去扶父親，卻被他的手殘酷地揮開。兩手緊緊地按著肚子，灘男抬起了頭，露出了因痛苦而痙攣的悲慘表情。

「你到底有什麼證據，可以說那種話！」

遊馬灘男以嘶啞的聲音咆哮。

「我恨我的父親。在他活著的時候，不，就算是現在也是。父親他也恨我，我知道，我誕生的時候就是他死亡的瞬間。從一開始，父親就在我身上烙下了烙印——」

「我明白。」面對著痛苦扭曲的表情，京介低聲說。那完全不像平常的他，不知何時成爲充滿感同身受與同情的聲音。「我想我可以了解您所說的意思，但是我不明白，爲什麼您的父親非得做出那樣的事情。當然您大概也不會知道。難道您不想知道原因嗎？像是受了無法痊癒的傷，被關在不毛之地的城裡，漁夫王裴列斯，難道不是在期待聖杯出現來治好他的傷嗎？」

雖然最後那句話對蒼跟深春來說都是個謎，但是對灘男來說似乎並不是那樣。他端正的口中，吐出了更加隱晦的話語：

「聖杯？這麼說你把自己當成了神聖騎士加拉哈特？」

「即使只是無知的帕西瓦爾，我也不認爲他會爲了禮貌而閉嘴。」

「隨便你，Fair Unknown。但不論如何請不要再管我的事情。我絕對再也不願想起父親。就算一秒鐘也好，我希望能盡快把那棟父親留下來的房子從世界上抹消。這是我唯一的期望。明白嗎？明白的話就快點給我出去，馬上！」

4

說完這些後，他就像是用盡氣力地倒在沙發上。雖然看起來像是連講一句話的力量都沒有了，臉上卻還作出拒絕所有關心的表情。除了放輕腳步聲走出房間之外，四個人無計可施。

回到舖著榻榻米的走廊，理緒嘆了口氣低聲說：「當我聽到爸爸住到黎明山莊的事情時，心裡實在很高興。我想，果然爸爸並不是打從心裡討厭爺爺的。我還以爲，縱使在爺爺活著的時候沒有辦法和好，爸爸一定是因爲從現在開始想要更接近爺爺，才會住到那裡去的。可是卻完全不是這樣……」

對著雙手再度掩住淚濕的臉頰，像是在拒絕現實般地搖頭的她，深春掛念地說：

「就算是這樣，理緒，讓妳爸爸就那樣子好嗎？是不是要找誰來看看比較好？」

理緒忽然轉身回頭。

「說的也是呢，我過去看看。不好意思，可以請大家在這裡稍微等我一下嗎？」

當然沒有可以阻止她的時間，她打直身子，轉身跑走，打開側走廊的門之後消失了身影。

結果，留下了三個男人在方才碰到理緒的黑暗走廊的角落。

「就算說要我們等她……」

深春喀吱喀吱地搔著頭髮。

「實在是累死了，呼……」

「蒼，你手裡拿著的是什麼東西？」

京介一說才注意到了。蒼的胸前抱著一本薄薄的畫冊。剛才坐在壁龕時，沒有多想什麼就從旁邊立著的畫冊拿了一本到膝蓋上，打開來放著。一不小心，就把它給拿出來了。

「怎麼辦……」

「當然是還給人家呀。」

「不要！那麼恐怖！」

「你怎麼能說別人恐怖！」

「深春，陪我一起去。」

「不要！那麼恐怖！」

正在爭論的時候，側面走廊的門打開了。蒼正想說「好快喔。」卻硬生生把話吞回去。站在那裡的並不是理緒，背影十分相似，但不知是不是因爲穿著上下兩件式的白色針織裝的緣故，顯得異常肥胖。是大理緒一歲的姊姊珊瑚。她不發一語地翻著白眼，直直地瞪著這邊。

「那個……」

深春說話的同時，她開口了。

「你們在做什麼？你們眞的是學者？還是偵探？還是小偷？」

「咦？」

「少裝蒜了！下次你們再在爸爸房間附近鬼鬼祟祟的話，不管理緒說什麼我都會叫警察來的！給我記住！」

然後，「啪」的一聲把門給關上。蒼他們只能面面相覷。

23 哥雅：Francisco Jose de Goya y Lucientes，（1746~1828）。西班牙畫家。曾任宮廷畫師，長達六十年的繪畫生涯中畫風與題材多樣。

24 委拉斯貴茲：Diego Rodriguez de Silva y Velazquez，（1599~1660）。葡裔西班牙畫家，哥雅前幾任的宮廷畫師，擅長以平實手法描繪宮廷中皇族的生活。

25 葛雷柯：El Greco，（1541~1614）。西班牙畫家，生於希臘。「El Greco」即爲西班牙語的「希臘人」之意。擅長宗教題材的畫作。

26 哥廷根：Gottingen，德國中部的學術都市。

27 謝瓦爾的宮殿：全名爲「謝瓦爾的理想宮」〔le palais ideal du facteur cheval〕。位於法國南部，由一個郵差謝瓦爾憑個人的力量，於1879到1912這段時間內，獨自收集石頭與堆疊建造而成的奇特建築。當時他的行徑被居民視爲瘋狂的舉動，但謝瓦爾本人不爲所動，堅持以自己的設計建造此一建築。

眼眸中的臉

1

接下來幾天，蒼埋頭閱讀與亞瑟王傳說相關的書籍。他絕對不是對遊馬家的事件沒興趣，甚至可以說正好相反。可是回來之後，當他用文字處理機記錄那兩天在伊豆發生的事情時，京介與遊馬灘男最後的那段對話卻讓他非常在意。

「像是受了無法痊癒的傷，被關在不毛之地的城裡，漁夫王裴列斯，難道不是在期待聖杯出現來治好他的傷嗎？」

面對這麼說的京介，灘男如此回答：

「聖杯？這麼說你把自己當成了神聖騎士加拉哈特？」

這兩句話讓蒼完全搞不清他們在說什麼。

而在那段對話之前，兩人曾提到的《黑死館殺人事件》書中，偵探法水麟太郎的口中經常冒出如同內行星軌道半徑、古代丹麥傳說集等等奇詭的事物，來恫嚇嫌犯或證人——與其這麼說，不如說只不過是爲了讓對手吃驚的手法。但灘男竟然對京介所說的話絲毫不感到驚訝。自己不管怎麼說都是京介的助手，要是因爲聽不懂而當場要求他解說的話，不是很讓人生氣嗎？

幸好蒼還記得加拉哈特跟帕西瓦爾，都是古代英國傳說中亞瑟王的故事裡登場的人名。打開在圖書館找到的翻譯書《亞瑟王傳說》，兩個人的名字還有聖杯、漁夫王都正好出現在目次，讀起來也十分有意思。看看書架上標題有亞瑟王或聖杯的書，有點猶豫要要看哪一本，乾脆就依序把相關的書通通翻一翻，就這樣埋在書堆裡過了兩天。

想把自己學會的知識告訴別人，是種與生俱來的衝動。於是，當蒼星期三在大學的餐廳逮到深春後，立刻就開始上起課來。最近剛改裝過的文學院餐廳，弄了個有擺設桌椅的寬廣陽台，在這種季節可是比附近任何一家咖啡廳都舒服。

「漁夫王就是守護聖杯的不可思議城堡中的國王。但他因身負無法治癒的傷而痛苦，因此放任自己的國土荒廢。受傷導致他什麼都不能做，只能搭著小船去釣魚，所以被稱爲『漁夫王』。爲了尋找聖杯眞正的意義而前來的騎士，治好了他的傷，並且復原了一切。」

「這個故事我也不太確定有沒有聽過。」

沒什麼感觸的深春，搔著下巴的鬍子反問：「到底聖杯是什麼東西？」

「嗯、就是……把塞爾特神話裡，給予勇士所期望的食物的魔法鍋子，以及基督教傳說中，最後晚餐中盛裝耶穌鮮血的杯子互相結合，所形成的概念。在治好國王的傷與復原國土的靈器這方面，說是與基督教相關不如說與異教有關。擁有它的國王生了病，以及國土成爲不毛之地等等，都被傅萊則寫到《金枝》（註28）那本書裡。

然而，現在流傳的亞瑟王敘事詩篇中的聖杯故事，並不是自然形成的傳說。最初將聖杯稱爲Grail（註29）的，是十二世紀法國詩人克雷蒂安・德・特羅亞（註30），聖杯的城堡還有漁夫王也是。當然，也有可能是他參考更早以前的書籍或傳說而寫下來的。

在流傳至今，他所寫的詩中有這麼一段故事：帕西瓦爾到了那座城堡時，雖然看到了聖杯，因爲沒有提出該問的問題，結果並沒有治癒漁夫王。只是他在把故事寫完之前就死了，所以後世有很多人寫了續集。

加拉哈特就是出現在續集裡眾多圓桌武士中最優秀的一個。他成功取得聖杯，這一段故事讓聖杯成爲基督教的象徵。聖杯雖然治好了漁夫王的傷，卻好像已經失去了讓國土復原的力量了。」

「也就是說，把遊馬灘男當作是漁夫王？」

「沒錯。所以那個大叔很不滿地對京介說，你打算像加拉哈特那樣自許爲聖人君子來救我，京介則說自己也許只是像帕西瓦爾那種無知的人。毫無猶豫就回答的樣子還挺像的。

最後，灘男說的Fair Unknown，翻譯可以說是『陌生的美男子』吧。不知道自己的出身而被人養大的英雄，帕西瓦爾就是這種傳說典型中的一個例子。他在克雷蒂安・德・特羅亞的作品中，是個把初次看到的騎士誤認爲天使的笨蛋，雖然後來逐漸成長。那個大叔笑京介是個什麼都不懂的人，聽起來眞讓人不爽呀。對吧？」

「就是啊。」

一面說著，深春一面打了個連熊都可以吞掉的大呵欠。

「可是呀，我也不是要嫌棄這些人的興趣啦，但是該怎麼說才好呢，這些根本是完全沒意義的賣弄學問，比法水麟太郎更差勁。」

「多少有玩遊戲的心情，但可不能說沒意義。」

像是突然冒出來的，是京介的聲音。還是如常的灰色白衣加上亂糟糟瀏海那猶如幽靈的造型，飄到旁邊的椅子坐下。仔細看他手上拿著的東西，居然是加了熱水的杯麵。蒼想，難得都到餐廳來了，也該吃點更像樣的東西嘛。

「嗨！眞稀奇啊，你會在這個時間醒著。」

這個時間，快要一點半了。像是沒聽到深春的話一般，京介繼續說著自己的話。

「那一家人都中了法術，往生者遊馬歷的怨恨法術。不只是兒子遊馬灘男，女性家族成員也全都被困在其中。不加以解決的話，作什麼都沒用。歷的死亡是他殺或是單純的意外，說起來只是枝微末節。那就是我要把灘男比喻成受傷的漁夫王的用意，是我那個時點的見解。」

「事件的眞相怎麼樣都行，你說的解決指的是什麼？」

「弄清楚遊馬歷眞正的用意，並且以其爲根據，阻止黎明山莊被拆除。」

「你這傢伙終究是那樣呀……」

深春抱怨，反正活著的人怎樣都無所謂，京介眞是個冷血的傢伙。

「可是，要怎麼做才能解開法術？」

「解放聖杯就可以了。」

「現在是怎樣？所謂的聖杯又是什麼？」

對著高聲提問的深春，櫻井京介只是輕輕搖頭，說了句「你怎麼會不知道」而已。

「大概在克雷蒂安・德・特羅亞的《聖杯故事》完成的三十年後，德國詩人沃爾夫拉姆・

封．艾森巴哈（註31）寫了新的聖杯故事。他以前輩詩人的作品作爲基礎，並參雜其他資料而創造了非常創新的作品。根據他的故事，漁夫王擁有的寶物『Grail』，既不是杯子也不是有腳的盤子，而是由天使所帶來的一顆光芒耀眼的寶石。」

「寶石——」

「藍寶石嗎……」

「所以，深春，如果你眞的知道那東西藏在哪裡，要小心千萬別說溜嘴。自古以來被稱爲寶物的，都是些危險的東西。」

蒼與深春不由得你看著我、我看著你，當事人京介則是喝了一口杯麵的湯。

「好難喝。」

若有所失地低聲抱怨了一句。

2

「櫻井偵探剛剛雖然果斷地說只是枝微末節，不過我還是非常在意兩件事情的眞相。」

三個人回到研究室後，深春這麼說到。在這裡就不必介意周圍的人，什麼話都可以談。

「事件的動機當然是你說的聖杯——應該就是那一顆藍寶石。忽略這一點就不公平了吧。還有些什麼……像是佈置完美的上鎖密室現場這種狀況，實際上根本沒鎖，所以無法排除他殺可能性的劇情發展。對於你這種熱愛『黑死館』的人來說，也許會變得很無聊吧？」

隨意靠著椅背的京介，一邊把瀏海往上撥，一邊忍不住笑了。
「不會吧！在這個平淡無奇又拙劣的國家中，期待眞正的密室殺人不是搞錯時代了嗎？」
「所以才要用腦袋呀，資料蒐集到這個程度就夠了嗎？」
「沒那回事，缺得可多了。」蒼插嘴。
「外行人偵探登場的推理小說呀，大概都恰好是大哥跟警方高層有關係的人，不然就是個刑警，去跟管區分局問問就有資料，總是這麼設定的呀。再不然就是已經解決過一堆事件，然後有個信賴的刑警會滔滔不絕透漏相關情報。想不到什麼其他的辦法，這不就是最省事的？可是我們可沒有那麼方便的關係可以利用。」
「說得也是，可是我們可以去問藏內先生呀。」
「也不想想是誰把那個機會搞砸的！」
「那是另一回事，當時不管怎麼做都沒時間了嘛。仔細想想，不知道還能不能去問遊馬灘男？」
「但是——」
蒼像是有什麼深義地打斷深春的話，看著他。
「我稍微想了一下，發現不管是遊馬歷死的時候，或是遊馬灘男受傷的時候，藏內先生都是第一個發現的人。」
「啊！對喔！」
「所以，第一個事件的酒杯數目，跟明音董事長的口角等等；第二個事件發生時聲音沙啞的電話，也就是改變意外或自殺未遂等狀況的證詞，全都是藏內先生說的。」

「是呀。」

面對深春一臉「那又怎麼樣」的表情，蒼特意壓低了聲音。

「但是那個人，都沒把這些事情告訴警察，你認爲這是湊巧嗎？」

「什麼？」

深春迅速地挑了挑眉毛。

「沒有說出來，是那樣沒錯。理緒也說過，灘男先生那個時候也是……」

在胸口抱著像樹幹那麼粗的雙手，深春說：

「也就是說你的意思是：那個老爺爺不管面對哪一個事件，都不希望警察介入。也就是說，他有意不讓警察他們來調查事情眞相。」

「說不定不只是這樣。」

蒼的唇邊浮現淺淺的微笑，繼續低聲說道。

「因爲，你不這麼想嗎？藏內叔要是想認眞追究，應該兩個案件的犯人都找得出來。遊馬歷死前的下午，他被叫到東京去買東西，也是他自己說的。在遊馬灘男快死的時候發現他，我是不敢保證，說不定根本就沒有聲音沙啞的女人打的電話，而是他自己下的手也不一定。」

「可是，動機是什麼？」

「我不知道。」

蒼乾脆地搖頭。

「懷疑第一個發現的人是原則之一吧？而且還是連續兩次。」

「嗯……那確實很可疑……」

「再說，被害者是父子。」

「唔、唔、唔。」

深春抱緊了交錯的手臂，陷入苦思。

「警察應該有去藏內先生投宿的旅館確認過了，或者親自去搭車，在一大早照他所說的到站時刻下車，去尋找有沒有目擊者。這些事情警察應該都調查過了。不，如果一開始就認爲是個意外，可能就沒有這麼詳細地調查。即使我們現在再去追這些線索，將近一年前的事情，實際上也只能說不太可能——

不，就算有不在場證明，就算有啓動什麼機關讓遊馬歷跌倒，第一個發現的人要加以隱藏也很輕而易舉，算不上是決定性的證據。唔……」

獨自喃喃自語念念有詞的深春閉上眼睛思索的表情，簡直像頭在作惡夢的熊一般。忽然間蒼哈哈哈笑了出來。

「對不起，你眞的想到頭痛了？全部都是我在開玩笑的啦。看到那個老爺爺在談『老爺』事情時的表情，你不覺得他絕對不會做出這樣的事情吧？你這樣不行喔。」

「你這傢伙——」

蒼一面逃開在桌子另一邊張開手想抓住他的深春，一面對京介說：「喂，京介，好好地去問藏內先生吧。我覺得請他到東京來也沒關係。你可是少數能夠博得他信賴的人吧？」

然而，京介卻浮現了難得像是不好意思的笑容。

「老實說，那有點奇怪。」

說完把鼻尖上的眼鏡推了一下。

「昨天他打電話到學校問我到底對那個不動產業者灌輸了什麼，還狠狠地罵我一頓。」

「不動產業者是那個叫什麼名字來著？就是派對時見過的。」

「沒錯。他隔天就立刻飛奔到黎明山莊，跟藏內先生大力推銷西班牙式高級渡假公寓的構想。」

「爲什麼又變成那樣了？」

蒼簡略地跟沒聽到那晚對話的深春說明了一下：讓只想著要拆房子的不動產業者醒之井，誤認黎明山莊是著名建築師的作品，誘導他覺得與其新蓋渡假公寓，不如力求積極保存利用。

「我還以爲明音董事長會有什麼反應，結果莫名其妙扯到藏內先生了。」

「那位老爹，到底去跟藏內叔說了什麼？」

「除了死命追究歷先生的八卦之外，還說了『這幅死氣沉沉的畫像不如送給騎馬俱樂部』、『這個房間太陰森，把牆壁打掉開扇大窗戶，就可以變成別緻的餐廳還是咖啡廳』之類的話。」

「哎呀呀……」

「當然醒之井先生也沒有惡意。大概是因爲認爲反對拆除的老先生，只要能保留房子，一定會因此而很高興地協助他，才會沒有顧慮想什麼就說什麼。可是，藏內先生一定無法忍受大幅改變建築的現狀，甚至把遊馬歷先生的經歷當成花邊來炒作，所以才會生氣。」

「這麼說起來，那個時候那個醒之井也說了蠢話，什麼想要個羅曼史等等。」

「聽說他十分嘮叨地追問『不是有隱藏在西班牙時代的風流韻事嗎？』之類的。」

「還真是輕浮的想法呀。」

蒼一臉受夠地笑了出來。

「那，連京介的名字也被拿去當見證了？」

「就是那麼一回事。唉，現在要當面去問藏內先生也許很難了。」

京介的說法像是在說別人的事情。這也不算稀奇，深春只能撇著嘴囉唆。

「嘖！你果然是清河八郎（註32）！」

「什麼意思？」

「聰明反被聰明誤的傢伙啦！總之在追究事件這方面，只能暫時不跟當事人碰面了。」

他從放下的背包裡，拿出了黎明山莊的照片。此外還有貼在黎明山莊的各處牆上的瓷磚特寫照片。那些磁磚是遊馬歷特別向伊萬里的窯業訂製，上面繪有西班牙風格圖案的瓷磚。洗成六吋大小的照片，看起來就跟實物一樣大。

「全都是風景，而且沒有重複的。」

瓷磚總共有五十塊。貼在走廊或餐廳的牆壁上，餐廳暖爐周圍也有，碗櫃或收納櫃則採是用嵌入的方式。每一塊上面畫的都是風景，而且不管怎麼細心繪製，也感覺是外行人的素描畫，似乎就那樣直接用藍色顏料轉印。

「這一定跟遊馬歷在那邊畫的素描一模一樣。」

或許是因爲不擅長繪畫，不管哪一張都是不怎麼引人注目的風景。感覺縮在一起的橄欖樹點綴平原，岩石及羊群。頂端可以看見像是崩壞城堡的模樣的山丘，以及小小的房子。火柴棒樣子的人影，遙遠的山巒及雲朵。哪一張瓷磚畫的都一樣，淨是鄉村風味的景色。

「喂，深春，這不是在馬德里附近嗎？」

「大概吧，應該是南部一帶。」

「還有，這些應該全部都是同一個村莊吧。有這個背景的山丘，其他瓷磚上面也出現了好幾次。」

「嗯，也許是喔。」

「這麼說起來，遊馬歷他那空白的三年，是不是都待在有這幅景色的村莊裡？」

「有可能吧。」

「所以囉，可以用這裡爲線索，去尋找他的足跡嗎？」

「去那個村莊的話，說不定還能看到跟黎明山莊很像的房子？」

「沒錯，正是如此！」

雖然蒼因爲自己的想法而興奮到不由得發出歡呼，深春卻特意地嘆了一口氣。

「蒼，你太天眞了。你以爲安達魯西亞那個地方全部到底有幾個村落？至少也要畫到一個可以讓我們判定的建築或是什麼東西，光是有城堡的山丘、橄欖樹跟羊群，要徹底搜查這種到處可見的風景，你想想看會花上多少時間？何況還是六十年以前的事情。就算那個國家是歐洲的偏遠鄉下，塞維亞（註33）也舉辦過萬國博覽會。期待遊馬歷畫的風景還在那裡保持原貌，是不可能的啦。」

「嘖！深春你難道就完全沒有這麼想過嗎？」

「是想過呀，可是要實現還需要先有一堆東西。蒼，你來當贊助者，順便給我一年時間去找吧。」

深春伸出像是手套的手掌，「磅」地敲了一聲。蒼也嘆了一口氣，是呀，果然是不可能的，雖然是個不錯的想法。

「素描畫的實景不在了，接下來就看有沒有以前的日記之類的東西了。」

「那也得等到藏內先生的心情好了以後。」

哎呀哎呀，這不就完全無計可施了嗎？

「遊馬小姐有沒有打電話來？」

「理緒嗎？答錄機裡一通也沒有。好像也沒去上課的樣子。該不會吃人歐巴桑把她關起來了吧？」

「吃人歐巴桑」是深春幫遊馬明音取的綽號。比女兒朱鷺說的「亞馬遜女王」還要沒品味很多，但也未必不能說是很貼切。那天晚上，最後蒼他們完全沒有再度跟理緒說話的時間，就那樣離開了。不管對方怎麼挽留，都沒有要在那棟詭異屋子住一個晚上的心情，第二天又是星期一得上課，所以就回來東京了。但是，明音並未允許理緒與他們同行。

過了半夜一點，卸妝後的遊馬明音，不由分說地把理緒支開後，一個人到門口送行。女主人笑臉迎人的表情沒變，若無其事地問到：

「櫻井先生，方便的話可以告訴我嗎？你跟我先生談了些什麼？」

「只是討論文學而已，有關戰前偵探小說中出現的建築，在建築學方面有些什麼特徵。」

京介還是一樣悠閒的聲音。

「不過討論似乎有點太激烈了一些，希望沒有影響到他的身體情況。不好意思，請問他有什麼地方不舒服嗎？」

「他的腹膜受傷了。手術的話就可以治好，口頭答應卻放著身體惡化，他那個人就喜歡這樣。」

冷冷脫口而出的明音，立刻又戴上笑容的假面具。

「希望近日之內還能跟各位再見面。要記得多聯絡，千萬別客氣呢。」

她以熟練自然的動作握住京介的手，看在蒼的眼裡，說是禮貌性的握手也似乎有些客氣過頭了。

蒼回想往事之際，京介似乎已經把剩下的照片都看完了。洗成六吋大小的彩色照片，以及另外的黑白照片，被隨意地收在一起。

「這些可以借給我嗎？」

「可以呀，我已經另外自己加洗一份了——現在，要怎麼辦？該不會這樣就結束了吧？」

「還不會結束，最近遊馬明音一定會有所聯絡的。」

唷，挺有自信的嘛。

「在她聯絡之前，我想先把黎明山莊的立體模型做出來看看。沒必要做得太精細，先用苯乙烯板就可以了。」

跟帶去伊豆的小型素描簿並排著，放上A4的方格紙。

「可是京介，上次我們都沒有用捲尺之類的東西不是嗎？」

「所以我才說先做做看。靠照片還有你有的記憶，總是會有辦法的。好了，蒼，用你的步幅就可以了，照順序把尺寸告訴我。用簡略的做法也沒關係，我們還是要從中庭開始進行。」

3

結果，被京介放出來的時候，已經過了晚上九點。特別是深春簡直是用逃的。在這種時候，蒼也不覺得自己與生俱來的特技是個麻煩。本來要是沒有那些，也不會跟京介成爲朋友，也不能說全部都沒有會比較好。

蒼的記憶力特別出眾。一般記憶的天才，可以在一瞬間把多位數的數字背下來，但蒼記憶的長處卻專門是影像方面。例如今天早上搭乘的山手線電車，車廂裡坐在對面的人穿著如何，前天在圖書館走過去沒停下來看的書架上書本如何排列等等，被別人一問，立刻就會浮現在眼前。

連那樣沒有認眞看的東西都可以想起來的話，只要專心認眞看，記憶就會變得更爲鮮明。拼圖之類的盒子上頭的圖看了一分鐘後，不管哪一個拼圖塊都能知道要拼到哪裡去。意即每一個小塊，都能夠成爲原圖記憶的索引。

面對黎明山莊時，蒼的神經異常緊張，意即他會有意識地進行觀察。這種情況之下，就不僅僅是喚醒畫面而已，也能夠將自己身處其中。以雙眼一邊記憶，一邊移動腳步，地板的尺寸大致能夠推算出來。不只是地板，水盤的大小、柱子的寬窄，房子的高矮，京介的問題一丟出來，就能依照記憶中符合的影像，以手臂比畫出來，然後京介再加以計算。

究竟人腦可以容納多少記憶，似乎到目前爲止還沒有人能解答。蒼的影像記憶雖然好像也會隨著時間而逐漸淡忘，但根據京介的看法，那只是一種錯覺罷了。記憶是不可能消失的，只是因爲找不到能夠將其引出的索引。

「所以那大概也是一種自衛系統吧，爲了保護現在的自己。」

稍事休息的片刻，京介這麼說。

「即使腦容量可以膨脹，將趨近無限的資訊全都收集起來，我也不認爲人類的意識能夠加以忍受。記憶是記憶，現在是現在，能夠清楚地加以區分就還好，要是混亂的話，就是不折不扣的認同危機了。」

「讓未成年工作到這種時間，自我認同這種東西早就壞光光了啦！我要回去了啦。」

「你要不要吃晚餐？」

蒼連忙搖頭。

「不用了，我還有點事情。」

老實說，這只是瞎呼嚨而已。由於下午全力集中精神，導致現在精神還很亢奮，一點都不覺得疲勞，不過應該很快就會有反效果了。可是只把吃東西當成補充能源的京介，說要請客充其量也只是到大學附近的蕎麥麵店或是拉麵店。考量到吃著說著之間，他又會想要繼續計算測量的風險，實在一點都不划算。

「那就明天見了。」

「辛苦了，明天見。」

京介把瀏海撥上去，露出微笑。蒼覺得有些炫目，將京介只對自己所展現的那個表情印到了腦海裡。那是偶然目擊到京介眞面目的人們，不曾看過的眞實微笑。

「晚點我再打電話給你。」

4

雖然已過了晚上九點，卻正好碰到出來喝酒的學生要續攤的時間，高田馬場附近依然人聲鼎沸。蒼打算直接回家，但到了這一帶卻忽然有種不想要自己一個人的感覺。反正回到家也沒人在。深春在公寓的話可以過去，但他說朋友在銀座辦攝影展，這時候應該也還沒回到公寓。

（不知道遊馬小姐怎麼樣了……）

理緒小巧的臉忽然在蒼的眼中浮現。當蒼想起某個人的時候，眼前就會浮現那個人曾在他面前出現過的表情，猶如反覆播放的幻燈片般，隨著手指彈撥，一張張流過。緊張的理緒、雙眼圓睜的理緒、嘆氣的理緒、出神望海的理緒、騎著尼祿的理緒，以及哭泣的理緒。越重疊就越模糊的影像，卻也越來越增加，嘎然而止之時，那張臉回頭看著蒼。

那不是雙唇顫抖著要告發母親的理緒，也不是眼看就要哭出來望著父親的理緒。而是撫尼祿臉頰時，天眞無邪如小女孩般的笑容，還有馬鞍上才看得見的，融入威風凜凜的騎師表情。蒼再度覺得，那才是眞實的理緒。緊張敏感，卻也溫柔。多麼美麗呀，不由得令人心動。

但，這並不是戀愛的感覺。原本對蒼來說，他就不太了解人類歷史之中不斷地被傳頌的愛情爲何物。他只是打從心底覺得，回歸眞實自我的理緒非常完美，因此完全沒有產生絲毫像是想要獨占她，或是想要她也看著自己等等的心情。借深春的話來說，就是「充其量你也不過就是腦袋還有點用的小鬼。」或許就是在說這種情況吧。

儘管不是戀愛，蒼偶而也會像這樣，眼眸被一個人的臉佔據住無法消除，一開始遇到櫻井京介的時候也是一樣。那時候的蒼比現在更像是個小孩，不過是個無法理解映入自己眼簾中物品而感到害怕的幼童。與其說是遇到京介，不如說蒼只是在他周圍的大人中，在一瞬間捕捉到京介的臉而已。

跟學校的辦公室確認過地址跟電話號碼後，蒼踏出擁擠得讓人心煩的、夜晚的澀谷車站，想要打個電話而停下腳步。如果在這裡被拒絕，那到底是爲了什麼下車就搞不清楚了。要是不行的話也沒關係，那就到自從戰爭以前就存在的遊馬家的牆外偷看一眼吧。

儘管如此，蒼還有一件事情。從修善寺的遊馬灘男房間出來時，不小心帶回來的書，後來打開來一看，是古老的哥雅畫冊。原本就是些讓人感到詭異的畫，加上泛黃的書頁上，還有酒紅色的血滴散落四處，看起來就更噁心了。

可是如果就這麼丟著不管的話，豈不就就會變成小偷了。他把畫冊裝在袋子裡帶來，要是碰到理緒的話就請她代為交還，或許可說過於明目張膽，總之就以還書當作藉口登門造訪吧。

澀谷這個地方，不管來幾次都覺得奇怪。街道全部都是以車站為中心放射出去，加上都是上坡。熱鬧得不得了的地方看起來簡直無邊無盡，但是一稍微離開人潮擁擠處，一下子就會看不到半個人。因為土地有高低差，一眼看過去也看不到遠處。遊馬家所在的松濤，從車站走過去也只要十五分鐘，包圍在寂靜之中的樣子，讓人完全無法想像這個地區就在大型百貨公司的正後方。

就算是在道路標示完備的東京，也不會有人會在夜晚享受迷路找路的樂趣吧。在沒有行人通過的住宅區裡找到了遊馬家。那是棟蓋好沒幾年的豪宅，臨路側的三層樓房站在牆壁之中，牆上挖了一個拱形的門。從金色的柵欄大門中，可以看見裡面的地上鋪著石版，在照明之下隱約可見擺在牆壁凹處的高棉天女像。盡頭的階梯往上幾階就可以看見玄關的大門。石材全都是紅色的長條狀花崗石，金屬部分則磨得金光閃閃。這等華麗的外觀讓蒼不禁要覺得這正是遊馬明音的品味。

儘管如此，一如所料見不著理緒。對講機另一邊似乎是傭人，冷淡的女聲說小姐因為感冒已經睡了。即使說是在伊豆時那個叫做櫻井的人，也沒有要幫忙傳話的樣子。

「小姐明天會去學校嗎？」

「我也不清楚。」

「我想來還我借的書。」

「那麼請先投到信箱裡面，明天我會替您還給小姐的。」讓蒼一點辦法都沒有。

意志萬分消沉而決定要繞往右邊離開的蒼，忽然被從正面而來的車頭燈給照著。

「可惡，搞什麼鬼！」

忍不住罵了出來。

「哎呀，眞是不好意思，小弟。」

覺得耳熟的某個聲音回答。

「你被理緒甩了嗎？那樣的話要不要跟姊姊我在一起？我們去哪裡吃個好吃的東西吧？」

從銀灰色的Prelude（註34）駕駛座探出頭的，是遊馬朱鷺。

28 傅萊則的《金枝》：傅萊則〔Sir James George Frazer，1854~1941〕，英國人類學家、民俗學家。著作《金枝》〔The Golden Bough〕，爲其研究原始人類的神話、咒術、信仰等等的成果。

29 聖杯：一般寫作Grail，原始寫法爲Graal。

30 克雷蒂安・德・特羅亞：Chretien de Troyes，十二世紀詩人。著作《伯斯華，或聖杯故事》〔Perceval，ou Le Conte du Graal〕是首先賦予聖杯基督教象徵的聖物意義的作品。

31 沃爾夫拉姆・封・艾森巴哈：Wolfram von Eschenbach，約（1170~1220）。他的史詩〈帕西瓦爾〉〔Parzifal〕以特羅亞的聖杯故事爲基礎，加入其它資料，使聖杯故事更爲多采多姿。

32 清河八郎（1830~1863）：日本「新選組」的前身，「浪士隊」的構思提議者，本名齋藤元司，博學多聞，遊歷四方。他在招募浪士之後又向朝廷上書支持尊王攘夷，使得與其意見相左，以幕府爲中心的近藤勇、芹澤鴨及土方歲三等人不滿，另外成立新選組。清河後爲佐佐木只三郎暗殺，得年三十四。

33 塞維亞：西班牙安達魯西亞自治共同體和塞維拉省的首都，人口約一百三十萬，是西班牙第四大都市。曾於一九九二年舉辦過世界博覽會。

34 Prelude：Honda的一款雙門跑車。

棗紅色姊妹

1

「快點上車吧！夜晚才剛剛開始呢。像你這麼可愛的孩子，別露出那種鬱悶的表情嘛。」

上半身從打開的車窗探出來，朱鷺這麼說。今天她穿著黑色皮衣外套加上成套的皮褲，像是機車騎士的裝扮。同色系的裝扮中，脖子上綁著的絲巾則是明亮的粉紅色，顯得格外鮮豔。

「妳想用食物引誘我嗎？這種時候與其那麼說，不如問我『要不要跟姊姊一起去找樂子？』比較有效呀。」

蒼的回答讓朱鷺哈哈大笑差點掉了下巴。

「因爲先前派對的時候，你吃了很多東西嘛。我喜歡很會吃的男生喔。怎麼樣，要不要去高速公路兜兜風，去橫濱吃中華料理？」

看樣子她始終都想以食慾爲誘餌。不過，她會邀請蒼的眞正原因，不用多想也知道。

「哦，妳還有時間觀察我呀。我還以爲光是追著京介，就已經夠妳忙的了。」

但是朱鷺對於蒼的諷刺一點也不在意。一度收起的笑容，再度浮現在朱唇上。

「到底怎麼樣，去？還是不去？要是討厭你的話，我可不會專程綁架你的喔。」

邊說著，邊把車門打開。

「不只是食慾而已，妳也可以滿足我的好奇心嗎？」

「沒問題，彼此彼此吧。」

京介說「晚點我再打電話給你」的聲音在耳邊一閃而過。

（好了，出發了！）

蒼滑進座位，扣上了安全帶。

遊馬朱鷺的駕駛技術相當不錯。眼花撩亂地轉動方向盤，穿過一條條小路，俐落地避開澀谷車站前的車潮，一下子就開上首都高速公路。絲毫感覺不到手腳有多餘的動作，除了沒有一般女性駕駛任性或危險的舉動，也是深春那種莽撞的開車方式比不上的。

（挺行的嘛……）

蒼在內心裡咋舌。在修善寺見到她的時候，看來只是個俗艷又愛玩的笨女人罷了，但仔細想想，她讓京介露出臉的手法就夠了不得，也許眞是個不可輕視的對手。

「小弟，你名字叫什麼來著的？」

蒼想，要開始了。讓車子進入高速之後，朱鷺把車窗開了個縫，開始抽煙。

「我叫蒼。」

「我說的是本名。」

「不論到哪裡，我都叫做蒼。」

「不行，那樣我不能接受。」

「說是本名，也不過是別人取的。又不能自己決定，沒什麼重大意義吧。」

還以爲她一定會加以反擊，沒想到朱鷺倒是爽快地點頭。

「說得也是。我就不太喜歡自己的名字，根本就是明音女士自己的興趣而已。」

「是令堂取的嗎？」

遊馬家不論何處，父親的身影似乎總是淡薄。

「是呀，到老三爲止。老四本來也是她要取名叫做『櫻』，結果遭到祖父反對。她好像就是從那個時候開始，變得打從心底討厭祖父。」

「櫻？」

理緒如果叫做「櫻」，形象就完全不搭了。意義姑且不管，她那種凜然的氣質，沒有比「理緒」唸起來更好聽、更合適的名字了。

「因爲明音女士也很頑固，戶籍寫的是理緒，在家裡還是堅持要叫櫻。結果因爲理緒不願聽從而毫無辦法。說到頑固這一點，理緒也許還比較厲害。」

「可是呀，櫻就不會騎馬了耶。」

「什麼？」

「馬肉也叫做櫻肉（註35）嘛。」

「哎呀——眞的！討厭啦！」

朱鷺忽然哈哈大笑起來，最後還用拳頭猛搥方向盤，搞得險象環生。

「我完全沒想到這個呢。」

「是嗎？那，令堂不是因爲馬而選了櫻這個名字？」

「怎麼可能？不管怎麼說都不是那樣的啦。你沒注意到嗎？明音的女兒是蘇枋、朱鷺、珊瑚、櫻。（註36）」

終於止住笑的朱鷺，這次用單手在空中比畫著大家的名字。

「茜跟蘇枋是植物的名字，朱鷺是鳥，珊瑚跟櫻我不說你也知道吧。這些全部都是用來表示顏色的字眼喔，而且還是紅色系的，日本對顏色的傳統稱法。」

「啊，對喔……」

怪不得蒼覺得都是些怪名字。

「這麼說，我聽過朱鷺色這種說法。是紅鸛羽毛的顏色吧？」

朱鷺發出像是極力忍住笑的噗嗤聲。

「算了，無所謂啦。總之呀，杉原家的雙親幫姊妹取了成對的名字，姊姊靜音（Shizune），妹妹明音（Akane）。我母親再從讀音相同這一點，把明音轉成茜（Akane），然後想把女兒的名字用顏色命名。靠自己奪下雙親的命名權，挺酷的吧？」

「嗯……」

也就是說，對明音而言，遊馬歷所做的事情不單單只是侵犯命名權而已，更傷害到了她的自我認同。那樣的憤怒自然會轉嫁到理緒身上吧。因爲，大概理緒也會極力抗拒母親叫她「櫻」這個名字。母女之間不融洽，也是理所當然的。

「可是妳不討厭吧？令堂依照她的喜好幫妳取的名字。」

「還好啦。因爲不管是誰，名字都是依照雙親的喜好所取的吧。我又不像理緒，還有別人會替我著想。」

對喔，理緒這個名字是遊馬歷選的，雖然不知道他是基於什麼基準命名的。

「妳的祖父是個什麼樣的人？」

「我也不知道，因爲我幾乎沒有見過他幾次。大概只有在去年葬禮的時候，看見他的遺體時，才注意到原來祖父長那個樣子。我只記得，上小學之前好像有一次被帶到熱川的別墅去。」

「然後呢？」

「因爲年紀太小幾乎什麼都不記得了。只記得在馬背上怕得想哭。我呀，最怕動物了。」

不知何時煙抽完了，朱鷺重新點了根煙。

「祖父好像讓我們家的姊妹都那樣騎馬，結果只有理緒沒哭。她大概從那個時候就得到了祖父的認可吧。」

「可是——」

塗成紅色的指甲，放到想要開口的蒼的唇上。

「停——我剛應該說過了，要滿足彼此的好奇心。你還沒告訴我呢，你的名字。」

「妳很煩耶，大姊。要是想從我這邊探聽到京介的情報，我叫什麼名字一點都不重要吧。」

「哈哈……你的意思是說，我問的話你就會告訴我囉？像是他的來歷啦，他喜歡什麼樣的異性等等。」

喜歡什麼樣的異性？那個京介有這種東西嗎？

「我可以告訴妳，大學研究室的號碼，還有他喜歡吃什麼東西之類的。」

「我才不想聽那些東西。」

「妳好麻煩喔！」

「有那麼麻煩嗎？」

「因爲不是我自己的事情嘛，妳想問的話就直接問吧。」

「那倒也是。」

彈了彈煙蒂，丟出了窗外之後，朱鷺轉頭望著蒼。

「那，好吧。這只是單純的約會。」

「嗯。」

「所以，你要告訴我，你的本名。」

「爲——什麼？」

車子還在持續往前跑，拜託妳也看著前面開車啦。

「我呀，對於在街上遇到只是一起玩的對象，並不會一一要求他們報本名給我，因爲彼此都是如此。可是，你不但知道我的本名，連年齡、雙親的名字、我的經歷、住哪裡全部都知道。可是我對你卻一無所知，太不公平了，一點都不平等。你不這麼認爲嗎？」

蒼發出了呻吟，怎麼看都是朱鷺站得住腳。

「我知道了，我告訴妳，可是妳還是要叫我蒼喔。叫我蒼以外的名字，我可不理你。」

「好呀，那你也叫我朱鷺。」

然後，蒼把平常幾乎沒有在使用的名字，告訴了她。朱鷺默默地點頭，然後在蒼耳邊低聲說了謝謝，呼出一股溫熱的氣息。

「你一定有什麼苦衷吧，這樣強迫你實在很抱歉。」

「以後再道歉的話我可不會聽喔。」

發出哈哈哈笑聲的朱鷺，轉動了方向盤。

「爲了道歉，今天晚上我請你吃你喜歡的東西。吃中華料理吃過癮，去迪斯可舞廳跳舞，要是口渴了就去港邊的酒吧痛飲香檳，然後去大飯店的房間玩個痛快吧。」

2

「就這樣？」

深春用噁心曖昧的聲音問。

「這樣下去怎麼得了，你這個玩到早上才回家的不良少年！」

「我們去中華街的餐館吃東西，再去元町（註37）的迪斯可舞廳跳了一下舞，然後去她愛去的酒吧。我需不需要說我們吃了什麼？」

「不用啦，聽別人吃什麼東西我肚子會餓。」

「然後就變得很慘了。從第二間酒吧出來後，她忽然就爛醉如泥了，到橫濱大飯店都是我在開車呀！要是在路上被警察看到該怎麼辦，我冒了一身冷汗，嚇得連酒都醒了。」

「那，你睡了對吧？跟遊馬朱鷺大小姐一起上飯店。」

「那是沒辦法的吧？已經沒有電車了，我又沒有那麼多錢可以搭計程車回家。」

「眞的沒辦法嗎？因爲你的緣故，我才剛睡著就被京介那個傢伙挖起來，你知道他跟我說『蒼沒有回家』嗎？結果你竟然在中華街吃美食，去元町的迪斯可跳舞，還連喝了好幾家酒吧？可惡！」

高聲抱怨的深春，臉上忽然又出現曖昧的笑容。

「然後呢？小弟平安無事地轉大人了？」

「我說啊，朱鷺小姐都已經爛醉了，要把她扶到床上還得靠男服務生才行呀！而且還訂了兩個房間，我在隔壁房間洗過澡才睡覺的，第二天朱鷺小姐還沒起床我就回家了。我又不是像深春你這種中年人，才沒有興趣對神智不清的女生做什麼事情！」

「呵呵……你臉紅囉，眞可愛、眞可愛！」

「我才沒有臉紅！」

「呵呵呵……」

「先別管那件事情了。」

京介冷靜的聲音從旁邊傳來。

「到我們不熟的地方來，你們就不要吵了，眞不像樣。」

蒼與深春點頭，安靜了下來。京介的心情惡劣，他們兩個還吵吵嚷嚷的。除此之外，現在是上午十點，也就是說的確是京介活動時間以外的時段。

這天是五月二十一日星期六。他們在銀座一棟靠近三原橋路口的大樓八樓，那是明音珠寶聯鎖店銀座辦事處的接待室。一如京介的預測，遊馬明音打電話來了，指定的會面時間在這種時段。

這棟大樓不是店面，七樓與八樓作爲明音公司的營業部。有大片窗戶而明亮的接待室，紅色的皮沙發，加上到處使用黃銅顯得金光閃閃的室內設計，千眞萬確是明音的喜好。

請了客人來，明音董事長本人卻遲遲沒有現身。這樣下去，坐在沙發上的京介，也許就會這麼直挺挺地坐著睡著了。明亮的燈光從旁邊投射過來，可以看見他突出於瀏海那高挺的鼻樑，以及線條優美的唇型。

在朱鷺爛醉之前雖然講了不少話，但後來蒼也跟著醉了，因此也不太記得。不過他還記得朱鷺說過，因爲明音董事長看見了堪稱傑作的京介的臉龐，打算把京介用在海報上頭的事情。

「這可是個很具體的計劃喔。特寫他閉上雙眼的正面，加上佩帶明音珠寶的戒指跟手鐲的手。只有臉跟手而已，你不覺得這樣很棒嗎？」

「是呀。幸好不是項鍊。」

「哎呀，當然一整套的啊！接下來是臉跟腳、臉跟胸。可是呀，問題是耳環就不能用了，只有臉跟臉不是很無聊嗎？」

「哪會呀？京介戴起來應該也不錯吧。」

「啊——不錯不錯！」

朱鷺從酒吧的高腳椅跳起來。

「那，既然這樣乾脆讓他全部都戴吧。那樣的話，就得全裸了。一定會像莫侯的莎樂美（註38）那樣。唯美、雌雄同體，光想就覺得好興奮喔。我好想看喔，超想看的！到時候海報一定會一直被偷的！」

當然，京介本人是絕對不會同意這種企劃的。可是，等等！把研究擺在第一的他，要是用黎明山莊當作演出酬勞，說不定就會爽快地答應下來。而且，平常人只認識穿著白衣加上一頭亂髮的京介，就算看了那閃亮亮的華麗海報，大概也不會發現就是他這個人。

（京介的，莎樂美……）

唔，有點想看，又有點不想看。

門打開了。可是進來的不是遊馬明音，而是長女蘇枋。

3

今天遊馬蘇枋沒有穿和服，而是穿著剪裁合身的淡灰米色上衣，長髮也綁成一把馬尾。光是這樣，就給人十分不一樣的印象。

「勞駕各位光臨，抱歉讓各位久等了。因爲家母今天早上有點感冒，身體不大舒服，還請多多包涵。」

她深深地鞠躬後起身，蒼瞥了一眼她的臉，不免覺得奇怪。今天蘇枋的視線，毫不游移地直視過來。似乎是在等待蘇枋的招呼結束，這時從同一扇門出現了身著明亮紅色套裝的身影。梳理整齊的栗子色頭髮，高跟的黑色皮鞋。不過身體好像眞的非常不舒服，單手拿著手帕摀著嘴，聲音很沙啞。

「歡迎光臨。」

好像是這麼說，但聽得很不清楚。

「您不必那麼勉強自己，是我們該感謝您再度給我們機會才是。」

即使是上午的京介，在別人面前還是可以說出這些話。但她塗著睫毛膏的雙眼睜不開似地眨了眨。

「不，你們難得過來，就算談一下也好。」

「家母都這麼說了，請你們就不要再客氣了。」

蘇枋也在一邊勸說。都到這個地步反而不能拍拍屁股走人了。新的飲料送上來，已經站起來的三個人再度坐回沙發上。然後終於談到要京介拍廣告的事情，蒼專心地豎起耳朵聽，但也許是因爲明音有些感冒並不在意此事，手帕摀著嘴又常低下頭去，只是偶而出聲附和，蘇枋因此成爲會談的中心人物。

「派對那天晚上，您對醒之井先生上的課，不知道我們是不是也有榮幸可以聽聽？」

蘇枋塗成紅色的薄薄雙唇浮現了微笑，看了京介一眼。

「該怎麼說呢，好像是挺有意思的內容。那天之後，醒之井先生似乎完全偏向櫻井先生了呀。」

蒼覺得這聽起來還挺諷刺的。京介那時所說的不過是爲了讓醒之井產生錯覺的計劃罷了。

「也沒什麼大不了的。我才是聽了他的話，恨不得把手頭有的錢都拿去伊豆買房子呢。」

還眞敢說，蒼和深春互相在背後碰了碰對方的手肘。在僞善這一點上，那個不動產業者跟京介一比，簡直望塵莫及吧。

「我的意思其實很簡單。古董這種東西就算是後代想做也做不出來，所以在破壞之前要稍微停下來思考，只是這樣而已。可是値得慶幸的是這個世界的潮流，已經跟高度成長期時不太一樣了，方向也會持續轉變。我想說的是，即使是經濟面來看沒用的東西，也不能輕易丟棄呀。董事長您認爲呢？今天我希望能聽到您對這種情況的看法。」

被問話而抬起頭，但一咳起來又用手帕搗住了臉。

「不好意思，家母今天的情況，我想是不太可能做出決定了。」

蘇枋在一旁開口說道。

「不過，還是可以聽聽櫻井先生的意見。」

「說的也是，那就稍微談談吧——到目前爲止，保存建築與一般常說的經濟發展總是處於對立的。可是，我認爲這可以克服。唯一做不到的是人的感情，想要留下珍惜的過往，好好保存的心情，像我這種沒關係的局外人都可能深受感動，但也有完全相反的心情。我想，那大概是只有所有人才能體會吧。」

說到這裡，京介意味深長地停頓了。

「怎麼說呢？」

「想要消除過去，讓一切歸於空無的想法。陌生人闖進別人的感情，還說要忍耐別拆，要保留下來，這些都只是學者的自以爲是。」

摀著嘴的手帕深處，沒有傳出任何話語。她維持著低頭的姿勢，一直沉默著。然後，京介也跟著安靜了，似乎在等待回答。打破那一份沉默的，是蘇枋的問題。

「櫻井先生您的意思是，我們是爲了那樣的理由所以要把黎明山莊拆除嗎？」

「與其說是我的意思，不如說是遊馬灘男先生的意思。」

「家父嗎？」

「是呀，他跟我說得很清楚。他恨他的父親，所以一定要讓留有父親回憶的房子消失。」

一邊聽著京介的話，蒼一邊再度回想起前天跟朱鷺的對話。大概是酒精發作了吧，她忽然突兀地這麼說到：

「其實我知道喔，爲什麼理緒要把櫻井先生帶回家去。她呀，懷疑爺爺的死因不單純，說不定是家裡的某人下的毒手。我說的沒錯吧？啊，我順便再猜一個好了，她懷疑的就是明音女士。怎麼樣？我猜對了嗎？」

「我哪知？妳有什麼看法？」

「蠢斃了，怎麼可能會有那種事情嘛！」

朱鷺高聲地笑了出來。

「對了，她跟祖父處得很不好喔。不過絕對不可能殺他的，因爲再怎麼說，他都是她深愛的老公的父親啊。」

蒼想，他實在感覺不到那對夫妻感情有多好。朱鷺立刻又接著說下去：「我說呀，我是不知道理緒跟你們怎麼說的啦，爲了明音女士，我在這裡先把話說在前頭。那個人可是深愛她老公的。雖然不是單身時一見鍾情的對象，而且看起來還是父母硬要湊成的政策婚姻，好不容易才終於結成婚的樣子。也許是男女反過來才有可能發生的事情。總之從那時候開始直到現在，明音女士的心中有的只是心愛的老公而已。

都是我爸不好啦。雖然沒辦法那麼愛她也說不定，不管什麼時候，都是覺得自己是被金錢買來的丈夫而總是擺著一張臉。那樣的話，明音女士不是太可憐了嗎？也許你的眼中看來她是個工作狂，開口就只會談錢，只是個一點都不可愛的歐巴桑。可是，是誰讓她變成那樣的女人？不就是我爸不肯回頭好好看看她嗎？

我媽呀，爲了排遣遭到心愛丈夫無視的悲哀，只能全心投入工作，因爲要把賺來的錢給我爸去研究他喜歡的學問呀。同樣是被丈夫棄之不理的妻子，你可以把她跟到處玩樂結果導致法國大革命的瑪莉．安東尼相比看看。我媽很了不起，值得稱讚，我都感動得快哭了。連我這個笨蛋女兒都養得這麼好。」

朱鷺敲著酒吧的櫃檯，下了結論。

「那人不可能對祖父做出舉手投降這種蠢事的，你也去跟理緒好好說吧。就算祖父是因爲意外而倒下，明音女士也一定會想什麼辦法幫忙的。」

如果這些話都是眞的，理緒的猜測就完全錯誤了。把刀子刺進心愛丈夫的身體，即使不是打算殺死他，也是不可能發生的事情。

「可是，灘男先生恨他父親可是千眞萬確的。不然的話，他怎麼會殺掉自己的父親——」

要不是喝醉了，大概不會說出這種話吧。醉得更厲害的朱鷺，低頭含混不清地說著。

「爸爸殺了爺爺？實在太好笑了。爸爸又不會開車，要是他半夜去熱川殺掉爺爺，爲什麼第二天會在家裡——」

電話的鈴聲把蒼從回憶中拉回現實，猛然回頭一看發現蘇枋他們也一樣。輕輕站起身的蘇枋，拿起小桌上的話筒。

「什麼？」

簡短的聲音帶著緊迫的感覺，即使不願意也吸引了蒼等人的興趣。

「阿姨您請稍等一下。我換個地方聽，嗯，馬上就好。」

擱下話筒，轉過來的臉看起來有些發白。

「眞是非常抱歉，公司那邊有點急事。請原諒我們失禮先離開了——媽。」

似乎想用手遏止手帕底下咳個不停的情況，慌慌張張地出去了。

「不會是開了空頭支票吧。」

深春喃喃自語，京介沒有回答。

4

結果三個人就那樣等了大概十五分鐘，最後被相當禮貌地請出大門。

「耽誤大家的時間眞是不好意思。公司有點急事，我跟家母都必須趕過去一趟。」

「請不要放在心上，我們的時間本來就很自由。」

「眞的非常抱歉，只是因爲生意的事情，也不能請大家再等個一小時。希望還有機會能跟大家好好談一談，這次還請多多包涵。」

蘇枋只顧著鞠躬道歉，表情還是接了電話之後發白的樣子。雖然空頭支票只是深春的推測，但也未必沒有猜中。

「不然的話就是賣給客人的石頭裡面混了假貨，或者是業務員偷偷拿了商品跑路了。」

邊走在銀座大道往車站的路上，深春邊開心地一一列舉。

「總之寶石這種東西，只是人類隨便定價的虛幻商品，很容易就會惹到麻煩。你們想想看嘛，價值觀顚覆過來看，那些不過就只是有顏色的石頭，誰都不會多看一眼。」

忽然，深春大大地張開雙手，發出像歌舞伎男演員反串女角的假音：

「『人們冒失闖入他人家中，稱爲圍牆的圍牆，稱爲籬笆的籬笆，如同派皮戳破後，我們戴上橡皮擦戒指，取而代之，地下鐵的吊環全都變爲鑽石與白金……』」

「什麼東西？眞噁心。」

「你不知道嗎？這不是三島由紀夫的名作《黑蜥蜴》嗎？」

這麼說起來，這傢伙打工的項目中，也有戲劇的配角這種工作。反正一定是兼任負責大型道具的。

「『你別說，我寧願不知道你眞正的心意就這樣死去……可是，我很高興。』」

「什麼啦？」

「『我很高興，你還活著』……好痛！」

「閉嘴啦，你太破壞形象了！」

星期六人潮洶湧的銀座大道上，完全不覺得丟臉大玩捉迷藏的蒼與深春，一回神卻發現京介不見了。正東張西望尋找他的蹤影時，他從電話亭走了出來。

「你打電話給誰？」

「伊豆的朋友。拜託他今天晚上或明天如果有看到什麼奇怪的新聞，記得告訴我一聲。」

「說到伊豆……」

「是不是黎明山莊發生什麼事情了？」

「只是我個人的直覺。」

可是應該有什麼原因才對。不太喜歡拜託別人事情的京介，會特意這麼做的原因。

「剛才的電話不是生意。蘇枋不是說了，是阿姨打來的吧。」

「啊……」

「可是，阿姨也有可能跟生意有關吧？像是她介紹的客人有什麼問題之類的。」

「所以我才說是直覺。也許深春說的對，但是我們明明什麼都沒問，她就慌慌張張，說了在公司或是生意上習慣使用的詞彙。這一點，挺讓人在意的。」

「這麼一說，也對啦。我還以爲是要我們快點走人的藉口。」

「這麼說來不如我們就盯著大樓出口，在後面跟蹤吧？」

「你們想做的話請便，我要回去睡覺。」

京介在瀏海底下打了個哈欠。

「自從跟遊馬家扯上關係之後，睡眠時間都跟著變亂了。」

京介現在的住處沒有電話。從大學走路過去不用五分鐘，六張榻榻米大小的舊宿舍完全被埋在書本當中，完全不像正常人的住所。倒也不是不乾淨，只是一坐到那堆嚇死人的書當中，就會覺得彷彿要被古老的書庫給掩埋。對多少有點幽閉空間恐懼症的蒼而言，是個一點也不想待的地方。

京介拜託靜岡的朋友打電話來，當然是照舊打到深春住處。三個人從銀座到江古田的公寓等待消息。這邊是六張榻榻米加上四張半木地板，還附有小型的成套衛浴設備，比京介那兒好多了。深春又是個跟長相不符的勤奮男人，洗衣也好、打掃也罷都十分講究細節，讓身處其中的蒼心情好得很。加上他討厭堆積東西，書總是收到一個小書架裡頭。雖然興趣是國外旅行，不過只會帶相片回來，難怪牆上滿是親手製作的相框。

當天晚上並沒有等到電話，還以爲這次京介的直覺要落空了，但第二天早上八點，睡得迷迷糊糊的蒼接到了響起的電話。

「我是遠山。」

聽見這個男人的聲音。

「櫻井還在睡覺喔。」

「我知道。」

話筒傳來了笑聲。雖是個沒碰過面的人，但似乎挺了解京介的習慣。

「那可以切換到傳眞嗎？我把剪報傳過去。」

「發生什麼事情了？」

「我想你直接看剪報比較快。還有，我有重要的事情要跟櫻井說，把他叫起來打電話給我。就這樣。」

蒼急忙掛斷把話筒放回去，按下切換的按鈕。不久，像是接收傳眞時的模糊音效響起，成捲的傳眞紙像舌頭般吐出。像是影印放大的剪報，只有不過一段十行左右的新聞。可是一看到上面的文字，蒼就忍不住大叫：

「不得了了，京介！快點起來！深春你也一樣！又有人死掉了！」

在空屋摔死？

二十一日傍晚六時左右，位於東伊豆町奈良本的一棟空屋中，沼津市的不動產業者醒之井玻瑠男（五十歲），被前往的屋主遊馬明音發現身亡，她因此而報案。遊馬女士委託醒之井先生處理該處房屋，醒之井先生看來是在站在椅子上，觀察天花板的情況時，不小心摔倒，頭部遭到重擊而死亡。

可是傳眞不是只有這樣而已，空白處還匆忙地寫了幾行字。

「警方內部把此事視爲與去年發生在同一棟房子內，遊馬歷的意外死亡有所關聯，正在進行調查。I報也出現一種看法，認爲此事與去年年底遊馬灘男自殺未遂一事應有關聯。如果你能提供情報，報答就是有個會透漏警方消息的記者，這樣可以嗎？」

35 櫻肉：日文的「櫻肉」即是馬肉，因肉的色澤與櫻花顏色相近而得名。

36 遊馬家女性的名字：明音的日文發音爲Akane，與「茜」相同。蘇枋是Suo，朱鷺是Toki，珊瑚是Sango，櫻是Sakura。其中，「茜」是植物茜草，也是棗紅色。蘇枋是植物蘇木，也指從蘇木煎煮而來的染料的紫紅色。朱鷺則是像朱鷺鳥羽毛帶點灰的淡紅色。

37 元町：地名。橫濱市中區的鬧區。

38 莫侯的莎樂美：莫侯〔Gustave Moreau，1826~1898〕法國畫家，擅長描繪神話與宗教的題材。「莎樂美」是《聖經》中的故事，大意爲希律王的繼女莎樂美公主愛上施洗者約翰，但被約翰拒絕。希律王希望女兒爲他跳舞，承諾答應她任何要求，舞畢的莎樂美則要他殺死約翰。莫侯的莎樂美，全名爲「在希律王前跳舞的莎樂美」〔Salome Dancing before Herod〕。

懷疑

1

「哎呀——算了，這也沒辦法。我也欠了遠山不少。」

男人忽然用像是從穿過腦袋中間的聲音說話。他的那張臉簡直就像是日本版的史提夫・麥昆（註39），不過男子氣概稍微少了個兩成左右。

「至少，我希望能見到將來一定會變成大牌名偵探的人一面。還有，接下來有點事情也要大家一同解決。不過我們去東京的時候，一定會過去登門拜訪打聲招呼的。到時候還請多多指教了。」

地點在熱海車站前面一間古老咖啡店的角落。收到那份傳眞的第二天，也就是星期一的上午，櫻井京介的老朋友遠山所介紹的地方報紙記者，拿著難喝的咖啡面對深春跟蒼坐著。對方有個聽來溼答答的名字：雨澤鯛次郎，年齡頂多三十歲，他所提到的京介沒來。不管怎麼說，熱海的上午十點也是上午十點。

想獲得警方的情報，所以掌握到的資訊跟推理都還不能說。這種只顧自己方便的要求，對方知不知道？實在深感不安。但出乎意料的是，雨澤乾脆地點頭答應了。大概因爲他生來就是個口風不緊的男人，所以面對著反過來露出「爲什麼你這麼幫忙」表情的深春等人，連沒問的事情都滔滔不絕說了出來。

「不，其實就在去年十二月的時候。你有在賭馬嗎？沒有呀，那你就不知道了，沒關係啦。因爲阪神的鳴尾紀念賽（註40），遠山拜託我到東京時順便去一下窗口。啊，所謂的窗口就是賽馬場之外賣馬卷的地方。要我幫他買一萬塊5—11的馬卷。可是五號的Rouble Act（註41）在先前福島的比賽可是最後一名，就算搞錯也不會弄成這樣，我就沒買了。比賽開始後，就只有那一刻而已。第一名跟第二名只差了一個脖子，竟然是馬連（註42）一萬七千兩百二十元，磅！我沒辦法只能哭著陪罪。因此直到還清這筆錢，我在遠山面前都抬不起頭。事到如今，你們也不必客氣地聽聽吧。用來代替利息，我什麼都會說，什麼都不會隱瞞。」

意思就是遠山先生託雨澤記者買馬卷，因此給了他一萬元。他以爲不可能中所以沒有買。可是那沒有買的馬卷卻中了，所以每一百元要還一萬七千兩百二十元，一萬元的話就是一百七十二萬兩千元。原來如此，不是隨便就還得了的金額。

「警方內部是不是也有很多人贊成三個事件互有關聯的看法？」

好像對賽馬毫無興趣的深春迅速切入了主題，日本的史提夫・麥昆摸著他戽斗的下巴。

「沒有，目前還沒有搜查官主張要重新釐清這條線索。而且就算這次被當成是他殺來辦，因爲泡沫經濟崩潰以來，不動產業到處都很慘，大概會認爲這是醒之井的買賣糾紛造成的。這種看法才會是主流吧，也有人認爲之前相關的死亡意外應該要再次調查，我想這樣會變成醒之井因爲有糾紛，沒辦法才殺掉隱居的遊馬。不過我們報社有個腦筋靈光的推理小說狂，說那棟熱川的別墅會那樣一定有什麼原因，如果建築的老師有興趣，我也想聽聽相關的意見。」

「推理小說……是《黑死館》嗎？」

蒼從深春旁邊忽然插嘴進來，雨澤吃驚地張大眼睛看著他。

「不是，是翻譯的書，應該跟右翼無關吧。」

好像跟大學的名字搞錯了。

「他說的是什麼來著的？唔……什麼後家的……」

「《赤後家的殺人》（註43）？」

「沒錯，就是這個。發生連續殺人事件的不吉利房子的故事，結果是因爲藏寶的地方裝設殺人機關造成的吧？可是就算不管刀子飛出來這種事情，眞的有能讓人跌倒然後打中腦袋的機關嗎？」

看樣子報社推理狂的想法，跟遊馬灘男的想法比起來，似乎還差了一大截。

「算了，不論如何，我會跟你們說，去年據稱是意外的遊馬歷死亡事故，警方的搜查進度。那就照順序走一遍吧？」

從上衣口袋拿出皺巴巴的一疊紙張，雨澤邊把視線落在別人怎樣也看不懂的文字上邊說：

「八十六歲的遊馬歷，屍體在他所擁有的房子中某個房間內被發現，時間是去年八月十六日早上八點之前。傭人藏內哲爾隨後向警方報案。死因是頭蓋骨左側後頭部凹陷骨折造成的腦損傷，推測死亡時間是晚上十點到十二點左右。大門、玄關、室內的門全都沒有上鎖，可是也沒有竊盜的跡象，特別是因爲沒有爭執打鬥的痕跡，所以判定是意外。加上在房間內的木製桌子上找到附著的血跡，跟傷口的形狀互相吻合，於是認爲是腳被絆倒的時候，頭部正好猛力撞到桌腳造成的。

這三十年以來，遊馬歷都跟藏內住在熱川的別墅，可是當天晚上藏內因爲有事而到東京去了，第二天早上回去以後才發現屍體。警方調查他的不在場證明，前兩天去過的東京的三家書店的店員、住宿的品川商務旅館的櫃檯人員、在他提供的返回時間當班的伊豆急行熱川站的站務員，通通都記得藏內，跟他的證詞完全相符。嗯，大致來說就是這樣子。」

「然後，警方到底有沒有在懷疑藏內先生？」

深春發問時，雨澤正好點燃了香煙。

「如果說是殺人事件也沒有其他的嫌犯了吧？因爲沒有竊盜的跡象，能提供證詞的也只有那位老先生。花這麼長的時間去偷値錢的東西，被抓到早就被趕出去了吧。

可是那位老先生雖然看起來很兇惡，如果去熱川那一帶打聽，卻是個評價很好的人。他常去的魚店、蔬果店跟醫院都異口同聲表示：現在已經找不到像他那樣如此替主人著想的傭人，所以應該不是假的。加上不在場證明又沒有問題，怎麼樣都很難懷疑他就是犯人。」

「藏內先生會開車。」

深春的口吻有點不懷好意地提出異議。

「我知道。可是老先生住進飯店的時候是晚上六點，退房是凌晨四點。他搭四點三十五分從品川出發往沼津的普通車，到熱海轉車後，於七點三十三分抵達熱川。比起早班新幹線還早了四十分鐘。聽說是他前一天晚上請飯店櫃檯幫忙查的。因此在櫃檯人員看到他的長相之後，偷偷離開飯店租了輛車子回到熱川把主人殺掉後再迅速返回，不是不可能但也太難了。有可能嗎？你們怎麼看？唔，還是說，你們的名偵探說那個老先生是犯人？」

深春好像是在模仿京介的樣子，露出戲謔的笑容。

「只要不是完全不可能，就不應該排除在外。還有，有沒有調查他家其他人的不在場證明？」

「似乎都問過了。兒子遊馬灘男在東京，一個人喝酒喝到凌晨十二點多才回家。媳婦遊馬明音跟三個女兒，還有姊姊杉原靜音待在修善寺的別墅，可是好好在家裡睡覺的只有靜音跟大女兒的樣子，其他兩個女兒好像都開著自己的車去外面玩到很晚才回去。因爲結論是意外，所以並沒有深入追究，不過不管怎樣都同樣是在伊豆，那應該要在家裡睡覺的兩個人卻跑出去，用你的說法來說就是不能排除在外。聽說只有四女兒因爲俱樂部集訓還是什麼原因，星期天一早就去吉田富士了，卻也不是絕對沒問題吧。要說嚴格的不在場證明，剩下的每個人都在灰色地帶。」

「遊馬明音也是吧。」

「沒錯吶，那個歐巴桑也過了四十歲，看起來好像會穿著紅衣開BMW跟男人出去玩的樣子，眞的吶！」

雨澤不知道在打什麼主意，以奇怪的關西腔附和。然後就像理緒懷疑的一樣，明音根本沒得到什麼感冒。可是面對警方訊問，卻老實承認外出一事，實在不能不認爲後面有什麼陰謀。

「死亡時間是十點到十二點，對吧？」

「沒錯。」

「不是當場死亡？」

「啊哈！意思是說實際的犯罪時間可能更早？」

這次是雨澤露出得意的笑容，大概因爲那些他都考慮過了。

「雖說是頭部外傷，又不是被槍打穿，大概不會這樣『碰！』就馬上死掉，或許還能活個五分鐘十分鐘吧，誤差不會多到一、兩個小時啦。」

「那樣的話，至少看起來遊馬灘男就不能說是清白的囉？」

「不能那麼說喔。」

否定深春看法的是蒼。

「確實最晚一班到東京去有停熱海站的車，是二十二點四十六分發車，要搭上這班車就得搭二十一點十三分從熱川發車的伊豆急行列車。雖然有點太早了，但是飆車的話，熱川到熱海也只有五十公里。從黎明山莊的位置，大概是在熱川車站的北邊吧。」

「哦……然後就來得及在十點殺人、逃逸了？」

雨澤吹了聲口哨。

「因爲我看的是今年的時刻表，不知道去年八月十五日的時候是不是照著上面在發車。」

「儘管如此，你記的可眞清楚，小弟。你是鐵道迷嗎？」

當然不是。昨天晚上在深春的公寓，爲了決定今天要搭的火車班次，而翻了時刻表。那個時候就有瞄到上行列車的部份，現在只是稍微回想了一下。因爲一一否定也很麻煩，便只是聳了聳肩膀。

「可是，車子怎麼辦？是你們說遊馬灘男不會開車的。」

「沒有去熱海的計程車車行調查過嗎？」

「搭計程車去殺人嗎？」

「也許是順便的吧。因爲要等車班稀疏的伊豆急行很麻煩，所以在熱海叫車，要車子在家門口面前等，回去的時候就那樣回到熱海，連找計程車的時間都省了。」

雨澤這次輕輕敲了敲拳頭。

「不不不，我打聽過那個人。警方當然也去打聽熱川一帶的計程車，可是沒有連熱海那邊也一起調查。受教了受教了，眞不愧是名偵探的助手。」

不知道遠山這個人到底是怎麼介紹的，櫻井京介在不知不覺間完全被視爲「名偵探」了。蒼覺得就算不是很認眞的考量，這個記者的話到底有幾成可信度呢？

2

「好了，繼續下個部分吧，兒子的自殺未遂事件。去年十二月二十八日早上六點半左右，五十一歲的遊馬灘男在熱川家中的一個房間，也就是父親身亡的那個房間，被前去察看的前傭人藏內發現倒臥在地板上。

傷口位在腹部右側，長五公分，深達腹膜，血從地板飛濺到附近的家具上頭。掉在地板上的凶器，是一把刃長約二十公分的雙刃刀。藏內證明說，這把刀是遊馬歷在戰爭之前就擁有的物品，最近應該是放在廚房裡的工具箱內。因爲失血過多而一時情況危急的灘男，恢復意識後宣稱他是自殺未遂。」

一口氣說到這裡的雨澤，像是習慣地輕敲剛剛看的筆記紙捲。

「可是直到灘男恢復意識前，警方完全把這件事情當成殺人未遂在辦。看到那種狀況，不會覺得是自殺吧。既沒有遺書，也沒有交代身邊的事情。加上又完全沒有法醫學所說的躊躇傷，也就是所謂猶豫傷。」

「猶豫傷？」

是個沒有聽過的詞彙。

「猶豫傷在用刀子自殺的人的身上，十分常見。就算再怎麼作好心理準備，一下子就要猛力刺進去還是滿難的。不管是割腕還是刺喉嚨，想要照計劃先試試看，確定會不會痛或是會流多少血。就算一口氣用力下去，因爲覺得痛，手還是會減少力量。然後血流出來了，可是只有那樣還不行，一點都死不了。就這樣一次又一次，一點點慢慢來，最後終於，啊——」

雨澤用很差勁的演技舉起了手腕。

「嗯，大概就是這樣啦。」

「可是，遊馬先生的情況，完全沒有那樣的傷口。」

「沒錯沒錯。」深春大聲地點頭同意。

「不但如此，他右手手掌還有淺淺的傷痕。是跟剛剛說的躊躇傷相對的防衛傷，就是被人用刀子攻擊時，爲了自我防衛而造成的傷痕。那個傷痕看起來就像那麼回事。加上刺傷的部位是腹部對吧？而且還刺過了衣服。據說用日本刀切腹，腸子全部都要拉到外面，誰都知道怎麼可能那麼簡單就能死呢。還有，要用刺肚子的方式自殺的人是不少啦，可是比較起來，好像也有人認爲像大學教授那種受過高等教育的人，會那樣做的例子滿少的。如果只是想以自己的死亡對世間控訴什麼，或是想抗議什麼，可以的話當然要選比較沒有痛苦、又不醜陋的死法。唉，這就是所謂人性的本能吧。」

「那麼——」

深春正想開口說，證據不是全都指向非自殺嗎，卻被雨澤用伸手制止了。

「就是那樣。可是本人堅持是自殺未遂，即使警方意見相反，但有可以佐證的證據嗎？沒有遺書，沒有處理身邊事情的跡象，沒有躊躇傷，卻有疑似防衛傷的傷痕，刀子穿過衣服刺進腹部。要說證據的話，這些都是狀況證據，不管是哪一個都可以加以否定。事實上，遊馬灘男就在醫院的病床上，對著搜查官一一予以否定了。

因爲是工作上的瓶頸而產生的自殺衝動，所以沒有寫遺書的心情。因爲想要以死亡捨棄一切，所以沒有考慮到交代身邊的事情。手掌的傷是因爲一度打算下手時刀子掉了，急著去拿而不小心弄到的。因爲手上傷口的痛苦反而更堅定決心，所以一口氣刺進了腹部。爲什麼要刺腹部已經不記得了，而穿著衣服的原因是因爲那一天很冷。聽說他這麼說的時候自己還笑了出來，是個讓人覺得有點詭異的傢伙。」

雨澤一臉陰沉地翻著筆記。

「可是倒地後遭受到強烈的痛苦襲擊因而精神錯亂，神智不清中好像拔起了刀子，然後再拿起刀子，覺得刺向喉嚨應該就可以斷氣了。到醫院回復意識之前只記得這一些，其他什麼都不記得——什麼都不記得，這種說法很明快吧。他只清楚說到這裡，因爲除此之外沒有其他證據，警方的調查也不得不虎頭蛇尾了。」

「刀柄上面的指紋呢？」蒼問。

「只有遊馬先生的而已。儘管如此，刀子拔出來的時候流了很多血，掉到那灘血裡面也變的一團亂，加上後來遊馬先生好像又把刀子抓起來，就算有別人碰過也不可能驗出來了。」

倘若那是有意識的行爲，就是灘男爲了袒護刺傷他的犯人，不可或缺的一個舉動。但是與其說這也是狀況證據，不如說這是針對此一狀況的唯一解釋。

「總之，那個事件被視爲自殺未遂，並且依此一方向開始調查。現場附近好像什麼也沒打聽到，這一點跟遊馬歷死亡的時候一樣，沒有任何目擊可疑人物、可疑車輛的人，計程車那邊也什麼都沒有，看來只能說是毫無成果。因爲是觀光地區的緣故，對當地不熟的車子在奇怪的地方迷路早就司空見慣，不過在那棟房子周邊也沒有可以當鄰居的其他住家。

所以，關係人，也就是遊馬家家人的不在場證明，就顯得格外重要了。乖乖待在家裡的似乎只有長女一人，當董事長的老婆在銀座的辦公室工作，太晚的話就直接睡在那裡，直到早上才回去。因爲年底到了，所以秘書也回家去了，一整晚都只有她自己一個人，實際上她做了什麼終究不得而知。

次女是個美女，但也是個愛玩的人，在某地的迪斯可舞廳跳舞跳通宵，而且跟她在一起的還不是平常總是跟她一起出去玩的朋友，是在那裡才剛認識，連名字都不知道的人，所以這也不算是不在場證明。三女則是一個人去看電影看通宵，四女去參加馬術俱樂部的尾牙，可是那個馬術俱樂部就在熱川，離案發現場很近，這一點還挺讓人吃驚的。」

蒼不由得倒吸一口氣，盯著雨澤在裝傻的臉。那個馬術俱樂部，當然一定就是跟遊馬家有淵源的「東伊豆馬術俱樂部」。但是理緒完全沒有提到，在父親發生那種事情的當天晚上，她就身處在那麼近的地方。

「所以，你的意思是說，那個女兒也有可能去刺殺父親嗎？」

深春若無其事發問的表情，看來還是挺僵硬的。

「根據馬術俱樂部的人所說，宴會也是通宵開到天亮。她好像只有因爲去上廁所，中途離開過五分鐘而已。」

「什麼嘛——」

忍不住鬆了一口氣。就算再怎麼近，要在五分鐘往返馬術俱樂部跟黎明山莊之間，是不可能的。像是在觀察蒼的模樣，雨澤繼續說了下去：

「不過如果站在偵探小說的角度考量，又是如何呢？遊馬先生是在馬術俱樂部附近被刺傷的，然後他還是勉強回到家，才把刀子拔出來後倒地。當然刺傷她的女兒就那樣回到俱樂部的宴會去了。這樣的話就算中途離席五分鐘也足夠了吧？」

「爲了被女兒刺傷還特地帶著刀子出門，可能嗎？」

「說不定是反過來，本來是他想刺殺女兒，結果卻被反擊了，也有這種可能性。小弟，你火氣別那麼大。我也不相信這種說法呀，只是隨便想想而已。」

蒼憤然地轉過頭去，他討厭這傢伙。

「所以，這個事件的所有關係人的不在場證明，都處於灰色地帶囉。」

深春綳著臉，但還是繼續問下去。

「誰知道呢。啊，順便一提，還有一件事情。聽說藏內那時也一個人在公寓裡頭，距離案發現場步行不到三十分鐘。也沒有不在場證明。」

雨澤再翻了筆記。

「遊馬歷這個老人，是個完全與世隔絕的人。雖然戰爭結束後，好像還有暫時利用戰爭前工作的皇室關係人脈討個生活，可是現在除了家人以外，已經沒有其他人和他有任何利害關係了。兒子灘男雖然也在東京的大學當兼職講師，可是經濟方面都是老婆在供應，但沒有學術上的野心，跟大學內部的勢力鬥爭可說毫無關係。嗯，這應該也是一種與世隔絕的人吧。

結果不管是誰，要說關係人的話都只有家人。雖說幾乎都沒有不在場證明，但不一定就得視爲有殺人、刺傷人的動機。因此，不把這兩起事件當一回事，也是理所當然的吧。」

「也就是說，沒有這次的事件的話就不會兜在一起了？」

「沒錯，就是那樣。」

雨澤再度微笑地挺直了身體。

3

「我看看……那接下就輪到這次的事件了。死者是五十歲的醒之井玻瑠男。首先，我先大略說明這個男人的個人資料。他在沼津市有住家跟店面，從事不動產仲介。跟遊馬家的來往，從遊馬明音娘家杉原家跟醒之井父親那一代就開始了。兩個人雖說是不動產業者的小孩與顧客的女兒這種關係，但似乎可算是青梅竹馬。因爲父親去世而繼承家業，一下子介入高爾夫球場的開發，一下子又買下飯店，好像還滿有權勢的。可是最近畢竟還是受到不景氣的影響，不得不縮小事業規模。儘管如此，這一些事情縣警方也還在調查當中。

他的屍體被發現的時間是五月二十一日下午五點半左右。這次在場的不是只有藏內一人，再加上遊馬明音跟長女蘇枋，總共三個人。」

臉朝著別的地方的蒼，這時不由得把頭轉回來。意思就是那個時候倉皇離開辦公室的明音跟蘇枋，幾乎就是直接趕到了黎明山莊去了。彷彿已經知道了那裡發生了什麼事情。報紙新聞也說發現的人是明音，可是再次聽到還是不能不覺得奇怪。

桌子底下，深春的手敲了敲蒼的膝蓋，是要他別不小心說溜嘴的暗號。代替表示早就知道的回應，蒼踢開深春的小腿。

「發現醒之井屍體的地方，不是在遊馬父子被發現的那個房間，而是那個房間外面有屋頂的中庭。原本好像是兩個重疊在一起的椅子跟小桌子翻倒在一旁，應該是爬到上面去因此摔下來的。如果是雙腳先著地頂多就是扭傷吧，不幸的是他的頭撞到石製水盤的邊緣，因此隨後臉就撞到地板的樣子，鼻樑軟骨被撞斷，滿臉是血。理所當然死因是頭蓋骨骨折，以下就跟遊馬歷的情況一樣。死亡時間推測是上午十點到十二點。可是有點奇怪的地方是，墊在椅子下面的小桌子，就是讓隱居老人撞到頭而身亡的那張桌子。」

「什麼！」

蒼與深春忍不住異口同聲發出驚嘆聲。

「是他把那張桌子拿出去的嗎？」

「大概是他跑進倉庫再拿出去用的吧。到現場去的搜查官好像說了，像是在模仿九個月前的事件之類的話。也沒什麼事情啦，就當這個是怪談，聽聽就好了。」

「指紋方面呢？」

彷彿沒有什麼特別的期待，深春隨口問道。

「如果是有人想殺了醒之井先生所以把椅子撞倒的話，應該會留下指紋。」

雨澤立刻搖頭。

「現在要殺人的話，怎麼可能留下指紋之類的東西。小桌子是原木做的，原本就驗不出指紋；椅子則塗了清漆，仔細去驗也只有醒之井自己的指紋而已。」

「不知道醒之井先生在黎明山莊做什麼呢。」

「遊馬明音說，要拆除那棟別墅，改建高樓的渡假公寓，還是保存下來改裝成法國料理餐廳，或者是取兩者折衷，弄個像是小規模高級的精品旅館。爲了做出決定而拜託他去看看。備份鑰匙暫時沒有交給他，因此也沒人知道他到底是什麼時候到那裡去的。

遊馬明音約好要配合電車的時刻去熱川車站接他，好像是四點半左右，可是在那裡等了又等都沒有看到醒之井。他好像沒有先告知就跑去其他地方然後才過去。因爲上鎖了，就算遊馬明音過去也進不去。都到現場了，她當然很火大，所以就把住在附近的藏內叫出來，搭計程車過去別墅了。聽說老先生雖然沒有住在那裡，但還是負責房子的管理等等，所以手上還有鑰匙。到達之後把門一打開，就發現醒之井摔倒在地上，翻白眼死了。好像就是這麼回事吧。」

「遊馬明音那一天爲什麼非得到熱川去？」

深春這麼問，因爲蒼大概也想著同一個問題。

「誰知道？沒有特別聽說她有什麼事情，說不定是因爲他們之前有約好？」

那個星期六，銀座的辦公室接到電話的時間已經過了十一點。雖說是生意，但相信自己耳朵沒聽錯，打電話來的是杉原靜音。是跟工作有關還是家裡的問題，總之是非得那般慌張去處理不可的事情。如果是從東京車站搭新幹線到熱海換車，就算是直達的舞孃號也要花兩個小時以上才能到達熱川。時間上不會太趕了一點嗎？就算談不上是奇怪，但不知爲何還是讓人在意。

似乎讀出了深春跟蒼想法，雨澤一臉得意地說：「雖然說是約好的，不過越想就越可疑了。」

「啥？」

「我是聽到現場去的搜查員說的，遊馬明音非常傷心難過。又哭又鬧，還抱住屍體，完全不管要保留案發現場完整的要求。好像是女兒跟那個叫藏內的老先生從旁阻止了她，因此暫時安靜了一下子。聽說她還拜託不要把她那麼驚慌失措的情況說出去。你們知道嗎？明音與醒之井是不是有一腿。這種要求到底是什麼意思呢，我可就不太知道了。」

眞讓人討厭的說法。蒼想，那一定是騙人的。明音與醒之井，兩個人一點都不搭，應該說完全不協調。的確在修善寺派對的時候，兩個人表現出非常親密的樣子，可是因爲是從小開始就有這麼長時間的往來，看到屍體會那般慌亂也沒什麼好不可思議的。

「就算那樣好了，也不會把女兒帶著去幽會吧？這就是我說越想越可疑的地方。如是只有他們兩個人，就沒什麼好懷疑了。」

「雨澤先生所提供的警方資訊還眞有用。可是調查不是才剛剛開始而已，就有人可以提供這麼多資料了？」

深春的話中，一半是吃驚，一半是有點懷疑其中究竟有多少可信度的口氣。當事人雨澤像是聽到了客套話，笑咪咪的笑容有些變形。

「嗯……因爲有兩、三個人欠我錢。我答應說不用寫借據，條件是他們得把很多事情透露給我——那麼，最後我就告訴你們一個新的情報吧，可是你們一定要保密喔。因爲如果走漏出去，會掉腦袋的可不是只有我一個人而已喔。」

「我知道了，到底是什麼情報？」

「醒之井在沼津的辦公室跟公寓，好像被弄得亂七八糟的。是那個星期六上午的事情，也就是醒之井屍體被發現之前。」

「眞的嗎？」

看著一臉驚訝的深春，雨澤果然得意不已。

「不管是誰都不會這麼想啊，在醒之井身亡的那一天有位完全沒有關係的闖空門小偷，碰巧同時闖入他的辦公室跟公寓。應該是殺死他的犯人搶走了鑰匙，直接跑回沼津去偷那兩個地方，不這麼想的話，就不合情理了，這怎麼看都不能說是個意外呀。」

「會不會是因爲跟哪個幫派的買賣糾紛所引起的呢？有什麼東西被偷了呢？」

「也許吧。有點奇怪的地方是，因爲帳簿、交易文件或是檔案等等，都沒有被動過的痕跡。現在打算讓負責雜務的事務員到場協助調查，可是保險箱也沒有遭到破壞的樣子。就算是外行人隨便看一眼，都會覺得奇怪。」

一種要讓人產生奇妙感覺的口吻。

「你們認爲是什麼東西不見了？答案是錄音帶。聽說醒之井是個沒聽到此聲音就受不了的人，所以辦公室跟公寓裡頭，可攜帶收納箱裡都擺了好幾百捲他收集的音樂卡帶，結果不管哪邊都沒剩下半捲。嗯，這不是有點奇怪嗎？名偵探怎麼解釋這件事？」

4

接近那天的傍晚，蒼與深春並肩坐在上行的舞孃號上頭。跟雨澤記者道別後回去熱川，與九天沒見的藏內老先生碰面。到他的公寓——令人無法想像那是一個老人獨居的2DK（註44），小而整齊的地方——在下午聽他說了很多話。加上京介又特別叮嚀要看遊馬歷的筆跡，也請他把偶然間留下來的，寫壞的信拿來一看了。

不過蒼現在什麼也沒心情思考，只是愣愣地眺望著窗外不斷流逝的傍晚海面。腦袋很沉重，心裡像被鉛塊壓著的憂鬱。完全陷入腦袋一片空白的狀況，連深春站在他旁邊都沒發現。

「給你。」

忽然眼前出現冒著蒸氣的紙杯。似乎是深春特別跑去買來的，車上販賣的咖啡。

「趁著還沒冷掉的時候快喝吧。大概比你泡的難喝上百倍吧。」

接過來機械式地一口一口往嘴裡送，確實是有香味飄出來，也有著咖啡顏色的熱飲，甚至還放了糖。蒼跟京介一樣是非黑咖啡不喝的，這點深春也很清楚。

「太甜了。」

蒼反射性的冒出尖銳的批評，

「身體疲勞的時候，最好要補充糖分喔。」

蒼似乎連回嘴的氣力都沒有，一口氣把剩下的咖啡喝下去。又熱又甜死人的液體，緩緩地溶解在冷而僵硬的胃裡頭。深春坐在一旁，喝著同樣的咖啡，好像在嘆氣般地說：

「眞是的，這次事件都沒有什麼清楚的眉目，總覺得越查越搞不清楚狀況了啦。黎明山莊發生的那三起事件，到底有關聯還是沒有？是殺人跟殺人未遂？還是單純意外跟自殺未遂？如果有犯人的話，全部都是同一個人或者不是？動機是什麼？明明出現的人物就只有那些，實在難以捉摸不是嗎？這樣下去，那棟房子眞的會變成被詛咒的房子，讓人不得不認爲跟它有關的人都會發瘋然後死掉。」

蒼保持沉默，但也點頭同意。

「可是呀，先不管遊馬家的兩個男人，那個仲介的大叔可不適合死於房子的詛咒。可是若是要說一點關係都沒有，是買賣上的糾紛導致無賴把他殺死，也有說不通的地方。那個大叔再怎麼笨，如果有個帶著殺氣的人忽然闖進去，哪有可能還悠哉悠哉地爬上椅子去？

所以如果從遊馬家的關係人中找動機的話，最有可能的就是遊馬明音。當然跟公公與丈夫有關，她跟著醒之井，討論拆除黎明山莊的事情而意見不合爭吵起來。也許彼此間有金錢糾紛。不，說不定是那個仲介商在別墅中尋找的時候，無意中找到藏在某個地方的藍寶石。」

「可是，她有不在場證明。」

「是沒錯。而且證人不是別人就是我們，設想的還眞是周到。」

深春喝完了，用力把紙杯揑成一團。

「醒之井的死亡時間如果確定無誤是星期六上午十點到十二點，十一點還在東京的明音是不可能殺死他的。可是，如果那是設計好的圈套又如何呢？例如說，移動屍體。醒之井並不是死在黎明山莊，而是在東京某處被殺之後，再運過去的。我們在銀座跟明音見面的時候，醒之井已經死在她的手上，而被藏在汽車、卡車還是哪裏。」

「明音跟蘇枋可是搭電車去熱川的喔。」

「啊！我頭好痛！」抱著頭的深春立刻又說了：「她有共犯——沒錯，我忽然想到了。那通電話的『阿姨』，實際上就是那個共犯。」

「杉原學園的校長？」

「不是，這麼說其實誰都有可能，寧可說不是杉原靜音本人的可能性很高。所謂的『阿姨』，是爲了不讓周圍的人起疑，事前就決定好的代號。應該已經死在某處車上的醒之井，說不定忽然恢復了呼吸。所以，看守屍體的共犯打了電話，接到的明音等人不得不前去刺殺。然後要我們回去，董事長跟女兒搭電車去熱川，醒之井的屍體則是用車運到熱川去。」

「然後，在明音跟藏內叔一起到達黎明山莊之前，那個共犯把屍體抬進去，再佈置好現場？」

「很完美吧？」

「一點也不完美啦。首先，如果有那種什麼事情都肯做的共犯，爲什麼明音她們還有必要得特地趕到熱川？隨便編個藉口，就像到目前爲止那樣，讓藏內叔變成發現的人不是更好？」

「嗯……那是……因爲要避開陳腔濫調。」

「你這樣不行喔。聽起來就像是差勁的推理小說作家的藉口。」

抱著雙臂垂頭喪氣的深春，不一會兒又抬起了頭。

「你有精神了耶，貓小弟。」

像是當成眞的貓一樣，輕輕碰了蒼的鼻尖。什麼呀，蒼終於發現從剛剛開始說的話都是深春爲了安慰他。

「一點點啦。」

「理緒應該是不小心才忘記提到馬術俱樂部的尾牙吧，那個時候她已經心慌意亂了嘛。」

「嗯。」

「就算老爺爺腦筋再怎麼清楚，對於在暗處的背影啦，簡短電話當中的聲音啦，都不可能可以弄得一清二楚的。」

「嗯。」

「首先，我們對這個案件非常用心投入，說起來也是因爲理緒的委託對吧？好不容易願意跟我們說那麼多的也都是她。今天雨澤跟老爺爺說的話，也證明她沒有在欺騙我們。」

「嗯。」

「所以，你不用放在心上啦。不會有那種蠢事的啦。爲什麼非得那麼做不可呢。說什麼理緒把刀子留在父親的肚子上，再用假音打電話給藏內先生，這全部都是老爺爺的誤會啦！」

---

39 史提夫・麥昆：Steve McQueen，1930年出生的美國電影明星及導演，以警匪片聞名，主演過「警網鐵金剛」及「惡魔島」等，執導過「豪勇七蛟龍」，於1980年去世。

40 鳴尾紀念賽：在阪神賽馬場舉辦的重量級賽馬比賽。鳴尾是日本關西第一座賽馬場〔位於兵庫縣〕，因改建爲軍工廠而由阪神賽馬場取代。該賽事即爲紀念鳴尾賽馬場而舉辦。

41 Rouble Act：賽馬的名字，1988年出生於北海道，鹿色毛公馬。生涯總賞金一億九千五百二十二萬日圓。此次勝出爲生涯最後一次奪冠。

42 馬連：「馬番連勝」的簡稱。賭馬連勝複式中的一種，以第一、二名的賽馬號碼作組合進行對獎。

43 這裡指的是《紅寡婦殺人事件》：The Red Widow Murders，約翰・狄克森・卡爾（Jchn Dickson Carr）以筆名「卡特・狄克森」（Carter Dickson）所著，於1935年出版。宇野利泰於1958年時將其譯爲日文版，日文版書名叫做《赤後家的殺人》。

44 2DK：日本租售房屋時的略語，表示有兩個房間、餐廳(Dining room)跟廚房(Kitchen)的房子。

破碎的白馬

1

可是藏內都這麼說了，蒼跟深春也沒辦法解釋。黎明時分吵醒藏內的電話，聲音聽起來怎麼想都是理緒，他沒有把電話的事情告訴警方，也是出於這個理由。曾經因爲不知如何是好而打算寫信給理緒，寫著寫著卻發現這樣豈不正好表示自己發現那通電話是理緒打的，除了讓理緒知道以外沒有任何其他作用。

「我不認爲理緒小姐會對老爺做出那樣的事情。我可以拿項上人頭擔保，絕對不可能的。可是說起少爺的看法，在我告訴他之後，他認爲自己的女兒並不是那麼可愛而惹人憐愛的，少爺生來就是個冷血的人。

這一點，跟老爺就不一樣。老爺雖然嚴格，是個不易對別人敞開心胸的人，但面對理緒小姐，就會變成疼愛孫女的爺爺，變成讓人內心感到溫暖的人。理緒小姐也承繼了老爺的性格，既溫柔又熱心。

但少爺就是冷漠的人，不管何時何地都沒有什麼熱情。他在老爺生前也沒有常去探望，老爺去世後就不知在想什麼，一副黎明山莊是他的東西那樣。我也就算了，連小姐都不讓她們進入。把留下來的書或是帳簿，以及稱不上是日記的一些日常筆記，好像全部弄得亂七八糟後又帶到外面去。而且還把盆栽的泥土都打翻一地，我想也是他對老爺的洩恨吧。

老實說，我一點都不覺得高興。總覺得像是可憐，悲慘至極的表現。如果理緒小姐目睹那些，一定會生氣——光這一點，我覺得少爺的作爲實在不像是爲人子女會做得出來的。」

一度中斷話語的老先生，睜大雙眼對著兩人。

「少爺都這麼搞了，黎明山莊消失的日子也不遠了。約莫是一月初的某天晚上吧，我才一開口就讓手裡還點著的手電筒掉到地上而跑走的人，確實是理緒小姐。不過，我也有可能看錯啦，因爲我只看到長髮跟粉紅色的上衣而已。有什麼事情的話爲什麼不跟我說呢？而且一聽到我的聲音就像小偷一樣跑走，不知道爲什麼總覺得又可憐又可悲。儘管如此，我還是相信一定有什麼原因，所以就一直等著。

這次熱川發生那樣的事情之後，我以爲終於能弄清楚了，結果還是什麼都沒有。爲什麼不讓我知道呢？我爲了小姐，什麼都沒有說。你們是理緒小姐的朋友吧，所以我才決定要毫不保留地把話告訴你們。

請你們回到東京後，好好地告訴她。我藏內絕對是跟小姐站在一起的。在老爺去世之後，我暗自下決定，我的主人就只有理緒小姐一個人而已。她要我說，我就什麼都說，她要我閉嘴，我就一個字也不說。請你們就跟她說這句話就好。」

蒼靠著座椅，想起了藏內的表情以及聲音。

「那通電話，眞的是理緒小姐打的嗎？」

面對蒼的詢問，藏內以後悔的口吻回答：

「你在說什麼？你以為我可以心平氣和談論這個問題嗎？對我來說，希望不管怎麼樣都是我自己聽錯而已。所以我沒騙人，也沒有弄錯。前幾天我接到理緒小姐的電話，一切都是我想太多了。那通電話一定是用變聲的，變成理緒小姐的聲音。」

的確藏內沒有要撒那種謊的理由。除非刺傷灘男的人是他，他才會有意圖要把罪推到理緒的身上。不過假如是這樣，他應該會直接把電話的事情告訴警方。既然他絕口不提，就可以證明他沒有惡意。

（可是，這樣的話，到底是怎麼回事……）

如果相信藏內的證詞，就無法繼續接受理緒的說法了。而且這就表示，理緒打從一開始就欺騙了京介等人。她的淚水、承受痛苦的表情、顫抖的聲音，全部都是虛偽不實的。

深春說的沒錯，確實是經過理緒才認識了遊馬家的人們，應該延續著理緒對他們的看法去看他們。如果這一切都是謊言，就非得要全部歸零重新思考了。

當然如同藏內所說，理緒也許有她迫不得已的苦衷。說不定她殺了祖父遊馬歷，為了讓還有點相信她的母親明音被京介檢舉，用參雜謊言的話語把他們牽扯進事件當中。父親受傷的眞相是理所當然，不管說那個晚上自己在哪裡，都是正好不在的情況。

可是，如此所重新描繪出來的，遊馬理緒的新畫像，離那個讓蒼著迷的凜然少女劍士的模樣已迥然不同。把自己的身體當作道具，自在地操控他人並且加以利用，是個戴著少女面具的冷酷魔女，跟藏內所說「有著溫暖內心」的形象完全不符。

儘管如此，蒼閉上雙眼之時，浮現出來的還是那張緊張又溫柔，天眞爛漫的少女的臉。蒼以爲眞正的理緒應該只有那張臉。自己所相信的直覺，終究也不過是個人的想像罷了。那種感覺猶如似乎像是立足點整個都崩塌了，跌跌撞撞正朝深淵落下去的心情。

（以前也有這樣的事情——）

應該早已遺忘的記憶，不知不覺從心底湧上。那是超過了五年之前，初次與櫻井京介見面時的往事。

（不相信自己親眼所見，那我不知道還有什麼是眞實的，好像獨自一人被關在洞底——）

（不，關著我的正是我自己。照著自己的認定，執意要跟整個世界作戰。直到——）

「你睡著了嗎？蒼。」

「嗯，一點點。」

「那就快點睡吧，我會記得叫你起來的。」

「謝啦！」

雖然如此回應了深春，蒼一邊任憑身體融入快速前進的列車的振動，一邊明白自己連一分鐘都不可能睡著。

2

回到深春公寓的櫻井京介，正專心在廚房的桌子上製作黎明山莊的模型。簡直像是個吸血鬼一樣，太陽下山之後才是他眞正的活動時間。將平面圖畫在方格紙上，切割發泡苯乙烯薄板組合成爲牆壁，再把碎片切成圓形黏貼在一起，或者削整形狀，做成中庭的圓柱或是屋頂。從覆蓋其上的玻璃屋頂，到垂掛而下的玻璃油燈，全都完美地創造各自的形狀。京介製作這種東西的高超手藝，不管什麼時候看都挺讓人驚嘆的。

連凝事的瀏海都被綁上去，因爲平常沒在用髮飾，所以像小孩子或是狗那樣，用橡皮筋紮在頭上。蒼每次看了，總是要碰碰京介那撮頭髮。結果今天完全沒碰，終究是因爲沒有玩的心情。

「我要報告調查的結果囉，名偵探。」

「請說。」

「你打算一邊工作，一邊隨便聽聽人家工作一天的成果嗎？」

深春雖然在恐嚇，不過京介完全不爲所動。

「我的耳朵是空著沒做事的。」

「好呀，聽完之後我可要考試。」

「隨便你。啊，蒼，拜託幫我泡杯咖啡。」

「嗯……」

只應了一聲便站起來的少年，京介第一次抬起頭看著他的背影。

「——所以，蒼那傢伙認爲理緒在說謊，如此一來，根本全部都亂七八糟了。」

一邊用筷子夾著晚餐，一邊繼續說話的深春，如此替漫長的報告下了總結。

「眞是的，果然是個小鬼。」

「那，爲什麼深春可以那麼平靜？你不是堅決支持理緒嗎，怎麼還可以說出那些話。」

蒼生氣地反問。

「就像我先前在電車上說的，那些全都是藏內先生的誤會。如果像你這樣看輕別人的證詞，不就完全沒辦法做出什麼有組織的推理了，不是嗎？」

「不，之後我又重新仔細思考過了。要當成誤會解釋，還是有點行不通。」

「所以——」

「嗯，等等。」

深春喝了口茶，繼續說。

「別人跟我撒謊，我心情也不會好到哪裡去。可是這次藏內老爺爺說的不是正確的解答嗎？因爲有什麼理由，所以理緒抱持著必死的決心背水一戰。想要確實拉攏我們成爲她的同伴，才那樣說的。我聽到她親手刺傷自己的父親的說法，覺得一定是哪裡弄錯了。大概她只是個目擊者而已吧，可是因爲有什麼苦衷，所以當時沒辦法伸出援手。

原先幫忙無法掌握事實的我們是因爲無計可施，不得不讓我們知道那些事情。希望設法不要傷害對方的心情，好好開口說出來，也許是很困難的吧。」

蒼握緊了拳頭。不是那樣，不是那樣的！雖然找不到適當的詞彙，但很遺憾對方說謊，像是遭到背叛般悔恨等等，這些話不管堆積多少都跟眞實不同。

這個世界奇妙地歪曲，雖然感覺到保持不了身體的平衡，但能說出口嗎？自己如果不能相信自己的雙眼，那要依靠什麼，相信什麼才好呢。烙印在眼眸中理緒的形象，一邊溶解崩壞一邊似乎想要說什麼，但卻聽不到她的聲音。也不知道崩解以後將會變成什麼模樣。這張臉是眞實的理緒嗎，或者是——

「喂，名偵探，你怎麼看？」

停下正在切發泡苯乙烯碎片的手，京介抬起頭。淡色的眼眸透過鏡片望著這邊。

「我暫時不要多說話比較好。」

「你說什麼？」

「得先去問問遊馬理緒，還有聽聽藏內先生說話。」

「喂，你別說蠢話了，京介。」

深春半站了起來，一臉眼看就要揪住京介的表情逼問到：

「『嗯，暫時再觀察情況看看吧？』你又不是水戶黃門（註45），那樣拖拖拉拉，要是情況惡化了怎麼辦？你說話呀！」

深春「碰！」地敲了一下桌子。擱在碟子上咖啡杯隨之跳動，褐色的液體濺了出來，京介敏捷地把正在做的模型拿起來。

「——你還眞粗魯。」

然後「呼——」地嘆了一口氣說：

「像你這樣大吵大鬧瞎攪和，才不能保證不會讓事態惡化。萬物都有自然的潮流，縱使在那潮流中勉強撐船，船也不會前進。」

「你在說什麼老頭話啦。說到底，醒之井死掉，說不定你也有一部份的責任，懂嗎？」

「也許吧。」

「你騙了那個老爹，讓他產生想保存黎明山莊的念頭吧。」

「深春，你認爲是明音殺了醒之井嗎？」

「好像沒有其他嫌犯了吧。」

「可是犯罪手法不明。」

深春一瞬間語塞無言，但很快又恢復了強勢。

「你要說這是不可能犯罪嗎？」

「嗯，假如不考慮有機關的話。」

「那，重點還是屍體移動的問題了？」

「屍體移動？好讓人懷念黃金時代的偵探小說用語呀。」反問的京介嘴邊浮現了苦笑。

「可是，醒之井是被中庭的水盤撞破頭的對吧？也就是說，都完整留下血跡啦毛髮啦這些東西了。難道是先用其他的鈍器殺死他，再把血塗到水盤邊緣？現代警方的鑑識，會沒有識破這種伎倆嗎？」

「我知道了啦。我親自去跟那個記者確認！」

大吼一聲的深春，發出喀喀的腳步聲，火氣十足地衝到電話旁邊。

把兩手捧著的模型悄悄放回桌上的京介說：「——蒼。」

壓低聲音湊到耳邊低語。

「明天不要讓深春到大學去。」

「爲什麼？」

「遊馬理緒要來研究室。我不想讓那個單細胞跟她碰面，不過，你要來喔。」

「我……」

蒼欲言又止。不知道自己要用什麼樣的表情去跟理緒見面比較好。

「聽說她想談談關於你還回去的那本書。還有，有件事情似乎怪怪的。」

「——對，我想跟雨澤先生講話，我是今天跟他碰過面的栗山。什麼？沒錯，我有急事要找他！急事！」

深春在隔壁房間大吼大叫。

京介偷偷瞥了那邊一眼，繼續說道：「她去年在黎明山莊失蹤的生日禮物，你還記得吧？」

「嗯，是個白瓷做的馬。」

「聽說那個白瓷馬被寄件人不明的小包送回去給她了，而且還破成四分五裂。」

「四分五裂……」

「據說好像是從高處掉落而摔破的。」

蒼的身體不由自主地顫抖。因爲聽到京介說的話的一瞬間，心裡浮現出了倘若稱爲幻想則過於清晰的，夢幻般的影像。

純白的馬擦過眼前，然後耳邊響起殘酷的破碎聲。散落一地的白色碎片。站立的臉孔睥睨著碎片，黑暗的雙眼，嘴邊浮現有如痙攣般的笑容，彷彿是剛殺了人之後的表情。明明不知道到底是誰，爲什麼只有表情能像惡夢一樣地感到逼眞？

「那是什麼意思？」

是誰將重要的生日禮物帶出去，破壞之後還特地送回來。用常識一想就可以明白，這顯現了針對理緒的攻擊意圖，責難、憎恨、嫉妒、脅迫……等，理緒所說的事情是眞的嗎。還是爲了要讓他們做如是想的詭計，不懷疑的話就沒道理了。

（這種事情還眞煩，實在很難忍！）

沒有出聲，揮著拳頭的蒼，京介悄悄地伸出右手按著他的肩膀。

「睜開雙眼吧，蒼。你的雙眼總是正確無誤。就算無法理解你所看到的，也會不知不覺清楚看見眞相。」

3

第二天，五月二十四日星期二的上午八點，栗山深春公寓的電話響了起來。是靜岡縣警局打來的，表示關於醒之井的案件有點話想問問。對櫻井京介來說是理所當然的睡眠時間，而對前一天晚上沒怎麼睡的蒼，也同樣眼皮很重、很想睡覺。不過對方看來完全不考慮別人是否方便，不由分說硬要來，不到五分鐘就有兩個男人現身了。

當然一定會被問到的，就是事件發生的星期六那天，與遊馬明音見面一事。意即確認不在場證明，刑警仔細詢問為什麼京介等人要去明音股份有限公司，他們說了些什麼等等的問題。

「遊馬女士跟我們商量她所擁有的古老別墅的事情。」

「商量呀。櫻井先生還是學生對吧？是打工嗎？」

「目的是收集研究用的資料。」

「哦……那，你們談了些什麼？」

「我身為研究建築史的人，當然希望能夠加以保存。我們主要是談這方面的事情。」

剛起床的京介當然心情很糟糕。一臉除了必要最低限度的回答外，其他一律不多說的表情。蒼也沒有泡杯茶招待的心情。不用說，這些傢伙一定不會好好品味他細心泡出的咖啡味道，而是放一堆砂糖跟奶精。

「希望加以保存的，就是醒之井先生死亡的那棟位於熱川的房子嗎？」

刑警二人組當中，專門負責發問的是年紀比較大的。另一個年紀輕的則是一副覺得非常新鮮的樣子，環視著房間四處。把正在製作的模型收到櫃子裡，果然是正確的決定。

「那是為什麼？那棟房子有很高的價值嗎？」

「要說學術上的價值的話，當然很高。不過要像是古董或是藝術品那樣，換成現金的市場價值，可以說幾乎沒有。」

京介回答得十分清楚，但對方一臉無法接受的表情。似乎並不是他們所想要得到的答案。

「遊馬明音董事長，決定要保存還是要拆除？」

「因為她還沒決定，所以才會要聽我們的意見吧。」

「醒之井先生的態度呢？」

「我在修善寺碰到他的時候，醒之井先生挺有興趣地聽了我說的話。」

「也就是說，他傾向於保存了。」

「這個嘛，我也不知道。」

「關於這件事情，遊馬董事長跟醒之井先生的態度是彼此對立的嗎？」

「我不知道。」

「您記不記得聽醒之井先生提過他在生意上有什麼麻煩嗎？」

「沒聽過。」

「您有沒有去過醒之井先生在沼津的店面跟住所？」

「沒有。」

京介的回答越來越簡短。看樣子連刑警都受不了這種冷淡，一臉無奈地從口袋拿出香煙。為了找煙灰缸而張望著桌面。

「不好意思，這棟公寓禁煙。」

立刻遭到糾正，只得聳聳肩把香煙收起來。

「看樣子您並不太歡迎我們。」

不認為有人會因為刑警的到訪而感到高興，何況還是這種一大清早的時候。

「總之，如果你們想起了什麼可以當作參考的事情，請跟我們聯絡。」

雖然遞出名片，但京介連看都沒看一眼，任由其放到桌上。

「不管是栗山先生，或是您。」

年紀大的刑警像是補充說明一樣，最後對著沒有開口過的年輕刑警：「喂，走囉。」抬了抬下巴示意。在玄關換上磨損的鞋子，正以爲他們就會那樣出去時，她們自以爲是神探可倫坡一樣，在門口面前回過頭來。

「對了對了，我們去大學的辦事處打聽你的聯絡地址時，那邊的女職員跟我們說了。櫻井先生，聽說您似乎是個挺厲害的名偵探，曾經讓殺人事件的犯人自首。您對於這次的事件有什麼看法？」

當然京介還是坐在椅子上，連微笑都沒有地回答：「您眞是愛開玩笑。」只有這樣。

不太夠格的中年刑警說：

「總之，希望老師您不要那麼高傲，可以協助我們。」

刺耳的補充說明終於脫口而出。門關上後深春即刻追了出去。蒼從窗戶偷看，在公寓面前追上刑警的深春，跟他們不知道說了什麼後，很快就回來了。

「哼！到底是誰跩呀！問別人就拼命問，我問他們遊馬家其他人的不在場證明怎麼樣，他們對我說『那種事情還想要請問跟遊馬家熟識的你們。』」

雖然深春撇著嘴直發牢騷，但蒼想這是當然的吧。又不是電視上不費丁夫的推理劇，刑警怎麼可能把調查中的案件資料透露給一般民眾。

「這樣一來也只能靠雨澤了。嗯，打電話打電話。」

昨天晚上到最後還是沒聯絡上的記者，看來似乎終於聯絡上了。講了一會兒電話的深春，隨後又撥了一通電話，好像是打給藏內的。聽到他說著「昨天眞是謝謝您了。」等等，忽然之間語氣一變爲驚訝不已。

「咦？眞的嗎？要，我們當然會過去。那就先說再見！」

放回話筒，似乎回盪在房間內的巨大聲音說：

「不得了啦。要怎麼辦？電車還是不好坐呀，開車去吧？不知道吉普車有沒有空——」

馬上又撥了其他的電話號碼。

「你要去熱川？」

「嗯，連續兩次經過熱海到熱川去，挺棒的喲。」深春自己一個人興奮不已。

京介一副完全沒放在心上的表情，對著深春的背影說：「如果你遇到那個報社記者，可以麻煩你先問他個問題嗎？遊馬灘男自殺未遂的時候，那個房間裡頭有沒有什麼溶劑或是清潔劑，另外有沒有像海綿的東西。」

「什麼呀，就這樣喔。你是說傭人有沒有打掃過房間嗎？」

吃驚地反問但沒有得到回答，取代的是京介的糊塗呵欠。

「現在去睡的話也不可能睡著了。蒼，麻煩泡杯咖啡給我。」

「嗯，上午的話來杯咖啡歐蕾好了。」

「什麼嘛！蒼，你也不去嗎？說不定會因此有嚴重損失喔。到時候你要後悔我可不管。」

「呼，爲什麼？因爲藏內叔？」

「我才不告訴你。說不定我今天晚上就會帶不得了的特產回來了，到時候你們可不要太吃驚喔。」

深春非常興奮，十分裝模作樣。平常的蒼應該總是不能忍耐的，今早似乎還因爲昨天的打擊而受到影響，沒有心情撲向深春那些如逗貓棒的話語。

「掰囉。晚上我應該就回來了吧？要記得幫我作晚飯。」

深春肩上背包不知是裝了相機還是什麼東西的，這麼說到。京介只是若無其事地對他開口：「深春，黎明號的墳墓是在別墅的院子裡嗎？」

像是嚇了一跳回過頭的深春回答說：「誰知道？」

他用口哨矇混著便離開了。

「黎明號的墳墓？怎麼回事？」

面對詢問的蒼，京介說：「因爲這是那傢伙的特洛伊。」

露出略帶嘲笑他人缺點的笑容。

「不管是誰都可以作夢，但不見得誰都能像施里曼（註46）取得成功。」

「意思是說還有運氣？」

「我希望你能說，至少是能力跟運氣。不然那傢伙都這個年紀了，好像還改不了毛毛躁躁的個性，他的運氣也不是挺靠得住的吧。」

4

那天下午在京介的研究室，遊馬理緒依照約好的時間分秒不差現身。自修善寺一別應該還不到十天，然而她給人的感覺卻改變很多。不能說只是因爲蒼的看法改變而已。她身穿暗色系、沒有裝飾、像是喪服一樣的一件式洋裝，大概多少有點因爲把綁成馬尾的頭髮放下來的緣故。說好聽是成熟，但倘若要老實說，理緒看起來彷彿因爲背負重擔而憔悴不已。面對神代教授的桌子看著京介，一瞬間停下腳步，深深鞠躬的動作看起來，也跟她第一次到這裡來的時候的緊張感不同，是種有如非常疲憊般的感覺。

理緒保持沉默，從腳邊的紙袋拿出了一個厚紙箱。大概是可以裝入B5雜誌大小的箱子，上面貼著郵局小包的聯單，收件地址是遊馬家位於松濤的住所，收件人是理緒，寄件者是本人。可是上面寫的字爲了隱藏筆跡，是用沿著尺去描的方式寫下的。

「可以讓我們看看裡面嗎？」

理緒安靜地點頭，裝在裡面的是像新手提包中塡充用的白紙團。京介以十分愼重的動作將那成塊的物體擺到桌上，不弄破紙地慢慢打開接縫處，又有幾張面紙被包在裡面，最後終於看見白色磁器的碎片。

京介盡量小心地不要碰到紙或是碎片，捻住紙跟面紙的尖端，慢慢地往四方打開。碎片的大小有大有小，粗略一看應有二十塊以上。可是稍微注意去看，便能立刻明白那些不是盤子或碗的碎片，正好在碎片堆中央一帶，長約五公分的碎片，可以看見從底部折斷的馬臉。是否是以竹子刻出來的，流洩在額頭上的鬃毛，底下是精悍的鼻樑，張大的嘴，任誰一看都知道是尊精緻又寫實的陶瓷像。

「這是遊馬歷先生送給妳的禮物，沒錯吧？」

理緒深深地點頭，像是要稍微作結論地發出聲音。

「台座底下的年號、日期，還有我的名字，都是祖父用墨汁親手寫下的。祖父總是爲了我那麼用心。這次收到時，一打開就看到那個部分放在最上面。」

「妳收到以後有拿出來看嗎？」

「不——」

這似乎是個極爲讓人厭惡的問題，理緒搖頭搖得頭髮都亂了。

「迅速地維持原樣用紙包起來，放回箱子裡去。我總覺得很恐怖，恐怖到我受不了……」

「我知道了。」

京介以一點都不像他平常的口吻，懇切地答應。

「這個就暫時放在我這邊，可以吧？」

「嗯，那就麻煩您了。」

一邊用雙手壓著頭髮，理緒終於像鬆了一口氣般，稍微笑了笑。

「我可以把這些碎片組合在一起嗎？」

「嗯，沒關係。可是——」

「就算是大致也好，請妳先畫出這匹馬原本的形狀。」

把筆記用紙跟鉛筆放到一臉困惑的理緒面前。

「蒼，這是你的工作喔。」

背對著書架靜靜站著的蒼，不由得發出一聲「咦」。

「要我來做嗎？」

「這比起拼圖，一定需要更高明的技巧，好好加油。啊，遊馬小姐，大概的樣子就可以了。」

雖然總是這樣，但蒼還是搞不清楚京介在想什麼，爲什麼要那麼說。再度以愼重的動作連紙把碎片放回箱子裡的京介，這次視線停在上面的聯單，看著郵戳。

「是松濤郵局吧。」

就是距離遊馬家最近的郵局。似乎特別注意到這一點，理緒停下動作，表情僵硬地點頭。

「是什麼時候寄到的？」

「好像是星期五就到了，可是因爲我不在家，放到房間裡也沒注意到。所以被我打開的時候，已經是昨天的下午了。」

意即看了裡面的東西後，立刻打電話給京介。

「因爲妳看來暫時不會到大學來，我實在很擔心，妳是不是生病了。」

「啊，對了。蒼同學，眞是對不起。星期三那天你是不是專程到寒舍去了？」

忽然回過頭去，蒼出乎意料地低垂著雙眼點頭。因爲他怎麼也沒有像到目前爲止，那種從正面望著理緒的臉龐的勇氣了。

「那的時候我真的睡著了。不是感冒什麼的，只是像得到憂鬱症一樣，什麼也不想做。可是我現在反而是受不了待在家裡面，也不能到學校去，只能每天一個人閒晃。不是去公園、美術館就是看電影。」

「上個星期六也是這樣嗎？」

「嗯。我完全不知道櫻井先生跟家母會面的事情。晚上我回到家，還被罵跑到哪裡去玩了。」

「然後妳才聽到醒之井先生的事情？」

「——是的。」

蒼的心臟發出劇烈的跳動聲。這麼一來，理緒那一天就沒有不在場證明了。不過京介沒有繼續談論醒之井，轉變了話題。

「這傢伙帶去還給妳的書，是什麼書？」

理緒從紙袋中拿出薄的文件信封，眼熟的那本書被拿出來放在桌上。雖然是畫冊，但卻是平裝，比一般畫冊還薄的書。全黑的封面中央反白印著「THE WORKS OF GOYA」（哥雅作品集），似乎不是日本而是外國出版的書。

「這是，放在修善寺家父房間裡的東西吧。」

理緒雙手的手指，彷彿輕輕地撫摸著封面。

「那間房間的壁龕擺著好幾本類似的畫冊，這是其中的一本，對吧？蒼。」

「嗯……」

「因爲他一慌張，不小心就帶出來了。那樣子離開之後，我想我們要怎麼做才能還回去，最後還是只能還給理緒小姐了。」

京介的話，忽然被理緒以嚴酷的口氣打斷。

「這不是家父的東西。」

她抬起的臉頰上浮出了血色，張大的雙眼散發強烈的光芒。

「這是祖父的書。是家父從黎明山莊拿出來的。」

「妳覺得眼熟嗎？」

「我還記得這裡的藏書印。」

理緒打開封面，指著裡面的空白頁。泛黃的紙張中央，有老舊朱紅色的正方形印。被漩渦圖案包圍的篆書字體，可以清楚看出「蘼藏書」幾個字。

「櫻井先生，我想拜託您一件事情。下次您還要去黎明山莊的話，可以請您把這本書放回祖父房間的書架上嗎？」

這麼說著的理緒，臉上又浮現了當時那個像是難過、想不開的表情。

「可是，令尊說不定會發現。」

「沒關係。原本就是家父從那裡把祖父的東西拿出來的。我雖然不太清楚，可是父親那麼恨祖父的話，我想他就沒有權利碰祖父的遺物。也許最後黎明山莊還是會被拆除，可是，我想至少在那之前，可以的話能毫不改變，留下祖父逝世那時的身影——無論如何，拜託您了。」

45 水户黃門：德川光圀〔1628~1700〕的稱呼，因其爲水户藩的藩主，並且擔任中納言〔唐名爲「黄門」〕一職，故名。歷史上確有其人，但水户黃門行走天下，獎善懲惡的種種事蹟多半只是虛構故事。其形象類似中國民間傳說的包拯。

46 施里曼：Heinrich Schliemann〔1822~1890〕，德國考古學家。因爲深信荷馬史詩《特洛伊》而展開考古活動，經過五年終於在1873年找到特洛伊遺跡。

漂浮的凶影

1

在那之後，理緒幾乎都沒有再開口。上課鐘聲一響起，她像是被提起似地站了起來，以沉入自己思緒的表情，再度低聲說了句「拜託您了。」便離開了研究室。

（連咖啡都沒有泡給她喝……）

聽著門關上的聲音，蒼忽然想到這件事。她會覺得奇怪嗎，蒼那麼地冷淡沉默？可是因爲蒼怎麼也沒辦法避開自己最介意的部分，裝作一點事情都沒有地與她交談。

而且，方才理緒所說的話，不就印證了藏內的話嗎。

「……把留下來的書或是帳簿……全部弄得亂七八糟後又帶到外面去……如果理緒小姐目睹那些，一定會生氣……」

「……父親那麼恨祖父的話，我想他就沒有權利碰祖父的遺物……」

或許眞正跟理緒一起並肩作戰的是深春。對於想要守護祖父去世後的黎明山莊的她來說，意圖拆除房子的母親明音，拿走祖父遺物的父親灘男，以及似乎是種下買賣黎明山莊之因的醒之井，當然全都是敵人。

假使祖父的死亡並非單純的意外，比起任何人來說，對理緒的意義最爲重大。儘管不能直接攻擊母親，還是將她視爲殺害祖父的犯人加以檢舉的理緒，可以讓母親失去對黎明山莊的發言權。倘若她特意把京介等人捲入的目的在此，至少就動機而論，事件可以毫無矛盾地聯繫在一起——

蒼眼角的餘光中，有什麼在翻動。京介打開了理緒放在桌上的書。

「這本書，蒼全部都看過了嗎？」

像是完全不了解蒼的心情，京介悠閒地問道。

「啊……嗯，大致看了。」

說眞的，他實在沒辦法好好地看。

一開始打開的部分，是黑白的銅版畫，不知道是不是印刷技術差的緣故，幾乎是一片漆黑。仔細一看，是張一半埋在地裡，像是骨骸的人像畫。一看就覺得噁心，於是急忙把書闔了起來。而現在京介正在看的，好像就是同一頁。

「『戰爭的災難』六十九號——虛無，嗎？」

喃喃自語著翻到下一頁。畫面幾乎都是單色的，彩色的只有一開始的兩、三幅畫而已。對於習慣現代精美印刷的人來說，這本畫冊看起來色彩渾濁又不鮮明。

「你看，這就是有名的『阿爾巴公爵夫人的肖像』。」

京介打開的是位於前幾頁的女性畫像，畫的是打扮成如同穿了黑衣的卡門的女子站姿。可說是色彩不好的凹版版畫，大紅色腰帶與金色手鐲給人留下印象的一幅畫。

「這個人是西班牙首屈一指的富豪，而且還是延續到現在的阿爾巴公爵家當時的女主人。

是宮廷畫家，五十一歲法蘭西斯可・哥雅的情人，在當時被歌頌為連每一根頭髮都可以激起情欲的女人。」

「我看不出來她是那麼吸引人的美女。」

這是蒼眞正的感想。過長的臉、眉毛幾乎跟眼尾一樣長。第一印象不就是個十足的歐巴桑？

「她幾歲？」

「大概是三十四、五歲吧。嗯，判斷美女的標準不管在世界哪裡，似乎都不會改變呢。」

京介輕輕地笑了。

「不過這幅畫有很多有趣的故事。可惜或許是因爲圖版沒有印好所以看不見，阿爾巴公爵夫人右手食指應該是指向地面的，地上就有哥雅的名字。這不是畫家的簽名，好像是夫人自己用手指在地上寫出來的。相反的，你看，這確實是採用了透視法畫出來的。」

京介特別連放大鏡都拿了出來。從靠近眼睛的鏡片看過去，確實在她直挺挺的右靴子前面，看得到以書寫體寫下的「Goya」字樣。

「可是這本書看來是戰爭之前出版的，不可能還留著才對。現在這幅畫的擁有者，是位於紐約的美國西班牙藝術研究協會。他們在一九六四年曾經清理過這幅畫，據說在『Goya』的前面有『Solo』這個字。Solo相當於英語的Only，也就是『Solo Goya』，意思是『唯有哥雅』、『只有哥雅一個人』這種情話。」

「那說不定是事實呀。」

出乎意料被京介的話給引誘上勾，蒼說。

「這個人眞的寫了那樣的字嘛。」

「是呀。哥雅在當時因爲生病而喪失了聽力，說是跟公爵夫人相戀，卻不能自由自在地以言語交談。表情、肢體、筆談——焦急得受不了的女性，裝出高傲的樣子，對著男人指出她所寫下的情話。或許眞有這麼一幕情景也說不定。」

「不管怎麼樣，這個哥雅還眞是個膽子很大的大叔。」

繪圖的時間是一七九七年，距離現在已經超過了兩百年，過了五十歲還跟身分崇高的女性戀愛，而且畫下對方愛的告白以流傳後世，讓人覺得這還挺厲害的。因爲在那個時代，縱使被稱爲宮廷畫家，在那些高高在上的貴族眼中，身分大概也不過就只是僱用的藝人而已吧。

「哥雅確實是個大膽的人，他的一生也是如此。不過這幅畫結果並未交給阿爾巴公爵家，而是留在他家裡代代相傳。而且還把『Solo Goya』的『Solo』給塗掉了。雖然不知道確實的時間，但我個人喜歡堀田善衛所寫的那種說法，說是剛畫好後不久就塗掉了，也就是他們的戀情結束時。」

「就是失戀了？」

「大概吧。所謂達到愛情的顚峰同時是結束也是開始。你有興趣的話，可以去看看堀田善衛寫的《哥雅》那本書，是本名作。」

京介的話總是會變成如此。

「先暫時不管那個了，蒼，你看了這幅畫有沒有想起什麼？」

「想起什麼的意思是，以前在哪裡看過這幅畫？還是說這樣的女人？」

京介沒有回答。蒼皺著眉頭凝視著哥雅畫的「阿爾巴公爵夫人的肖像」。就算說想起什麼，還是毫無頭緒，全部都——

那個時候傳來了敲門聲，規律的「叩叩」兩聲。是理緒回來了嗎？然而對方沒等人去開門，忽然就開門闖進來了。

「嗨，大家好嗎？」

是遊馬朱鷺。

2

「眞是的，蒼你先前還眞是無情。我還想跟你一起到可以看見港口的陽台餐廳去吃早午餐，結果你趁著我在睡覺的時候一個人偷跑回去了，以後可不行再對女孩子那樣子了喔。」

今天她穿著寬領口的銀色針織衫，加上黑色迷你皮裙，到膝蓋的長靴的裝扮。雖不是特別過於華麗的服裝，穿在身材好的她身上，還挺引人注目的。她隨意把像是設計師推出的大肩包放在桌上，兩手叉腰環顧著四周。

「挺不錯的房間嘛，不愧是無人可及的W大。雖然有點煞風景，嗯，要那麼說也是可以那麼說啦。」

「那個……朱鷺小姐……」

「叫我朱鷺，別加小姐兩個字。」俐落轉身的朱鷺用食指指著蒼的鼻尖。明明她也沒穿高跟鞋，身高卻比蒼還高了五公分。

「之前我們不是說好了嗎？你是蒼，我是朱鷺，不然的話我就要叫你的本名了喔。首先就是不能叫『朱鷺小姐』，你不覺得聽起來很像哪裡的老太婆嗎？」

「那，朱鷺妳今天來作什麼？」

「哎呀，我來跟你們商量櫻井先生拍海報相關的事情，分鏡都畫好了，你看。」

朱鷺露出微笑，從肩包拿出一大本的素描簿。

「吶，蒼，你看。這是我先前說的莎樂美風格，還不錯吧？」

啪一聲打開後，畫在紙上的是蒼也記得的鳩斯特普·莫侯的「莎樂美」，右手拿著蓮花花苞，左手往前伸展，掂著腳站著，目光低垂，似乎是剛開始翩翩起舞的站姿。柔和的鉛筆底稿之上，以透明水彩輕巧地著色。如果是朱鷺畫的，可說是頗有專家的技巧。頭上是沉重的冠帽，手臂、手腕、腳踝都纏繞著寶石，穿著薄紗的腰綁著寬腰帶，可是側臉怎麼看也……

蒼反射地想看過去京介那邊，卻慌張地停下來。有股殺氣。然而朱鷺卻毫無顧忌，迅速地翻到下一頁。

「這張是帶點異國風情的，巴黎舞孃風格。還有這張是印度的舞姬。雖然與明音珠寶向來的風格差很多，我認爲這種錯置也滿有意思的，怎麼樣？」

就算被這麼問，也不知道該怎麼回答才好。擺出各種各樣的舞姿，背景則彷彿是講究的與其相應的建築，其上昇起了淡淡的月亮。巴黎舞孃臉龐兩邊裝飾著大朵的白花，纖細的腰纏著印花布，脖子與手臂戴著粗的金飾。印度舞姬身裹珍珠裝飾的金線織花紗麗，但不知是否因爲是極度後仰的姿勢，還是紗麗鬆了開來，可以窺見平坦的胸部。

「雖然是普通的紗麗，下面是不是穿著短的短袖罩衫？」

「哎呀，說起來本來就是男生，不會穿紗麗啦。」

蒼不由得身體向前一歪。

「因爲呀，把印度圖案以人體彩繪的方式畫在身體露出的地方，乳頭要穿環的話大概就有點太嚇人了。我就想在周圍貼上細小的珠寶不知道怎麼樣。」

（京介的，乳頭……）

蒼切實地想，至少要談論這個話題的話，應該趁當事人不在場的時候。縱使沒開口也能感覺到京介的視線。如果一不留神跟著附和，可不知道後面會是什麼樣的眼神。

「還有呀，櫻井先生總是那樣用頭髮隱藏臉蛋嗎？如果是的話，我們會好好地化妝，讓大學裡的人誰也不能輕易認出來。因爲這樣就不必覺得丟臉了，反正都要做就乾脆豁出去吧。」

的確，蒼不是沒有考慮到這一層。

「然後，還有希臘神話系列喔。雖然有點是我個人的興趣啦，不過還是請參考看看。」

蒼的困惑也好，京介不吉利的沉默也好，朱鷺一概什麼事情也沒有地無視，翻開了下一頁。

「這是阿波羅跟達芙妮，因爲是綠色的印象，對應到寶石的話就是祖母綠了。這邊同樣是阿波羅跟夏金多斯。」

「這些全部都是朱鷺畫的嗎？」

蒼終於開了口。

「當然囉。因爲我也一度想成爲插圖畫家。吶，你們知道嗎？神話是這樣的：夏金多斯是被阿波羅愛上的美少年喔，可是卻被阿波羅投擲的鐵餅打到額頭而不幸身亡。在他流出的血裡面，開出了紫色的風信子，所以這個印象是紫水晶。」

雖然是十分像少女漫畫的圖，但不能說畫得很差。可是，不管是哪張圖，阿波羅的臉都是京介，被阿波羅從後面抱在懷裡的，仰身即將變成月桂樹的達芬妮，被擅自地畫成朱鷺的臉。但還有一張，看來幾乎是全裸被阿波羅抱著的卻是——

「爲什麼要畫我的臉！」

「很好呀。」

「一點都不好！」

「——遊馬朱鷺。」終於開始了，櫻井京介極爲冷淡的聲音。

「妳就爲了要說這些蠢話，躲在茶水間等妳妹妹回去？」

「你把稱謂省略了喔。」

她神色無懼看著京介。

「誰說可以不得到當事人的許可就省略稱謂的？櫻井京介。」

「對於玩弄他人人格爲樂的女人，沒有什麼稱謂可以稱呼的。」

「哎呀，我可不記得我有玩弄你的人格還是什麼的。我才被你的那張臉給玩弄了，不是嗎？」

（哇，太強了！）

蒼的口中喃喃自語。與其說不擔心隨後的發展，不如說現在他想要拍手叫好。可惜的是因爲一如往常的髮型掩飾著，完全無從得知京介本人作何感想。終於，朱鷺從坐著的椅子上，迅速站了起來。毫無顧忌地走近京介所在的窗邊，視線透過窗戶投向外面。

「什麼嘛，果然在這裡可以看見茶水間的窗戶。連我的背影也看得出來，眞慶幸我沒有隨便就佩服你。」

挑釁的視線望向京介。蒼忍不住作好準備等著聽她接下來會說的話，但出人意外的是，朱鷺嘆了一口氣，表情正經。

「算了……說眞的，現在我們家也不是可以管廣告企劃的時候。」

闔上素描簿，低聲說著。

「是的，你說的沒錯。我雖然不是跟蹤理緒到這裡來的，但是看見她的話就非得躲起來才行。因爲，你們也知道吧？我們沒有辦法彼此打招呼。」

她頓了頓，短短吸了一口氣。

「她本來就是直覺很強的孩子。小時候我想對她惡作劇，從後面偷偷接近她，一定就會被她發現。她視覺敏感，身體輕盈。可是今天呢？我想就算被她看到也沒關係，所以站在走廊的角落。她從這個房間出去，下樓梯的時候一定會看到我的。可是，她卻完全毫無感覺。陰沉的雙眼發呆地凝視著前方，可是卻什麼都看不見。看起來簡直就已經死了一半，不然就是剛殺完人般的恍惚。」

蒼吞了吞口水。但朱鷺似乎什麼都沒有發現，繼續獨自說下去。

「不只是理緒而已。現在我們家包括明音女士、蘇枋姊、甚至連遲鈍的珊瑚都變得很奇怪了。爸爸就像你們知道的那樣，但總覺得變得更爲灰暗了。好像不知不覺中，家裡面都是形跡可疑的一群人。到底爲什麼家中會因爲那個仲介大叔腳滑沒踏好，跌倒撞到頭死掉，就得變成這麼奇怪？

可是不管問誰都得不到認眞的回答，大家全都心事重重。我實在沒辦法好好待在家裡，得到外面到處遊蕩。彷彿家裡有模糊的暗紅影子還是霧氣，感覺好像有那樣的東西籠罩著。到底是怎麼一回事？」

「也就是說沒變的只有妳一個人了。」

京介帶著微笑的聲音，讓朱鷺扳起臉轉過臉去。在粉底之下，她的雙頰正泛紅。

「是呀，沒錯。我就像現在你們看到的這樣，內在也好外在也好，腦袋想到什麼就說什麼，肚子裡也沒藏什麼壞心眼。雖說我們家不是什麼溫暖甜蜜的家，但是其他人至少也不會變成現在這樣。從去年開始就慢慢變得有點奇怪，從祖父死掉的時候開始——喂，可不可以請你不要笑？你不是名偵探嗎？」

雖不知道出處爲何，但是如今提到櫻井京介時，「名偵探」這個稱呼已有不脛而走之嫌。儘管如此，他卻無意要將非常不講理的朱鷺所說的話，跟對待刑警相同，當成笑話一腳踢開。相反的，他以面對孩子一般的誠懇語氣，緩緩地回答：

「就算我是眞正的名偵探，明白怎麼一回事，與知道應該怎麼做，還是完全不一樣的。」

「那，你可以告訴我是怎麼一回事嗎？」

「某種程度可以。」

「告訴我啦！」

朱鷺提高了聲音。

「告訴我啦，我們家到底發生什麼事情了？」

京介沉默地搖搖頭。

「爲什麼？」

朱鷺終於大叫出來。

「爲什麼不告訴我？那是我家的事情呀！」

「可是妳想要的，卻不是眞正顯現出來的事實，不是嗎？」

「哪有那樣的——」

「既然妳大概不想問，我也沒有什麼想說的。例如，遊馬明音跟醒之井玻瑠男應該有男女關係，以及你們家誰都隱約注意到了這件事情。所以不能認爲你們跟他的離奇死亡沒有關係。」

朱鷺的臉頰變得更紅了。承繼母親的輪廓分明的眉毛上挑，雙眼像是要掉出來般地張得大大的。以一臉像是否認的表情直搖頭，雙唇顫抖。

「可是那件事情，是眞的嗎？不是那個報社記者自己亂猜的嗎？」

蒼不由得開口問到，但京介只是搖頭。

「很遺憾。蒼。這個世界上，卑鄙亂猜的傢伙，經常都會猜中。」

「你說，什麼……」

朱鷺從咬緊的牙關間，發出像是硬擠出來的聲音。

「我知道呀，我明白呀。那種事情，我當然……」

忽然，朱鷺雙手掩面，跌坐下去後哭了起來，彷彿是個孩子般。

3

花了十六分鐘，朱鷺才停止哭泣。

蒼把在洗臉台浸濕扭乾的毛巾交給她。哭成那樣當然妝也花了，眼皮也腫了起來。當事人還沒注意到這一些，用毛巾貼在眼睛四周，小聲地啜泣著。蒼想，爲什麼女生過了二十歲，還能這樣若無其事地在別人面前哭泣呢。男生就算是十五歲，也絕對不會哭成這個樣子的。說不上是羨慕，只是有種難以言喻的不可思議的心情。

「用劇烈的治療方法也可以嗎？」

忽然，京介這麼說。朱鷺的背部抽動了一下。

「我只是個門外漢，沒有什麼抗生素，也不會打麻醉。好像只能模仿戰場上的醫生，用燒烤過的刀子割開傷口而已。不能保證是不是確實會流膿出來，然後一定可以得到好的結果。如果放著不管，也許會更加惡化也說不定——」

「可是，也有可能變好吧？」

沾濕的毛巾底下，傳來鼻塞的聲音問。

「我也期望如此，比誰都由衷期望。不過……」

稍微把毛巾移開，露出哭得又紅又腫的眼睛。向上看著櫻井京介那張仍舊用瀏海隱藏著的臉。然後突然用力抬起頭。妝花掉斑駁的臉非常悲慘，或者該說滑稽，但朱鷺臉上露出了極爲毅然的表情。

「我答應你。我會努力，也不迴避責任。因爲是自己答應過的，不管結果如何，我都不會責怪你，也不會給你添麻煩。嗯，該怎麼說？請您告訴我。如果可以做到的，不管什麼我都會做。」

平常櫻井京介這個男人，絕對不會對別人親切，也不會有什麼深刻的關懷。倒不是討厭人，而是如果能夠有對等而清楚的關係，他也不會拒絕。但他不擅長單方面地被別人依靠，或是幫助別人，這一點他自己說得很清楚。雖然如此，也不是對當面被託付的事情，只會敬謝不敏地把對方趕走得那般冷酷。正因爲如此，會更謹慎地避免落入眼前這等狀況。

對這樣的他來說，遊馬朱鷺是遠比理緒難以處理的對象，無疑可說是罩門。取笑、挑釁、哭泣，最後表示願意提供自己的力量。雖說似乎是照著朱鷺的作戰計劃順利執行，卻不能認爲一切都是計算好的。只不過事到如今，終究還是不能拒絕。

「可以的話請儘早找個機會。妳可以編造個情況讓府上的人在這幾天之內聚在一起嗎？地點當然是熱川的黎明山莊附近。」京介說。

「全部人在這幾天之內？」

朱鷺彷彿嚇了一跳，眨著睫毛膏已經剝落的睫毛。

「這件事情還滿難的……」

「我也想不到容易的方法。」

「可是這是必要的對吧？爲了你說的劇烈治療法。」

「遊馬家的傷口不是別的，就是那棟黎明山莊。全部的事件都是以其爲中心發生的，圍繞那棟房子，還有建造它的遊馬歷先生。不是嗎？」

「嗯，沒錯。你說的對。」

朱鷺如同小孩子一般，不斷地點頭。

「我們是年紀沒有差很多的四姊妹對吧？雖然如此，爲什麼只有理緒一個人得到祖父那樣的疼愛，我從小就十分難以接受，非常介意。也許最吃虧的是珊瑚，蘇枋姊像是靜音阿姨養大的，我小時候則是明音女士事業的低潮期，她也多少有像個母親在照顧我。可是到了珊瑚的時候，她又變得很忙，珊瑚幾乎都託給別人。理緒卻有祖父陪。

可是仔細一想，理緒也很可憐。我們欺負她，明音女士也因爲祖父的關係而跟她保持距離。結果，祖父就變成她不可或缺的親人了。爸爸、明音女士、其他的孫女都無法接近祖父，他只疼愛理緒跟馬。他在想什麼，我完全不知道。我實在不能不這麼想，他就連死去之後，到現在影子都還留在家裡。」

吞下句尾，朱鷺沉默了。那張沒有化妝品，比任何時候看起來都還像是個孩子的臉，浮現了猶豫不決的表情。

「櫻井先生，難道你想說我們當中有誰就是犯人嗎？殺死祖父、刺傷爸爸、連醒之井先生都殺掉的人，就在我家裡面？你想學艾勒里・昆恩那樣把關係人集中到現場，進行推理，然後指出犯人是誰？是這樣嗎？」

「也許不會那樣做吧。」讓人無法摸清思緒的口吻，京介回答。「可是，我到目前爲止還沒有說明的打算。」

「說得也對。因爲就我自己來說，說是關係人，還不如說也在嫌疑人裡頭。」

「怎麼辦？妳想放棄嗎？」

朱鷺還殘留著腫脹的雙眼直視著京介，然後左右搖頭。

「不行，到現在才想要放棄什麼的。我不會放棄的。我已經決定了，我相信你。」

4

一邊說著「等我想到要怎麼辦才能讓家人都聚在一起之後，再打電話給你。」朱鷺一邊站了起來，她似乎是可以迅速恢復心情的個性。在被淚水洗過的臉上重新化好妝之後，已經露出若無其事的笑容了。

「下次碰面的時候，我再畫稍微不一樣印象的圖給你們看喔。櫻井先生喜歡什麼樣子的？如果是男性時尚你就不會討厭了吧。還是乾脆走日式風格，穿能劇服裝？」

「如果妳一直談這件事情，我就放手不管了，遊馬小姐。」

「是這樣嗎。其實你是那種對一旦答應的事，無論如何都不會輕易放棄的人吧？」

如此斷言的朱鷺留下愉快的笑容，不給京介否定的時間便離開了。蒼從外面透過京介的瀏海感覺到他的愁眉苦臉。京介會被識破，蒼一點都不奇怪。

「她還眞是敏銳呢。」

「蒼。」

京介的聲音聽起來很冷淡。

「你不知不覺已經跟遊馬朱鷺十分親近了嘛。」

「因爲前幾天那件事嘛。」

「關於你沒有打電話就外宿一事，我還沒有請你好好說明過吧？」

「呃，那件事，我跟深春在說話的時候，你不是在旁邊也聽到了？」

「我沒聽到你連本名都告訴她。」

「那、那是沒辦法的。」

「哦。那，之後發生什麼事情了？講眞的。」

「發生什麼事情？」

「因爲好歹我也是你的保證人。所以如果在我看不到的地方發生了什麼事情，對把你託付給我而退居幕後的門野，我可很難交代呢。」

「什麼也沒發生呀。」

背後的電話響起，蒼像是找到救星一般朝著電話飛奔過去。

「喂，這裡是神代研究室——什麼呀，深春是你呀？」

「你在胡說什麼呀，哈——囉——」

聽得出是個十分疲憊的聲音。

「京介在嗎？」

「在呀，要換他聽嗎？」

「不用了，你幫我告訴他就好。我今天早上打聽到，遊馬灘男受傷的時候，那個房間裡面眞的有小桶子、海綿跟中性清潔劑。可是好像沒有追問，是不是他在打算自殺之前想要清掃房間，就這樣。」

深春的聲音原本就很洪亮，在電話旁邊就可以聽到他的聲音。回過頭的蒼用眼神問「可以嗎？」

京介說：

「如果找到上次那個報社記者，希望你可以打聽一件事情。醒之井先生死的時候穿的衣服口袋，裡面有沒有找到什麼東西？如果有的話，連香煙灰什麼的都要查清楚。我想說就這樣。」

「你有聽到嗎？」

讓人討厭的假音透過話筒傳了過來。

「我聽見了啦。你不是知道電話，自己打給他就好了嘛。那個笨蛋要是聽到名偵探的聲音，一定會樂歪的。」

「是那樣嗎？」

「好啦，我會順便問的。今天晚上說不定回不去了，再見。」

「奇怪，不得了的特產呢？」

「現在正在找啦！」

電話一下子就被掛斷了。蒼一時感到很錯愕，深春在那頭奔走得如何，京介的問題有什麼意義等等。從昨天開始一大堆亂七八糟的片段，像是在眼前堆積一般，從何處而來、該如何下手才好，都如墜五里霧中。雖然總覺得事情好像正朝著結局加速而去。

放回話筒走回來，京介的姿勢像是沉思者，靠著手肘。

「——蒼。」

又要說教了？

「我想趁著今晚把白馬拼好，但是不可能了。在那之前，好像又有一位客人來了。」

彷彿聽到他所說的，傳來了輕緩的敲門聲。蒼打開門的時候，站在外頭的是遊馬蘇枋。

赤館

1

遊馬蘇枋似乎完全不知道，今天她兩個妹妹先後來過。至少她的態度一點也看不出來像是知道的樣子。

「上次我們眞的給大家添麻煩了。」

一進門，立刻是額頭都快碰到膝蓋的深深鞠躬。

「雖然想要事先聯絡，但是我想反而會讓您擔心，所以就擅自登門拜訪了。如果您很忙的話，我就先回去了。」

「不會的，不用客氣。請進來吧，我們這邊倒是只有這種椅子。」

在京介的再三邀請下，蘇枋坐到直到剛才都是朱鷺盤腿坐著的凳子上頭。今天蘇枋也把黑髮盤到腦後，穿著適合素雅顏色的套裝。跟第一次見面時，穿著古色古香振袖的模樣相比，簡直判若兩人，是個非常完美的職業婦女。

說著「這種東西實在不成敬意，因爲不知道要帶什麼來比較好」的蘇枋，還是拿出了連蒼都知道的名店點心禮盒。

京介以輕鬆卻出其不意的語氣問：

「遊馬董事長還好吧？」

蘇枋的臉迅速僵硬，嘴邊的笑容隨之消失。

「星期六看到她的時候，似乎感冒滿嚴重的樣子。」

面對京介重複的話語，她終於作出回應。

「——啊，是的，感謝您的關心。感冒看來總算是好了。」

「我們告辭之後去了熱川，聽說醒之井先生是被令堂發現的。」

「是的。」

蘇枋發白的臉被迫輕輕地點頭。

「那時候，妳也在現場嗎？」

「嗯，我嚇了好大一跳。」

「令堂跟醒之井先生，是不是有很長久的交情？」

「醒之井先生的父親從以前就在沼津經營不動產業的樣子，聽說也有在橫濱的杉原家進出。」

「嗯，那令堂從未婚的時候就認識他了？」

毫不在意的口吻，京介繼續說著。

「然後他也因爲辦理不動產業務，而跟明音公司有所往來嗎？」

「不，他跟公司沒有關係。」

蘇枋斬釘截鐵地搖頭。

「好像只有幫忙介紹想買伊豆別墅的客人而已。」

「原來如此，因爲他是府上的老朋友。」

「是呀，所以家母因此也非常傷心難過。」

遊馬蘇枋挺直了脖子站了起來，從正面凝視著京介。那張潔白的臉上有著強力自制的模樣，不論內心有任何動搖都不會顯現出來。但正因爲如此，蒼一看就明白她知道母親跟醒之井的關係，決心要裝作不知並加以隱瞞的樣子。

京介以什麼也沒發覺的態度，轉變了話題。

「遊馬董事長現在打算怎麼處理黎明山莊呢？」

「我今天就是爲了此事前來打擾的。我們還是必須婉拒櫻井先生了。家母在之前說想在夏天的時候拆除，但是現在說不定會更早一點。」

「成爲命案發生的現場，在事件調查清楚之前是不可以拆掉的。」

蘇枋蒼白的臉忽然開始顫抖。

「我認爲那是個意外。」

「是呀，也許是那樣。」

不讓感情流露出來這一點，京介是不會輸的。即使透過蘇枋的話語多少解讀了她的表情，京介淡然的口氣還是一點都沒變。

「反正直到找出結論，調查也好拆除也好，都只能暫緩了。」

「家母說，想要請您別再繼續調查。」

「哦……？」

京介像是輕輕地別過頭去，看著她的臉。

「終究還是因爲醒之井先生的事情，所以才變更計劃的？」

「我想家母非常不安心。放著那棟房子不管的話，好像又會發生什麼不好的事情。」

蒼想，這還眞不符合「亞馬遜女王」的形象，不是很軟弱嗎？不過，眞的是這樣嗎？

「那種死了兩個人的房子，就算再怎麼改裝也不能當餐廳來用吧？要蓋渡假公寓也是，如果院子裡有那棟房子一定很讓人毛骨悚然。還是整個拆掉比較好。」

「是嗎，那樣還挺像英國的鬼屋的，說不定可以成爲賣點。」

「您這種興趣眞是差勁。」

第一次在蘇枋臉上，浮起了憤怒的神色。

「我們家沒有任何一個人，想要把去世的祖父當成商品。」

「妳說的對，很抱歉。」

京介立即道歉，然後繼續接著說：「可是關於拆除一事，希望府上可以再度愼重考慮。我想董事長的考量自有道理，但對於屋主灘男先生而言，這恐怕是事與願違。」

說這種話眞的好嗎？蘇枋聽見也是一臉意外。

「家父嗎？他不會反對的，他從很久以前就贊成要拆除。櫻井先生知道也知道才對。」

「嘴巴說的，跟心裡想的完全相反的人，也不算少。」

「雖然或許是那樣……」

話說到一半就停了下來，對蘇枋來說，大概也沒有掌握父親眞正心意的自信。

「如果屋主態度變成反對，董事長的想法還是不會改變嗎？」

「或許是……那樣……」

蘇枋重複著相同的話語。

「無論如何，我已經盡力告知您了。」

明顯的，京介是在等待她這麼說。

「請讓我再次跟遊馬董事長會面。不是在辦公室，而是在府上。」

「在……寒舍嗎？」

「沒錯。因爲我希望她務必不要把這件事情當成是生意，而是以身爲遊馬家的一員去思考。還請您多多幫忙了。」

這次是京介深深地鞠躬。

「那，我明白了。雖然不知道家母會怎麼說，但我會跟她談看看的。請您抬起頭，不要客氣。」

對著邊說著邊想要趁此機會站起來的蘇枋，京介又毫無預警地轉換了話題。

「今天早上，刑警來找過我。」

蘇枋的動作停了下來。

「他們問了我不少關於醒之井先生死亡那天的事情。」

「眞的是給您添麻煩了。」

回到一開始僵硬的口吻，像是喃喃自語地說著。

「不，沒有什麼大麻煩。只是我很想睡而已。」

「什麼意思？」

「上午八點對我來說，跟一般人的深夜沒有兩樣。在那個時間不請自來的人，我的反應自然就會變得粗糙。」

「粗糙？」

「打電話來的五分鐘後，也不管人家願不願意就跑來了。腳上穿著有點髒的襪子，好像會在地板上留下足跡；想在沒有煙灰缸的地方抽煙；弄得椅子上面到處是頭皮屑。好不容易才終於回去，那些弄錯方向的傢伙讓人討厭又不愉快。我對他們一點敬意也沒有，想要他們問什麼我就答什麼，卻說我們證人態度惡劣，是他們給我添麻煩哩。」

「嗯……」

蘇枋張大眼睛，表情一下子改變了。變成與到剛剛爲止硬裝出來的模樣相距甚遠的笑容。

「櫻井先生，您眞是個不可思議的人。明明認爲您像是個穩重老成的人，有時候又像是比我小好幾歲的樣子。」

說著，蘇枋用手摀住了嘴。臉頰似乎泛紅著。

「對不起，我不該失言說這些的。」

「沒關係呀，妳不必對我那麼客氣。不然的話，妳好像每一天都過得很耗費精神呢。」

「還好啦，爲什麼您會這樣想呢？」

「如果我弄錯了實在很抱歉。可是在修善寺見面的時候，妳應該不是因爲喜歡才穿那一件振袖的吧？雖然是非常美麗的古典女性形象，但是穿上套裝，妳給人的感覺就有生氣多了。」

「是阿姨希望我那麼穿的。如果我變得太像家母的話——」

從蘇枋搗嘴的手掌底下，傳來像是蚊子的聲音。這次很清楚地看出她雙頰湧上的血色。

「因爲，阿姨一直代替我的雙親……」

「聽說杉原學園從創校以來的方針就是培養賢妻良母。那樣也不錯，可是如果妳成爲校長，我希望妳一定要建立一個不會壓抑女性的能力，而且能讓她們的能力得以發揮的學校。眞正有意義的賢妻良母，與其那樣子培養，不如順著個性發展而成，不是嗎？」

蘇枋望著京介，緩緩地點頭。

「我一直都是這麼想的呢。」

「我也是這麼想。」

「以現實而言，這麼做才是最好的。可是，我眞的能夠做得到嗎？」

「正因爲是妳，才有可能做到。」

（這個陰謀家……）

蒼偷偷地心裡嘀咕著。

（明明不是那麼想的，卻到處奉承別人。哪天出了事我可不管——）

2

遊馬蘇枋隨後又待了三十分鐘，談些沒有重點的閒聊。京介不只是臉蛋，連嘴巴都很會討好女生，看樣子蘇枋的心情變得很好。卸下心防之後，變得更爲舒暢愉快，這一點，蘇枋比想像中的更像朱鷺。

從窗戶可以聽見上下課的鐘聲，一下子把蘇枋拉回了現實。她的笑容消失了，視線落在手錶上，一邊低聲說著「噯，都已經這麼晚了。」一邊站了起來。這次京介也沒有阻止她。

然而，蘇枋自己卻停下了動作。雙手用力握緊，像是下定決心一般地點頭，開口說道：

「櫻井先生，我這樣說或許非常失禮也不一定，可是我願意信賴您。請您一定要理解我們正在面對的問題，連我無法說出來的都包含在內，然後請告訴我們最好的解決方法。」

這是離任何一種社交客套話都很遙遠的壓抑聲調，不是感情而是理智的仔細選擇遣詞用句。也跟剛剛在這裡放聲大哭的朱鷺毫無差別，盡全力展現出她的眞心。蒼這麼覺得。

可是蒼覺得要京介連沒說出來的部分都要理解，不是有點過頭的要求嗎？可是對櫻井京介來說，好像既不意外也不唐突的樣子。

「我會在能力所及的範圍內盡全力的。雖然不能說我很擅長作這種跟人往來的工作，但是事已至此也不能臨陣脫逃。說是這樣說啦，因爲關於這件事情，我認爲自己是去世的遊馬歷先生的代理人。」

「祖父的……」

蘇枋彷彿聽見不可思議的事情般張大眼睛。

「沒錯。更正確的說法是，他貫注在黎明山莊內遺志的代理人。不論我們現在眼前所見的事件有多麼血腥，我想，歷先生本人眞正的想法，絕對不是要讓留著他身上的血的孩子或孫女陷入不幸的。」

接下來會來敲門的該不會是遊馬珊瑚吧？蒼這麼預測，但是錯了。到了晚上，深春沒有從伊豆回來，在他的公寓裡，京介繼續做黎明山莊的模型，蒼則重組復原白瓷馬。

房子模型似乎已經接近完成。不知道作何打算的京介，把模型放在黑暗的房間裡，一面用檯燈的光從旁邊照著，一面頻頻點頭。蒼對此也沒特別在意，光忙自己的部份就不得了了。

因爲京介很謹愼而被要求戴著的布手套，無論如何都很礙事，拼湊碎片本身倒沒有那麼困難。破損最嚴重的是四隻腳的部份，而身體跟頭部除了細小的部分以外，主要有三大塊。寫有遊馬歷墨字的台座，像是張大嘴巴變成兩塊，要組合的話可以直接組合。

先從頭部著手。在散開的細小碎片中仔細尋找，連像是耳朵尖端，米粒大小的碎片都完整找得到。而且除此之外，並未混雜其他像垃圾的東西。

照這麼看來，大概一開始就是裝在袋子裡面砸的。彷彿故意將碎片遺留下來。意即不是要摔破後丟棄，而是特意爲了要送給理緒的。

（……或者是……）

腦海中浮現的另一個可能，蒼刻意加以忽視。再怎麼想也束手無策的事情，還是別去理會比較好。

做好上半部的復原後，終於必須處理問題所在的腳的部分。馬本身並非靜止不動的，而是四隻腳輕微彎曲，正在奔跑的姿勢。不管小心仔細黏合了多少碎片，身體的重量要靠這些腳支持是不可能的吧。因此如果腳的內部有空洞，就可以在空洞內以鐵絲補強，或是利用黏土固定，但不幸都沒辦法。如果在外面加上鐵絲的話，看上去像是幫受傷的馬打上石膏，實在太過悲慘。不如用鐵絲編成筒狀，蓋在下半身上面當作支撐，再從台座延伸黏土棒好抬起腹部。

總之想要先把腳組到台座上，而將台座部分拿起來的蒼，低聲說了句「奇怪。」

「京介，這個台座上面有個洞。」

或許不是蒼的話就不會注意到。位於台座底部的中央，有個直徑大小約五公分的圓形。曾經打開的圓孔，好像不知道用什麼東西又塞住了。顏色也跟沒有上釉的底面一樣，幾乎沒有變化無光澤的白色。上面有用墨寫著「一九九三年五月三十一日　遊馬理緒十八歲　祖父靂贈」的文字，但不太明顯。

「好像是混合了瓷器粉末的石膏。」

拿到手上的京介說。

「製作的人用不良品蒙混嗎？」

「怎麼可能。」

「可是，這樣的話，這就會變成是遊馬歷做的……」

「如果是那樣，字就會寫到上面了。」

「爲什麼要這樣做？」

然後京介一口氣把瀏海往上撥，像是逗弄露出的臉一樣，皺著眉頭。

「蒼，你不會有點太遲鈍了嗎？」

「咦……」

「你仔細看看破掉的台座吧。中間像盒子一樣是空的。爲什麼要在那裡挖個洞，然後又塞住？」

「裡面藏了什麼東西——」

「這樣思考是很合乎情理的吧。」

「藏了什麼？」

「黎明山莊的主人，爲什麼要把送給最心愛的孫女的禮物藏起來呢？」

說到這裡，蒼終於想到了。

「是藍寶石吧。」

「因爲看起來像是沒有直接把寶石放進去的空間，大概是寫藏有寶石處的信那類東西，不是嗎？」

雖然有種恍然大悟，但隨即又浮現了其他的疑問。

「可是，那樣的話，爲什麼要用這種連理緒本人也好像沒發現到的方法送禮物給她？」

「關於這一點，首先只能想像遊馬歷那曲折的心境，不過現在必須思考的是其他的事情。」

鼻尖被京介的食指一指，蒼不免有點驚恐。老實說，夜深時從正面對上京介神采奕奕的視線，很恐怖。

「從黎明山莊把這座馬帶出去弄壞，再送回給遊馬理緒的人，可能是偶然之間得到遊馬歷所留下來的信件。也就是說，他知道藍寶石存在。」

「……」

「隱居在熱川，幾乎不會到東京的遊馬歷，難以想像他會把東西藏在距離住處很遠的地方。可是現在黎明山莊因爲在調查醒之井的事件，不能隨便進入，之後還得面臨預定的拆除計劃。所以這樣一來，那個人接下來會採取什麼行動呢？」

隔壁房間的電話響了，是深春打來的。比上午更不爽快的聲音傳了出來。

「我今天晚上回不去了，明天下午才會回去。」

說是今晚，可是時鐘的時針已經過了十二點。

「京介在嗎？啊，不過來接也沒關係啦。你幫我跟他說，詳情等我回去再說。二十一號那天的關係人的不在場證明，完全沒有。確實如你知道的那樣，只有明音跟蘇枋。連藏內老先生在推定死亡時間的前後，都沒有任何人看到。還有，京介說的，醒之井他身上帶的東西……喂，你有沒有在聽？」

「我在聽呀。」

如果話筒貼著耳朵，這是會聽到讓人耳鳴的聲音。看樣子大概是累積了不少壓力。

「聽說醒之井有從他停放在黎明山莊面前的賓士裡拿出錄音帶的樣子。這樣一來，假設其他人在沼津闖空門的可能性就消失了。還有，平常他隨身攜帶的大本手冊不見了。車鑰匙雖然放在桌上，但沒有找到醒之井以外的指紋。西裝外套口袋裡，有一串鑰匙，還有裝有信用卡的皮夾，香煙跟打火機，這些本人日常所使用的東西。

啊，後來就有點怪了，應該是說我也不太清楚的東西。右邊的口袋底，有像是指甲大小的白色碎片，好像是陶器還是瓷器的樣子。不過這種東西，好像沒有什麼關係吧？」

蒼緊握著聽筒，啞口無言。雙眼望著散在桌上的白瓷馬。這到底是怎麼一回事？醒之井的口袋裡爲什麼會有理緒白瓷馬的碎片？難道他就是拿走白馬的人嗎？然後從裡面找到信件，並且依照信件去尋找藍寶石，最後被偶然碰見他的人給殺害了？

「喂，怎麼了嗎？沒事的話我要掛電話了。」

電話另一端的深春大聲說著。

「要掛電話是沒關係，但是最後我再問你一件事。」

回答他的是從蒼手中接過話筒的京介。

「現在重新挖掘到了嗎？你的特洛伊。」

站在旁邊的蒼的耳朵，清楚聽見深春像是抓狂的聲音，京介平靜地持續微笑著。

「在哪裡？」

「馬術俱樂部盡頭的山丘上面。大概黎明山莊牆壁的中間，還有警察在，不能靠近的地方。」

「那種情況根本毫無成果吧。」

「眞抱歉。」深春的聲音已經接近自暴自棄。「我只找到十幾塊骨骸，還有一個像是馬術用具的金屬製品。完全沒有藍寶石的影子。因爲跟老爺爺約好要把泥土弄成跟原本一樣，所以才搞到這麼晚，可惡！」

「好了啦，你不要那麼氣。好好睡一覺後快點回來吧。太晚的話就不管你了。」

「什麼？你要去哪裡？」

「去松濤的遊馬宅。我想明天晚上大概就可以收到邀請。你也想至少去之前能洗個臉吧？」

3

第二天早上，醒過來的蒼嚇了一大跳。京介竟然已經起床了。枕頭旁邊的時鐘顯示是九點，陽光從朝東的窗戶照進來。

（是不是發生什麼事情了……）

蒼擔心是否發生了意料不到的天地變異。

京介在打電話。講完一通後看了一眼時鐘，像是在計時一樣，又繼續播下一通。

「……因爲這樣，所以需要你的幫忙。嗯，沒錯——沒錯。不，總之那樣就可以了。只是拜託不要引起別人的注意——哈哈，那是全部處理完畢之後的事情了吧。那就晚上見了。」

然後，又是接著一通。

「啊，是的，我是櫻井。預定已經調整了。嗯，不好意思這麼趕。還有，我需要您的協助幫忙——那是當然了。那，今天晚上六點見。」

放下聽筒，把瀏海往上撥，輕嘆了一口氣。晨光中的京介毫無遮蔽的臉雖然罕見，但他的嘆息是更爲難得一聽的。他終於回過頭，與還躺著看他的蒼視線交會。

「你醒了的話，可以麻煩幫我泡杯咖啡嗎？」

「好是好，倒是京介你怎麼已經起來了？」

「因爲我一整晚沒睡。一弄起那個，天就亮了。」

他用下巴指了指，桌上放著已經完成的黎明山莊模型，以及並排在一旁的瓷器白馬也完美地組合完畢。下半部就像蒼思考的那樣，用筒狀的鐵絲支撐著。

「果然還是只能這樣做了。」

「用透明的合成樹脂或是什麼固定的話，應該可以弄得再漂亮一點的。不過那就趕不上今天晚上了。」

「今天晚上？」

「當作是到遊馬宅拜訪的禮物。」

「可是，京介，那是……」

「遊馬家的人們，看了這個會露出怎麼樣的表情，你不認爲這是個很有趣的問題嗎？」

當天晚上六點。京介、蒼還有深春三個人，站在澀谷松濤的遊馬宅前面。這是蒼第二次看著這棟宅邸了。牆上貼著磨光到似乎可以映出人的臉的紅色石頭，用金光閃閃的黃銅強調重點裝飾的大宅邸。

「『赤館的秘密』嗎？」

深春喃喃自語。

「這種差勁品味的外觀是怎麼搞的？」

奮鬥了一整天毫無成果地回來，又被京介說是做了無謂的事情，他心情非常惡劣。儘管如此，今天他還是沒有以平常那一副從軍攝影師的模樣出現，而是穿著他所擁有的最高級的夏季服裝。蒼跟京介也一樣，暫且穿了西裝外套。

京介透過對講機報上姓名後，黃銅欄杆的門自動地開啓。來玄關開門的是蘇枋。

「硬要大家過來，實在非常抱歉。」

她對著鞠躬的京介說。

「不，我們才該道歉。」

她也隨之深深鞠躬。

「家母說在晚餐之前，想跟您在接待室見面，請問方便嗎？」

「可以呀。妳也會一起在場吧？」

「是的。」

一邊蹲著把拖鞋排在門口，蘇枋一邊抬起雙眼望著京介。

「那，我應該怎麼做比較好？」

京介對著那低聲說話的聲音，也以同樣的聲音回答。

「請妳在最後對我所說的話表示贊成。可是在能力範圍之內，希望不要出現不自然的樣子。」

蘇枋沒有回答。她站起來後，對著不知何時出現的中年女性，以開朗的聲音命令道：「八重子嬸，請妳帶客人到裡面的接待室，看看他們要喝些什麼飲料。我去跟母親說一聲，然後再一起過去。請爲母親跟我準備平常習慣喝的紅茶。」

從相應的使用金色這一點，可以很清楚的理解這是位於這棟宅邸中的接待室。就算只是走廊照明用的壁燈，也不是隨便輕易就可以在店裡買到的。推開厚重的門進到房間內，以皮革、金屬與天然石材作爲素材的現代室內裝潢中，漫不經心地裝飾著歐洲中世紀的彩色木雕、伊斯蘭的陶器。

這間接待室，可以輕易裝進深春那只有兩間房間的公寓，以及京介那間堆滿了書的六張榻榻米房間，而且還剩不少空間吧。因此，縱使遊馬明音極力訴說她已經花太多費用在維護黎明山莊上，也顯得欠缺說服力。

不久後便現身的遊馬明音一身鮮豔的棗紅色針織裝，搭配金項鍊，比女兒豪華百倍的裝扮。蘇枋跟在她後面，大步穿越房間而來。

「歡迎光臨。」

這麼說著的臉上，卻只有幾乎是擠出來的最低限度的親切笑容。

「前些日子眞的是非常抱歉。你們難得過來，卻沒辦法好好跟你們談話。」

「您的感冒已經康復了嗎？」

「嗯，已經好了。該怎麼說呢，好像是季節快結束的花粉症。」

以手掩口發出的笑聲，彷彿帶著微妙的故意。

「今天晚上就請大家放鬆心情。當作是那個時候的賠禮，我會讓廚師大展手藝的。雖然不是寒舍的而是外面請來的廚師，我想還是不錯的。」

「您太客氣了。是我們說要來府上拜訪的。」

遊馬明音的表情變了，捨棄了臉上親切的笑容。

「櫻井先生——」

「是的。」

「我聽小女說了，您對寒舍處理黎明山莊的方法有不同的意見嗎？」

京介瀏海底下看得見的嘴邊浮現了微笑。

「我不打算說什麼聽起來了不起的大道理，只是希望您能夠重新考慮。」

「沒有那個必要。因爲我已經厭倦要去看或是去思考跟那棟有關的任何事情。」

明音語畢立刻搖頭。

「要是說這是因爲我討厭我公公，我會回答『沒錯』。遊馬歷是個任性又薄情，不管到哪裡都是個自私的人。連唯一繼承自己血脈的兒子都沒有一絲感情，是個不知道把人心忘在哪個地方的老人。我對他的憎恨也好，厭煩也好，都已經多得不得了。死去的人已經死了，討厭的事情就該忘得乾淨，我想在盂蘭盆（註47）的時候愉快地去掃墓就好了。可是只要那棟房子還存在著，連這樣都辦不到。怎麼樣都會想起以前的事情，所以非拆不可。」

「所以，不管醒之井先生怎麼說，您也沒有打算要保留黎明山莊嗎？」

一瞬間，明音的雙眼睜得老大。但她深吸了一口氣，回答：

「當然。」

「您已經放棄尋找藍寶石了？」

一聽到這個，遊馬明音低聲地笑了。

「你聽理緒說的嗎？說我對於公公的寶石，死命想要搶奪過來。」

對著安靜地點頭的京介，她露出似乎是疲憊的笑容，繼續說著：

「那是眞的。在去年我公公倒下來之前的幾個月，我一股腦地投入其中，完全無法思考其他的事情。可是腦袋冷靜下來後，想想就覺得那應該是不可能存在的夢。因爲理緒說的對，那個人如果有那顆寶石，一定會拿去換錢，然後用在馬的身上吧。像馬那種東西，爲什麼可以熱衷到那種程度，我實在完全無法了解。雖然他還以爲我是守財奴。」

背靠著沙發，明音深深嘆了一口氣。

「總之雖然對你很過意不去，但在警方的許可下來之後就要拆除黎明山莊。你想在晚餐的時候談這件事情是你的自由，不過我先生也認同我，這個決定沒有變更的餘地。」

4

在那之後，京介把帶來的盒子打開，拿出白瓷馬。只說「這是理緒拜託我修理的壞掉東西。」然而，明音也好蘇枋也罷，全都沒有什麼特別的反應，似乎沒有注意到那是祖父送給理緒最後的生日禮物，漠然地看著。果然偷白瓷馬並且送還給理緒一事，是醒之井幹的。

距離晚餐開始還有一點時間。

「方便的話，我帶你們在寒舍走走看看吧。」

蘇枋說。

「就那麼辦吧，我去換件衣服。」

明音離席後，蘇枋鬆了一口氣，她似乎有著微妙的緊張。感覺像是要說什麼的她看著京介，但是京介開口說出的卻出乎她的意料。

「令堂總是那麼注重服裝呢。」

「是的，因爲她很時髦，比我們姊妹任何一個人都注重。」

「不只是服裝，連鞋子都仔細加以搭配。日本的習慣是連在西式房間裡都要穿拖鞋，對她那麼時髦的女士來說還眞是遺憾。」

蘇枋像是要笑出來的表情，一瞬間忽然凝結。匆忙站起來的身體一個踉蹌，眼看就要碰到放在桌上的白馬馬背。深春急忙抓住她的手。

「妳還好吧？」

「嗯，對不起。差點就又要弄壞了……」

「就算沒弄壞，我也希望妳不要留下指紋在上面。」京介這麼說。

蘇枋的眼睛直直地望著他。

「什麼意思？」

不過他沒有回答，只是站了起來。

「這麼美好的房子，就麻煩妳帶我們參觀了。」

老實說，蒼已經懶得開口說話，肚子也快餓扁了。確實遊馬宅是難得一見的大宅邸，但是他已經無心關注。一樓有大小三間的接待室跟晚餐餐廳、廚房；二、三樓則有浴室、書房、臥室等等；沒有院子，取而代之的是由樓頂大量的盆栽、池塘等所創造出來的巴比倫式空中花園。留下說著「坐在這裡的長椅上，感覺不出人是在東京。」的三個人，蒼下了樓。不是要去洗手間，而是想要一個人獨處。

雖然如此打算，但這棟房子裡，似乎沒有能讓人心情寧靜的地方。

（對了，到剛才的接待室好了，一定不會有人過去的。）

門是開著的，房間裡面有人。直站在沙發面前，專注看著桌上的馬的人是珊瑚。在蒼注意到她的同時，她也回過頭來。遊馬家女性共通的濃眉底下，嚴苛的眼神凝視著蒼。

「這是你修好的？」

「是的。」

「做的不錯嘛，你要不要考慮把這個當正職？」

有些瞧不起人地嘲笑，手指輕輕地碰了碰馬背。

「你有沒有騎過馬？」

「只騎過一次。」

「感覺怎麼樣？」

「滿好玩的。」

「哦，還眞蠢！」

珊瑚又發出了討人厭的笑聲。

「不蠢嗎？理緒也好、爺爺也好、你也罷，騎馬到底有什麼好？坐在這種動物的背上，人被甩出去、撞到屁股、變成O型腿，別說什麼開心，眞的是像透了笨蛋！」

但是爲什麼呢？蒼這個時候，對於珊瑚所說的話，一點都沒有覺得不愉快。大概是因爲珊瑚那張胖嘟嘟繃著的，怎麼也稱不上是美女的側臉，看上去有些微妙的寂寞。

「那，妳也有騎過吧。」

生氣的表情再度轉向這邊。

「你爲什麼會認爲我騎過？」

「因爲，沒有騎過馬的人，是說不出像剛剛那樣充滿眞實感的話的。我雖然只是騎了三十分鐘左右，之後不但屁股痛，大腿也痛得要命。」

珊瑚沒有回答，只是心情不好地轉頭，一直凝視著白瓷馬，忽然開口說：

「不管我騎了幾次，都沒辦法像理緒那樣。」

「嗯，我也是呀。」

又陷入了沉默。

「我問你，你覺得『在中庭騎馬』，是什麼意思？」

「咦？什麼意思呀？」

「就是因爲我不知道所以才要問你呀。」

「是什麼暗號嗎？還是詩歌？」

說？還是不說？珊瑚似乎陷入了迷惑。她張開嘴抬起了臉，但忽然之間表情全變了，顧不得發出腳步聲地朝走廊奔跑而去。站在後面房門的，是理緒。

「家母說，晚餐差不多準備好了。」

珊瑚看著理緒的臉就離開了房間，彷彿像是逃跑般。

47　盂蘭盆：日本習俗，在農曆七月祭祀祖先的節日。

掘墓

1

在「赤館」挑高天花板的餐廳中所享用的晚餐，的確是非常完美的一頓飯。開胃菜是有魚子醬的北歐風魚貝類冷盤，湯是法式龍蝦濃湯。穿插轉換口味的香檳冰凍果子露，義大利風味的兩盤熱蔬菜料理。主菜是新鮮鵝肝醬，與馬德拉酒味道的奶油煎鵪鶉。因爲是請熟識的餐廳廚師到府外燴，味道方面自然能夠完美調和專家美麗裝飾的本事，以及家庭料理的細緻。各種仔細準備的酒，不用說更是令人愉悅的品味。

不過，如果把餐桌上的氣氛也包含在內，這頓飯就顯得差勁透頂了。明音雖然努力想要扮演好女主人這個角色，始終笑容滿面，但灘男卻不只是一臉死人般的僵硬表情，端上來的菜色也只有作作樣子動動餐具而已。

在這一點上，四個女兒也不能稱得上是明音很好的助手。蘇枋在母親每次開口說話時都緊張不已地看著母親的臉；朱鷺的表情是挺有精神的，但動不動就找麻煩；珊瑚反而是只看著父親的臉；理緒那似乎在害怕什麼的態度也毫無改變。一眼看去，就像是在觀賞一齣奇怪的默劇。

撤下主餐的盤子之後，端上來的是咖啡與甜點的蛋糕。先前那個一點都不和善的中年女傭推來餐車，端上銀盤子盛裝的十幾種點心。灘男婉拒了咖啡，拿了白蘭地。朱鷺叫了起來：

「我也要白蘭地！」

拿著酒杯裝了白蘭地之後，直接一口氣喝光。

「八重子嬸，再給我一杯。吶，媽媽，黎明山莊還是要拆除嗎？」

用過於開朗的口氣問到。

「沒錯。朱鷺，酒喝那一點就好了。」

「是是是。那麼，我呢，在這裡有個建議要給大家。這是我們一家人難得聚在一起的晚餐對吧？」

「到底是什麼提議？」

「媽媽雖然說不得不拆，我想了想呀，我都沒有好好看過那棟熱川的房子。我想至少在它消失之前，去好好參觀參觀。那可是棟連建築老師都評價很高的房子，對吧？」

雖然說得七零八落，但一桌子的視線都集中到說是有話想說，而把大家找過來的朱鷺身上。其中明音的眼神最爲銳利，似乎可以看透那故意裝作快樂的女兒表情深處所隱藏的眞意。

「妳到底想說什麼？妳從以前到現在，什麼時候對古老建築有過興趣了？」

可是朱鷺也無動於衷地，一邊笑著一邊看著母親。

「哎呀，媽媽您不懂啦。觀賞復古建築已經超越流行了，是一般必備的知性休閒活動呢。」

朱鷺將女傭手裡端著的白蘭地酒瓶一把搶過來，然後邊倒酒邊說：

「我的提議就是呀，只有我一個人去的話太浪費了，既然機會難得就大家一起去吧？要用什麼名義都可以喔。雖然還有點太早，但是祖父的一週年忌辰也可以啦。這個月三十一日是理緒的生日吧？順便再舉辦個黎明山莊告別派對。當然也要請建築的老師一起去，幫我們仔細講解看到的地方。幫我們上一課昭和初期西班牙風格的建築課，好不好？」

沒有立刻表示反對的聲音，是因爲大家都在發楞、一時之間無法理解吧。連蒼也是一樣。確實昨天京介對朱鷺說，有沒有在這幾天辦法把全家人聚集到熱川去，朱鷺的回答是「十分困難」。這是理所當然的，這是個她從小到大，連全家一起去旅行都不曾有過的一家人。因此，她所思考的，就是這個極爲大膽的正面突破戰術。但是再怎麼說，蒼也不認爲其他家人會接受這樣的提議。

「那樣的話，我的時間都可以配合。」

一片沉默之中，京介靜靜地開口。

「與其那樣，不如說是即使沒有取得調查許可，我也希望能夠有再度拜訪的機會。」

「吶，媽媽，櫻井先生都這麼說了，大家一起去不是更好嗎。因爲如果是他，就算討厭媽媽，藏內叔也一定會乖乖讓我們進去裡面的。」

「豈有此理！」

終於，明音回應了。

「櫻井先生，如果你做出那樣的事情，我立刻會採取法律途徑控告你。藏內如果協助你，也一樣有罪。」

「媽！」

用餐中幾乎沒有意願交談的理緒，喊了出來：

「拜託您，如果您無論如何都要拆除黎明山莊，我也想去至少再看它一眼。就算媽媽您不肯過去，我去拜託的話，藏內叔還是會開門的。要是櫻井先生說想看，當然也請他一起過去。那樣的話，您也要告我嗎？」

「唉，理緒，妳——」

明音漲紅了臉，但在她發火之前，這次是蘇枋搶先一步開口了。

「媽，我也想要至少有一次，能夠好好地看看那棟房子。」

「蘇枋——」

「您不需要擔心，因爲什麼事情也不會發生。所以請您也跟我們一起去吧。」

「這到底是怎麼回事？怎麼連妳都……」

衝到明音臉頰上的血色，眼看著逐漸消退下去。對於蘇枋出人意料的發言，她幾乎是茫然以對。珊瑚什麼都沒說，張大的雙眼心神不安地四處張望，灘男那雙依然是死人般的，既無光芒也無移動的眼睛，直視著前方。

「對了，還有一件跟黎明山莊有關的事情，大家應該還不知道。」

似乎對女人們逐漸激烈的爭執充耳不聞，櫻井京介的平淡語氣，在視線交會的大桌子流動。

「藏內先生通知我，聽說在黎明山莊的院子中發現了歷先生愛馬，黎明號的墳墓。好像是建地面海的陡下坡崩落開來，出現了寫著黎明號名字的骨灰罈。」

「馬的墳墓？你到底在胡扯什麼鬼？」

面對激動高聲喊叫的明音，京介說：

「當然這不是我的專長，但我還是挺有興趣的。不管怎麼說，都是那匹在黎明山莊裡留有畫像，佩帶美麗馬具的馬兒的墳墓。」

2

「你這個卑鄙的詐欺犯，只會大言不慚的投機客！」

一離開遊馬家大門十公尺之外，深春開始大叫。

「什麼骨灰罈！什麼陡坡崩落！你這傢伙，把別人的辛苦當成謊話材料，胡說八道亂扯一通，你到底在想什麼！」

「眞的是很不像樣的方法。」

忽然改變到方才爲止的流利口吻，京介回應深春那心情惡劣的聲音。

「可是我想不到其他方法了。」

「呵，你也會有想不到的事情嗎。那眞是太好了。」

「喂，京介，剛剛說的話是針對想要找藍寶石的某個人，所丟出的誘餌吧？」

蒼像是試探般地問。

「當然那樣說的話，就非得去找骨灰罈了。可是跟深春挖到的墳墓不同，院子在警察不鬆手的情況下，誰都不可能靠近；一旦開始拆除就更難以接近了。因此他們全家必然不會贊成一起到黎明山莊去，而一定會偷偷潛入。可是，那樣的話我們就得在熱川埋伏等待了。」

「算了，謊話的效果有多好，兩、三天就知道了。」

熬夜沒睡開始發揮效果了嗎，他終於以不像他的心不在焉的聲音回答。

然而。

這到底是凶或是吉，蒼實在是不知道。總之，他們不但沒有等兩、三天，反而第二天就出現了結果。深春公寓的電話響起，傳來朱鷺的聲音。

「決定好了喔。」

劈頭就這麼說。

「什麼事情？」

「別裝傻啦。就是遊馬一家人去熱川的事情。但是不能去很多天，只有這個星期五傍晚到星期天。我們訂了車程離黎明山莊五分鐘的別墅。所以麻煩你跟那位名偵探，一定要跟我們一起去喔。」

「等、等一下，朱鷺小姐。」

「叫朱鷺就好，小姐不必了。」

「啊，對不起。朱鷺，那可以大家一起進去黎明山莊嗎？」

「警方核發許可了，允許這個星期六可以讓我們進去。沒錯，因爲這樣，不只是珊瑚，連我以為不可能會去的爸爸也都要一起去了。難道櫻井京介在哪邊還沒打點好？」

「咦？不是啦。為什麼這麼問？」

「可是不知不覺間，蘇枋姊看來確實很像是我們這邊的人了。」

「是、是那樣嗎。誰知道呢——」

哼，朱鷺嘲笑了一聲。

「算了，能親眼拜見名偵探的本領就好了。你們要搭車，還是電車？」

「突然這麼問，我也沒辦法立刻給妳答案。」

「說的也是。我想大概今天晚上，明音女士就會打電話過去了。」

隨後又連續有三通電話，是遊馬的女性們所打來的，理緒、蘇枋，還有明音。因為每個人都認為其他人不會打電話來，因此使得蒼疲於應付。

「我還沒有放棄希望。家母無論如何願意一起去了，家父也是，說不定他們會改變心意，決定要留下黎明山莊。你不這麼認為嗎，蒼同學。」

理緒說。

「但是，怎麼說呢，令祖父跟令尊的事件……」

一陣沉默，過久的沉默。

「對不起，這原本就是我提出來的事情吧。不過，我總覺得累了。一直持續在懷疑家裡的人，對他們說的話、做的事情，不管什麼都用懷疑的眼光審視。或許爺爺真的就只是單純的腳滑跌倒而已，家父是一時的精神官能症發作才自殺的。醒之井先生的意外，也是跟我們家一點關係都沒有的。我希望是這樣……」

「那，我們送回去的白瓷馬呢？」

再度的沉默，但透過話筒可以聽見混亂的呼吸聲。

「我不知道。可是，怎麼樣都好，我已經不想再去思考了！」

大叫之後電話就掛斷了。蒼暫時手裡拿著話筒，回想著最後如同慘叫般的悲傷聲音。

他明白理緒的心情。懷疑他人，是出奇消耗能源的活動。特別是懷疑的對象是親近的人，或者只是一度抱持好感的人。連自己都會開始討厭自己，發現自己變成非常讓人厭惡的人。所以，佔據著內心的懷疑，是無法輕易消除的。連蒼自己也是如此。

因爲藏內的話而產生針對理緒的懷疑也無法遺忘。到現在才說不想要懷疑任何人的她，是因爲對懷疑家人感到疲倦，但也讓蒼想要反問她「眞的是那樣嗎？」黎明山莊被消滅的緊要關頭上，她難道不是在思考乾脆放手？爲了或許讓也被懷疑的自己轉移焦點，才忽然說沒有發生什麼事件？

蘇枋與明音的電話，就換京介接聽了。因爲差不多是傍晚，他已經清醒了。京介把電話轉成擴音模式，讓蒼也可以聽到對方的聲音。

「那樣可以嗎？我贊成您所提出的意見。」

蘇枋的聲音似乎猶豫不決。

「當然，成功說服令尊的是妳，不是嗎？」

「不，不是我。您回去之後，珊瑚說她也要去，今天早上家父也那麼說了。家母因此無計可施也只能妥協了。」

「蘇枋小姐，我要拜託妳一件事情。第一個晚上，妳能請杉原靜音女士也過去一趟嗎？」

「要請靜音阿姨——」

不知爲何，蘇枋啞口無言。

「當然沒辦法的話也沒關係，我只是把這個期待告訴妳而已。」

「我……我知道了……」

蘇枋的電話在這裡掛斷。蒼雖然一臉請求說明的表情看著京介，但京介似乎沒有回答他的意思。

之後沒過多久，明音來了電話。

「可以麻煩你答應我嗎？這是你跟黎明山莊有關係的最後一次，之後請你不要再隨便跟小女說些什麼。這是我的條件。」她口氣焦急地說：「然後如果你想要在雜誌發表什麼，也請你等到整個拆除作業完畢。我不想再操心更多事情了。可以嗎？」

不是詢問，而是已經有了決定。

「我知道了。謝謝您特地通知我，董事長。」

「不客氣，你就盡量感謝吧。連朱鷺都說了那樣的話，因爲她應該是不會獨自思考的。裝出一副看起來老實耿直的樣子，櫻井先生，你也是個出人意料的騙子。」

蒼想，根本就是。但姑且不論朱鷺，連蘇枋都有一半變成是這邊的支持者，就連明音似乎都沒有發現到這一點。

「啊，對了。你最後提到的，馬的骨灰罈的事情，我已經打電話跟藏內確認過了。好像是先隨便挖出來，然後才從上方崩落泥土下來？未免也太像童話故事了吧，那顆藍寶石怎麼可能藏在那種地方。難不成這也是你爲了不要讓黎明山莊被拆掉，所編出來的謊話吧。」

「董事長，您知道的眞清楚。事實就如同您所說的一樣。」

京介微笑著回答。

「不管是謊話還是什麼，擁有夢想不是一件很快樂的事情嗎？」

「眞是蠢話。」

明音在電話的另一邊笑了出來。

「像你這種人，當學者實在太可惜了，眞的。乾脆休學來我這邊上班怎麼樣？」

「不過我想學者跟珠寶商，其實是出人意料相近的職業。學問與寶石，不管哪一個都是把不能吃的夢想，當作商品販賣的。」

電話才一掛上，蒼就悄悄說了句：

「大騙子。」

京介當然打了電話給藏內，告訴他自己說了些什麼，請他配合免得穿幫。深春這個時候也正在尋找適合當作馬的骨灰罈的容器。計劃在明天早上到那裡，偷偷把那個容器埋到懸崖下方。誰都可以把靈機一動的內容編成謊話，但被問到「那是騙人的吧？」就老實地承認，因此反而取得他人信賴的作法，可不是誰都做得到的。

「你說的對，學者都是騙子。」

「偵探也是嗎？」

「也許吧。」

京介雙手在腦後舉起，伸了一個大大的懶腰。

「偵探面對無法看透的人類世界，裝出一臉像是什麼都了解的表情，散佈一切謎團都可能解決的夢，也就是彷彿已經解決一切的夢。跟把毫無用處的研究當成至高無上的寶貝，捧在手心裡的學者相比，誰的罪孽比較深重呢？蒼。」

3

比起前幾天遊馬宅的晚餐，這是更爲奇妙的一行人。

從熱川車站出來並不太遠，開墾山丘的森林，再開出道路，進而開發出來的別墅用地，分爲出售與租賃各半的現成別墅。儘管如此，還是跟首都圈內所興建販售的別墅不同，開發後剩下來的樹林圍繞著一棟棟的房子，都具有廣大的建地。京介等人與杉原靜音正待在其中一棟，而遊馬家的人們則陸續抵達。

臥房有三間在二樓，有一間在一樓。一樓其他的區域則是寬廣的起居室、餐廳，以及相鄰的開放式廚房及浴室，兩層都有洗手間。以借來的別墅而言，是頗具規模的，室內裝潢也適當地整理過了。不過，與修善寺的杉原家別墅或是松濤的遊馬家相較，是棟除了比較新是唯一優點的精緻小巧房子。而並列在客廳當中的每張臉，怎麼看都看不到愉快的神色。

請先到的藏內老先生一同幫忙，理緒與蘇枋負責整理房間。讓想先繞到黎明山莊的這兩個人打消念頭，也是藏內的工作之一。不論如何，此時深春等人正在黎明山莊的庭院中挖掘埋藏骨灰罈的洞穴。

爲了不要跟幾乎都是開車前來的遊馬家成員碰頭，京介他們只能選擇搭電車。告知列車班次及電話後，才剛到達不久，朱鷺便開著她的Prelude前來迎接。隨後，明音載著姊姊靜音的BMW也到了。天剛黑的時候，灘男搭著珊瑚駕駛的紅色March抵達。

晚餐是由先到的兩個人烹煮，那是滿滿一鍋的馬賽魚湯（註48），但眾人還是沒有交談的興致。灘男也就罷了，明音今天也是緊繃著臉不發一語。然而當中看來最爲陰沉的，卻是靜音。她坐在距離明音最遠的桌子另一端，自始至終微微低著頭，視線跟任何人都沒有交會。剪得短短的灰色頭髮乾乾地蓬亂著，戴起了本來沒有戴的老花眼鏡，淡紫色上衣搭配灰色套裝，看上去就像是個五十多歲接近六十歲的老婦人。

多少抱持「誰提案誰先做」的責任感，餐桌上最爲多話的就是朱鷺。儘管如此，因爲其他人並不配合，結果幾乎都是她的獨角戲。

「明天要不要去騎馬？」

每次的提議都極爲突兀。

「朱鷺，妳不是討厭動物嗎？」

沒有半個想回應的人，蒼似乎沒有辦法只得開口。

「是討厭呀，我到現在也還是忘不了。忽然被抓到馬鞍上面，怕得大哭大叫。馬受到驚嚇，我就哭得更凶，更害怕會被罵。那個時候，我還以爲那個老頭根本就是魔鬼。不過，就算理緒另當別論，蘇枋姊跟珊瑚一時之間也表現不錯，不是嗎？看過祖父的馬上英姿，當然會十分仰慕吧。」

「可是，我也十多年沒有騎馬了。現在已經不可能騎了。」

蘇枋忽然提出異議。

「我才不要做那種丟人現眼的事情！」

珊瑚發出像是生氣的聲音。

「唔……那我跟妳一組，去玩棒球的投接球好了？」

珊瑚放下湯匙，站了起來。

「妳要去哪裡？」

「睡覺啦！」

就那樣，她的腳步聲逐漸離開餐廳。上樓梯的聲音，走過二樓走廊的聲音，臥房的門打開又關上的聲音，都回盪在整個屋內。

晚餐後各自分散打發時間。在客廳中央有朱鷺、蘇枋、京介，再加上難得回應女兒邀約的灘男開始打起橋牌。也同時受邀的明音，因爲說等她先送靜音回房，而跟靜音兩個人一起出去了。由於白天大量勞動的影響，深春戴著隨身聽耳機，暫時在沙發上小睡片刻。蒼暫時在旁邊觀戰，但說要泡咖啡而剛走到廚房去的理緒，卻悄悄地對他使了個眼色。眼神似乎是要他到外面去，跟他說些不想被其他人聽見的話。於是兩個人便從廚房的後門走到外頭。

「妳想跟我說什麼？」

「那個……現在可以跟我一起去黎明山莊嗎？」

「現在？」

時間已經過了晚上十點。

「先前我交給你們的爺爺的畫冊，櫻井先生有帶來吧？」

「嗯。」

被父親拿出的祖父藏書，有機會的話希望可以放回黎明山莊。理緒是這樣說的。難道理緒是爲了這一點才到熱川來的？

「我把你修好的那匹馬帶來了。我也想把那匹馬放回去，就算只有一點點也好，我想讓那個地方看起來像是爺爺去世之前的樣子。所以，要做這些事情也只能趁現在了吧？白天的時候我就想去了，藏內叔卻說那個時間不可以。」

蒼忍不住縮了縮脖子，因爲那個時間他們就在黎明山莊。

「妳有鑰匙嗎？」

「有。因爲明天要用，所以我先跟藏內叔借過來了。蒼同學你要是不想去，就只要把那本書交給我就好了。」

理緒指著放在廚房的袋子給蒼看，表示馬已經放在裡面了。

「妳要一個人去？走路的話大概要花二十分鐘以上喔。」

「沒關係。趁著沒有人注意到的時候，放好就馬上回來。」

「好吧，我跟妳一起去。」

「謝謝你。」

蒼對著露出安心似的微笑的理緒點頭。蒼再也無法忍受，懷疑理緒的同時又帶著想要相信她的心情。因此，這是個千載難逢的絕佳機會。就在對她而言應該是比任何事物都要神聖的黎明山莊，來果斷解決自己心中的疑問吧。

明音回到客廳接替京介，坐到橋牌桌旁。深春仍舊在睡覺，可是已經看不到其他人。從位在玄關面前的樓梯上到二樓，沿著走廊是三間並排的臥室。房間分配方面，杉原靜音跟蘇枋住一樓，二樓從靠樓梯的房間依序是：京介三人、遊馬夫婦、朱鷺跟兩個妹妹。京介並沒有待在被分配到的房間裡，蒼想他應該是去上廁所了。於是從他的行李之中取出那本畫冊，雖然可能的話也想跟他先說一聲，不過也只好算了。跟理緒在一起，兩個人應該不會發生什麼事情。二樓走廊的盡頭有個緊急出口，外面有樓梯通到底下。蒼穿上拿在手裡的鞋子，從那裡下去到一樓跟理緒會合。

數量稀少的路燈照著陰暗的道路，兩個人一起小跑步往下去。雖說是星期五的晚上，想在伊豆度週末的人應該也已經到了各自預定的地點了。圍繞著別墅所在山丘的道路上，既無行走的人影也沒有奔馳的車輛。這晚是滿月過後第三天，應該還能夠充分照亮路面的月亮躲在雲層後面。

「要是有駕照就好了。」

把幫理緒拿的白馬抱在胸口，蒼上氣不接下氣地說：

「其實我會開車呢。」

總之，也有開著朱鷺的Prelude跑了一公里左右的成績。

「哎，其實我也會。」

理緒以純眞的口吻回答。

「藏內叔常常教我，可惜我沒有時間去考駕照。」

「眞、眞的嗎？」

「雖然這是秘密啦，不過我也有租過車子。」

「可是，沒有駕照不是不能租車嗎？」

「因爲珊瑚的駕照掉在家裡面，我想要惡作劇所以就拿去試試看了。雖然照片看起來有點不一樣，不過完全沒有被發現喔。」

彷彿像是個有趣的笑話一般，理緒發出了小小的笑聲。可是，蒼卻完全笑不出來，也不知該怎麼回答才好。如果理緒會開車，那不就意指她遠比蒼等人以爲的，更能自由自在地到處行動？例如，沒錯，連若無其事地離開馬術俱樂部的宴會，到黎明山莊去探訪父親一事也做得到。但是，爲什麼理緒現在這個時候，要讓蒼知道她會開車呢？

4

即使有夜訪黎明山莊的記憶，蒼也只遙遠地記得，那陰鬱的空氣纏繞身邊的感覺。唯一的光亮只有理緒手上的一個筆型手電筒。鐵門的藤蔓花樣的格子在圓形黃色光芒之中，奇妙地浮現出有如生物一般的影子。拿出鑰匙串準備打開鎖頭的理緒，雙唇傳來低聲的驚訝。

「沒鎖上？怎麼會——」

「警察忘記上鎖了？別管了，快點進去吧。」

蒼裝作沒事地催促理緒。因爲或許忘記鎖門的，就是今天在院子裡進行秘密任務的自己。玄關的門要用鑰匙才能打開，理緒先走向右手邊的房間。在並排於窗邊的馬匹收藏品的一端，偷偷擺上蒼與京介修好的白瓷馬。下半部以鐵絲包裹著的馬，看起來還是很悲慘。

「京介說，如果用透明的樹脂固定的話，就可以拿掉鐵絲沒關係。」

蒼說，但理緒沒有回答。

「那樣的話，等到這棟房子被拆掉後，妳會再把它帶回東京去嗎？那就可以好好來修理它了。」

「是呀。可是我不知道該怎麼辦。」

茫然、極度疲倦的語氣，理緒喃喃自語。彷彿剛剛的活力，都被忘在門口沒帶進來。

「如果在東京看到這些馬，我一定會傷心到極點。不管怎麼樣，都會想起爺爺的一切……」

「可是如果就這樣放在這裡被破壞的話，不是更讓人傷心嗎？」

理緒的頭有些微的動作，是點頭同意，還是搖頭否定？直接往回就走的理緒，蒼慌張地追了上去。

開啓庭院中連續的兩扇門，理緒迅速地進去裡面，站在門檻上的蒼不得不猶豫了。比起先前所見之時，明顯地籠罩著不吉陰影的封閉中庭裡，現在清楚充滿著血的味道。是這個地方再度上演的，黑暗死亡的味道。

那當然只是出現在蒼的嗅覺中，應該只是幻覺而已。然而，夜空似乎忽然放晴了？在透過玻璃天窗朦朧灑落的月光中，蒼看見了石版地上描繪著的白粉筆線條。描出頭部以及伸展開來的四肢的輪廓，像是小孩子塗鴉一樣的白線。蒼不曾見過的醒之井那翻白眼的屍體，感覺上似乎就要在那裡頭出現一般。再靠近一步的話，那奪走他生命的一擊的痕跡，看起來就像是乾涸的噴水盤邊緣的一片紅黑色。

然而，理緒卻絲毫不介意。似乎完全沒有想起前幾天在這裡發生的事情。毫不遲疑地踏過粉筆痕，進入裡面的房間。末了，蒼也下定決心跟過去。

將帶來的畫冊擺到空無一物的書架中段，後退一步慢慢地移動手電筒照射的位置。黎明號白色的臉在光芒中浮現出來，接著是年輕時的遊馬歷那彷彿憂鬱不已的臉龐。以及那一手牽著馬轡，一手拿著馬鞭的食指伸直像是在指示著什麼的模樣。

（咦，奇怪？）

蒼忽然眨了眨眼。剛剛確實有什麼，記憶的碎片在眼前一閃而過。

（怎麼回事？這幅畫，到底……）

可是光線已經移到了別處。她照著掛在床上方的小畫框裡，深春曾經即席翻譯過的西班牙文詩，凝視著。

「何者爲一，僅留其一，就是這樣嗎……」

「我知道。爺爺每天晚上都會親吻這個畫框。」

宛如自言自語，理緒低聲道。

「親吻這個畫框？」

「嗯，每天晚上都會。」

理緒伸出雙手，從牆上輕輕取下，那個裝裱著約名信片大小的紙張，古老的白木畫框。外緣的木頭確實因爲每天被碰觸，所以染上了讓人聯想起人的手的米黃色調。

「因爲裡頭有什麼回憶吧。」

「是呀。可是到了現在，就要在誰也無從得知的情況下銷聲匿跡了。」

將手裝的畫框翻轉到背面，理緒的臉色跟著變色。臉頰上浮現的紅色，是憤怒的顏色。

「這是怎麼回事？難道那個人——」

嘴裡發出的聲音在顫抖。

「怎麼了？」

「你看，背面被打開了。用螺絲起子還是什麼東西硬撬開來的。」

背面用來固定的釘子不見了，好像只有用膠帶貼著。看樣子是被粗魯地硬剝下來的，板子上還清晰可見工具造成的傷痕。

「妳說的『那個人』，是誰？」

「當然是家父！」

理緒的口氣像是忍無可忍。

「就眞的那麼怨恨嗎？那是他都已經去世的父親……」

彷彿籠罩著理緒的聲音，藏內的話在蒼耳中慢慢浮現。

「總覺得像是可憐，悲慘至極的表現……」

「如果理緒小姐目睹那些，一定會生氣……」

（非得問清楚不可，到底是怎麼一回事）

「要不要去院子外面？」

蒼終於發出了聲音。雖然因爲焦躁而顯得沙啞，但理緒並不覺得奇怪，點頭答應。

月亮只有方才的片刻從雲層露出臉，夜晚的院子裡連腳邊都看不見，一片漆黑。海上似乎也起了濃霧，放晴時應該可以看見的大島上人家的燈光，也完全看不見。天地之間只有寂靜，浪潮的聲音反覆地傳來。

站在草地正中央一帶，理緒把燈光熄掉了。那樣站著，雙眼也逐漸習慣了黑暗。再往前走二十步，應該就是土地大幅度塌陷的地方。在那落差的下方，就是「黎明號的墳墓」。

「蒼有沒有看到那個墳墓？」

「沒有。」

實際上看過了——蒼很慶幸這麼暗看不清楚他的臉，他實在不擅長說謊騙人。

「明天要挖吧？」

「誰知道呢。如果沒挖好的話就會崩下去了呀。」

「崩下去比較好。」

還殘留著剛才的憤怒的口氣，理緒說。

「黎明號的骨灰也好，藍寶石也好，我希望都不要再被找到，全部都埋在土裡最好。讓誰都永遠碰不到！」

「吶，我可以問妳個問題嗎？」

蒼忽然打斷了理緒的話。

「去年年底，令尊自殺未遂的時候，妳眞的是在騎馬俱樂部那裡嗎？」

「什麼？」

理緒像是扭轉身體般，轉頭過來。

「嗯，沒錯。可是因爲藏內叔沒有告訴我，我什麼都不知道，第二天早上才回家。然後家母跟家姊趕到下田的醫院去之後，又急急忙忙回來——我沒告訴你們這件事情嗎？」

理緒的語氣聽在耳裡，只會讓人覺得她對「爲什麼現在突然問起這個」而深感意外。至少，讓人有如此的感覺。然而，蒼開口說著心中累積已久的話語。

「藏內叔那天早上會到黎明山莊來並不是偶然，是因爲有個女人打電話給他。這件事情爲什麼他沒有告訴警方，妳知道嗎？」

「我不知道。」

「藏內叔說，那是因爲，電話裡的聲音就是妳。」

十分漫長的沉默。終於說出口的蒼，全身忍不住顫抖。然後，理緒的雙唇之間終於流出了聲音。

「怎麼，一回事……」

發抖的低語，在瞬間變爲吶喊。

「什麼叫做我打電話給藏內叔？意思是我刺傷了父親，然後一臉沒事地回家去？」

蒼差一點就要左右搖晃，因爲理緒朝著他衝了過來。她雙手抓住蒼的衣襟，用盡力氣地搖著蒼。

「蒼，你相信那樣的說法？因爲相信所以就懷疑我？一面懷疑還什麼都不說？爲什麼？告訴我！」

蒼沒有回答。不知道究竟該說什麼才好。雖然是京介要他「什麼都不要說」的，但抱持懷疑的確實是蒼自己沒錯。

「你好過分！好可惡！那樣對我太過分了！」

理緒大叫。

「我沒有做那件事情，絕對沒有。就算我再怎麼討厭媽媽，再怎麼對爸爸生氣，我都沒有刺傷他。何況是做出那種作假誤導別人的事！」

「對不起——」

蒼終於像是從喉嚨深處擠出來一般這麼說，但理緒反而忽然急忙地鬆開雙手。月亮再一點點就要出來了，被淚水沾濕的理緒的臉，漲紅的雙頰，睜大著凝視著蒼的雙眼。那是遭到背叛的野獸的雙眼。說出口的話無論如何也無法挽回了，蒼終於體悟到這一點。

理緒沒有再說什麼，轉過身開始奔跑起來。但跑了兩、三步之後，忽然像是被絆倒地一個踉蹌，單手撐著地面。蒼撿起落到地上的筆型手電筒，慌張地跑到她身邊。理緒的右手被割傷了，紅色的鮮血不斷湧出。底下破碎的玻璃，在手電筒照射下閃耀著。歪曲的金屬框架，是副眼鏡。看起來也很眼熟……

「這是京介的眼鏡。」

爲什麼會掉在這個地方呢。是今天白天的時候掉的？不，不對。剛剛坐在桌邊打橋牌的他，確實還好好地戴著眼鏡。

理緒用左手，緊抓住蒼的膝蓋。

「你有沒有聽到什麼聲音？」

「什麼？」

「像是人在呻吟的聲音。」

蒼站了起來。往前，走了兩步。地面到那裡就大幅地陷落了，大概有兩公尺左右的落差。下面是石頭跟土塊疊在一起的荒地。在一片荒草之中，點亮的手電筒正在發出光芒。

「在那裡……」

蹲在地上的理緒手一指，蒼把手裡的燈照了過去，不禁倒吸了一口氣。似乎手腳都被扭轉而倒在那裡的人，是他絕對不會認錯的櫻井京介。

48　馬賽魚湯：bouillabaisse。又稱為「普羅旺斯魚湯」，為法國南部的一種料理。

深春的告發

1

究竟是如何經過懸崖跑到那裡去的，蒼幾乎不記得了。回過神時，就只有倒在眼前的京介。終於從雲層間灑下來的月光，照在仰躺著的京介臉上，像是在地上潔白地浮現出來。可是那張臉有一半染了黑色，是血。從額頭上那個巨大的傷口，滴落到地面的血，此刻也持續地流著。

「蒼同學——」

可以聽見頭頂上傳來理緒的聲音。難道她從剛剛開始，就不斷地呼喊著？

「別隨便搖晃他呀！我去叫救護車，你在那裡等一下！」

蒼才想說自己沒有搖晃他什麼的，一回神才發現到自己的手確實在搖晃京介。這才終於把似乎已經不屬於自己的雙手，從京介身上放開。

理緒的腳步聲匆匆忙忙地逐漸遠去。可是要叫救護車的話，跑到有電話的地方，也要花個五分鐘吧。至少要先把血止住，但口袋裡卻連手帕都沒有。將覆蓋在額頭上的頭髮往後撥，京介低聲呻吟著的臉上，雙眼緊閉，皺著眉頭。蒼伸出的手無法抑止地直發抖。掉在草地上的眼鏡，落到荒草中的手電筒。京介毫無疑問，是被某個人用手推落懸崖的。

「左額的裂傷已經縫合好了，沒有傷到骨頭。不過，也許多少會留下個傷痕。」

以前也治療過遊馬灘男的下田綜合醫院醫生，極爲乾脆地肯定說道。

「還有就是後腦勺有點腫，左腳腳踝有輕微扭傷而已。不必太過擔心。」

「可是，他一直昏睡——」

「腦波沒有出現異常狀況。說是昏睡不如說只是一般的睡眠。大概只是累壞了吧？」

「也許是有點睡眠不足……」

「那樣的話，就讓他好好地休息吧。如果有什麼狀況再跟醫院聯絡就好。」

於是，一同陪著京介搭救護車就醫的蒼與理緒，在醫生面前被趕了出去。得知包著紗布纏繞著繃帶，看來頗爲可憐的京介的臉，確實只是在睡覺之後，蒼想起昨晚沒有好好睡一覺，也逐漸覺得有些生氣了。反正在醫院裡面，也沒有什麼可以爲京介做的事情。

「蒼同學，怎麼辦呢？醫生雖然那樣說，可是爲了讓櫻井先生醒過來，還是讓他待在下田這裡比較好吧？」

「總之我們先回去一趟吧。深春也會擔心的。」

而且，推落京介的人，應該就在那群人當中。

「他有沒有什麼家人一定要通知的？」

「沒有。」

「那就打電話給藏內叔，拜託他處理隨後的事情吧。如果京介需要住院的話，應該也有換洗衣物跟毛巾。」

「不好意思，要承蒙妳的幫助了。」

蒼成熟地低頭鞠躬，理緒一臉怎麼樣都無所謂地看著他，淡淡地笑了。

遊馬家的眾人回到熱川別墅，無法鎮靜地聚在客廳裡。時間是二十八日星期六，接近正午。

「櫻井先生的情況怎麼樣？」

蘇枋的聲音充滿擔憂，理緒回答：

「醫生說腦波沒有異常，現在只是在睡覺。」

「是嗎，太好了。」

「儘管如此，他到底是怎麼一回事？怎麼會睡糊塗到跌落到那種地方去？」

朱鷺的口氣還是完全沒變，但也還是在擔心著京介吧。

「不管怎麼樣，以櫻井先生的現狀來說，我們在這裡等也沒事可做。我要先回去了。」

站起身的明音早已換好了衣服。

「姊，妳也要回去吧？我載妳到橫濱去吧。」

「嗯。」

靜音點頭後站了起來。此時，通往玄關的門打開了，進來的人是深春。

「可以麻煩大家稍等一下嗎？董事長，請您在這裡再陪大家一個小時。」

不由分說的口氣，並且擋在通向外頭的門面前的深春，把右手拿著的紙片伸到眾人面前。

「首先，請大家看看這個。櫻井他並不是突然夢遊症發作或者被什麼東西附身，才一個人跑去在月夜裡散步的。他是被某個人找出去的，被現在就在這個房子裡頭的某個人。」

那是張折成四折，B5大小的報告用紙。打開一看，上面列著用直尺描寫的，粗糙的文字。「藍寶石不在骨灰罈裡，我知道眞正所在之處。十點，黎明山莊，我在可以看到墳墓的地方，點燈光等你來。」

這個字——蒼差點就要叫出聲音。因爲這跟與理緒送來的白瓷馬在一起的信件上，矇混筆跡的樣子十分相像。所以，那封給理緒的信，至少不是醒之井寫的，這樣一來，那出現在他口袋裡的像是白瓷馬的碎片，又代表什麼意義呢。

「這張紙放在我們臥室的桌子上頭，大概是先前就放到櫻井的衣服口袋裡了。他看了這張紙，老實得像個笨蛋一樣站在點燈處，然後有人就那樣從他的背後偷襲他，把他推到懸崖下面。

還有一個無聊的小花招，懸崖底下的小石頭上面有燒過蠟燭的痕跡。大概是櫻井被推落之前，因爲看到那個燭光所以分散了注意力。要偷偷靠近那種人的背後不被發現，對任何人來說都不是什麼太困難的事情吧。」

理緒好像立刻發現到紙張上面的字跡是相同的。她沒有發出半點聲音，只是臉色鎭定地看著傳給她的那張紙。然何，明音忽然伸出手，粗暴地把那張紙拍掉，大叫起來：

「眞是太可笑、太愚蠢了！你的意思是說我們當中有人做了那件事情嗎。把他推下去，到底能得到什麼好處？而且，我們一直都在這裡打橋牌呀！這點你應該最清楚的不是嗎？」

可是深春十分冷靜，毫無畏懼。

「誰知道呢。那也是有很多種可能的，對吧。」

他露出讓人覺得有點害怕的微笑，彷彿威脅地緩緩環視著明音背後沉默的遊馬一家人。

「假設確實你們當中的四個人，聚在一起打橋牌。一直打到櫻井離開客廳之後，得知發生大事之前。可是，其間要說沒有一個人離開桌子，是不可能的。打橋牌的時候，當夢家的那個人就很有離席的機會，一點都不稀奇。」

「等一下！」

這次發出抗議之聲的是朱鷺。

「那樣的話，沒錯，我們是有因爲要去換衣服、泡茶什麼的而起來走動。可是從這裡到黎明山莊，開車單程也要花五分鐘，往返就要十分鐘，加上走路的時間，再怎麼少也要個十五分鐘。有誰會沒注意到有人消失了那麼久？」

「而且，應該會聽到發動車子的引擎聲。」

蘇枋也開口了。

「昨天晚上安靜地好像連海浪的聲音都聽得見。如果有誰從裡面把停好的車子開出去，在這裡不可能沒聽到的。」

深春乾脆地點頭。

「妳們說的一點都沒錯。但不管是哪一個，只要有個共犯，就可以做到了。」

「共犯？」

朱鷺再度高聲叫著。

「停停停！我們家到底什麼時候開始變成黑手黨了？連三流的推理小說裡，都不會有那種打通電話就可以叫來幫忙殺人，那麼方便的朋友吧。」

「殺人？或許眞的是這樣。但這只是假設，如果是這個樣子呢：要讓到哪裡都會多話的礙眼男人嘗點苦頭，好讓他暫時閉嘴。雖說是懸崖，不過落差連兩公尺都不到，下面又是泥土。櫻井額頭會受傷是因爲不小心撞到石頭，否則的話，大概充其量就只是扭傷之類的小傷而已吧。如果眞的想要殺他，才不會這樣就放過他的。可是——」

深春像是別有深義地停頓了一下。

「假如怎麼樣也不能滿意存在共犯者這種說法，也沒有關係。因爲除了待在客廳的各位，還有人擁有十足充分的時間。」

珊瑚抬起了頭，臉上因爲憤怒而漲紅。杉原靜音則跟外甥女相反，深深地低下頭去。

「請你適可而止。」

明音慢慢地大步走到深春的正前方。

「我沒有義務要繼續在這裡聽你胡說八道。到此爲止，不然我就要叫警察了。」

深春毫無懼色，迅速地移動身體停在門前。隨後以低沉，但房間裡每一個人都能清楚聽見的聲音，低聲說：

「這樣好嗎，遊馬明音女士。您若這樣就回去的話，我就直接到靜岡縣警局，提供給她們與醒之井玻瑠男殺人事件有關的強力情報——犯人就是妳。」

2

蒼還以為明音馬上就要像火焰一般動怒。然而，她的臉卻反而失去了血色。連表情都像被擦掉一般地消失，明音宛如是個亡魂地臉色發白，動也也不動地站在原地。深春雖然離開了門口，緩步走向前，但明音就像被他方才的怒目而視給釘牢在原地，一動也不動。

「杉原靜音女士。」

深春的聲音很平靜，但她像是觸電地嚇了一跳，全身顫抖。

「可以請您抬起頭，拿下眼鏡嗎？杉原女士。」

靜音連雙肩都跟著發抖，但還是慢慢地拿下眼鏡，抬起了頭。消瘦，刻滿深沉疲憊的女人的臉，悲傷地望著深春。

「我知道了。」

「姊！」

突然從背後傳來明音尖銳的聲音。

「妳什麼都不要說，沒什麼好說的。因為我根本就沒有殺那個男人！」

深春緩慢地轉過頭去，以像被京介傳染的諷刺語氣說：

「您還真是不死心，董事長。那我只好在這裡把全部都說出來不可了。」

「你想說什麼就儘管說，隨你的便！」

「我明白了。那我就把您特別把我們當作是您不在場證明的證人，當作給您的感謝，把話說出來吧。」

站在寬廣的客廳正中央，深春緩緩地看著現場的每一個人。宛如推理小說黃金時代中的名偵探一般。

「首先我必須先道歉，雖然很遺憾，但我只是個代理人。本來應該要在這裡說這些話的人並不是我，而該是現在躺在醫院病床上的櫻井京介。我相信昨天晚上發生的那件事情，都是爲了要封住他的嘴才設計出來的。姑且不管那件事情，我就把我知道的牌翻開來吧。實在是晚了很久的解釋，但或許事件的解釋就只有這樣了。

一星期前，醒之井玻瑠男的屍體在黎明山莊的中庭被發現。發現的人是搭電車到熱川的遊馬明音女士、蘇枋小姐，還有在熱川迎接的藏內老先生等三人。死亡時間推測是當天上午十點到十二點。關係人當中擁有確實的不在場證明的，只有共同發現屍體的兩位遊馬家成員而已。醒之井辦公室跟住家的鑰匙都從屍體身上被偷走，在發現屍體之前，兩個地方都有被搗亂的跡象。但是奇怪的是，被偷走的不是值錢的東西也不是工作方面的文件，而是大量的錄音帶。而且根據事後調查，他停在黎明山莊之前的賓士車，車上的錄音帶也一捲都不剩地被拿光了。這就是事件大致上的輪廓。

雖然很過意不去，但遊馬明音女士，在所有的關係人當中，您是最讓人認爲擁有與醒之井先生對立的動機的人。雖然如此，但您的不在場證明依然很完美。十一點還在東京銀座的人，是不可能到了十二點就在伊豆的熱川殺人的。我也不認爲您是請別人當殺手以免除後續的麻煩，不可能有這麼方便的共犯。雖然我也考慮過醒之井是在東京遇害，然後屍體再被運到伊豆去，不過這麼一來共犯依然扮演了重要角色。於是我的推理就在這裡遇到了阻礙。

不過，在我所得到的情報當中，您的行動只有一個地方讓人無法接受。就是遊馬女士，您在發現醒之井先生屍體時的驚慌失措，悲傷的樣子連警察都留下了深刻印象。這與我面對您所得到的印象相比，實在是差得太遠了。不管您對醒之井先生抱持著多麼強烈的感情，在他人面前嚎啕大哭的樣子實在太不自然了。況且，實際上從發現屍體之後，到警方趕來之前，應該有一段不短的時間才對，您是故意要在搜查官的面前表現驚慌失措的樣子吧。

一般來說，犯罪的犯人都會在逃離案發現場時，把自己的指紋擦拭乾淨，也會企圖撿頭髮以消除自己在場的任何痕跡。可是，應該不管三七二十一連其他的指紋都擦乾淨，反而像是詔告天下這件事情是人爲的，這也是理所當然的。然而如果是極爲大膽的犯人，不但不會把犯罪時自己留下的指紋擦掉，反而還會思考事後在採集到的證物中製造混亂，對不對？

如果是懷著致人於死的意圖而拉走醒之井先生站的椅子，那一定會留下犯人的指紋。兩人有爭執的話，掉了一、兩根頭髮也沒什麼好奇怪的吧。可是就算警方擁有鑑識能力，留在椅子上的指紋到底是犯罪時造成的，或者是之後好幾個小時，由驚慌失措的發現人所造成的，頭髮是什麼時候被拔下來的等等，都是不可能鑑識出來的事情。我認爲，您在警方面前的哀傷至極，如果當作是爲了要實施原本的設計好的計劃，就可以得到解釋了。

當然，這大概不是一開始就預定好的行動。確實殺害醒之井的那個時間點上，最原始的計劃已經產生了變數。您非得殺他不可的原因，在於被他搶走的東西已經不在他身上。車子裡面也找不到，您因此非常匆忙地必須離開現場。到沼津弄出像是闖空門的樣子之後，您終於想起了案發現場殘留下來的痕跡，於是用極爲大膽的方法加以處理了。

也就是說，您應該是受到了醒之井的威脅。錄音帶裡頭究竟有些什麼，只好任憑想像了——」

「栗山先生，您說完了嗎？」

帶著些許顫抖的年老女聲，打斷了深春的話語，是靜音。

「請您就到此爲止吧。」

總是低垂著的頭，這時直挺挺地凝視著深春。與在她身邊兩手在膝上交握，低著頭一動也不動的明音，截然不同。

「我的推理到這裡，有哪裡弄錯了嗎？」

「你說對了，除了一件事情。」

靜音以淡淡的語氣回答。

「明音沒有殺害醒之井。因爲她到黎明山莊去的時候，那個男人已經倒在地上死了。」

「但是，杉原女士，當時您應該不在現場吧。爲什麼呢？因爲那個時間，您在銀座的辦公室內，正坐在我們的面前喲。」

蒼白的嘴唇，微微地笑了笑。

「你的演技也太差勁了。」

「不敢當。您這女配角也很厲害，我們完全都上當受騙了。但是不管是跟怎麼不懂服裝的三個男人見面，穿黑色的鞋子就是一大失敗。」

聽深春說到這裡，蒼終於想起來了。那天，說是感冒了而用手帕遮著嘴，幾乎不能開口說話的「遊馬明音」。染成栗子色的頭髮吹整完美，刺眼的鮮豔紅色套裝，都讓人記得一清二楚。確實一回想，沒錯，鞋子是黑色的。除了那一次之外，不管什麼時候看到明音，鞋子與套裝的顏色都是好好地互相搭配的。

「因爲我有在攝影，所以對於人的手或是腳的形狀都特別敏感。昨天我仔細看了您兩姊妹步行的樣子，雖然身材非常相似，但我注意到腳的形狀並不相同。然後我終於明白了，那一天原來是兩位互相交換。」

「是的，你說的一點都沒錯，我的腳版比較寬。服裝是明音的所以很合身，頭髮是我自己染的，自己吹的，但只有鞋子怎麼找都找不到可以搭配的顏色的。如果不是顏色那麼顯眼的套裝，或許就可以蒙混過你的眼睛了。」

「那麼，您是承認這一切的事情了？」

「除了明音殺害醒之井的部分。」

杉原靜音斬釘截鐵地說。

「栗山先生，只有這件事情請先聽我說。那個叫做醒之井的男人是個何等卑鄙的人。不管到目前爲止受到杉原與遊馬兩家多少的照顧，因爲自己任意擴張而導致失敗的事業，受到流氓的逼迫，終於動了想要把這份恩情變成金錢的念頭，他就是這樣的人。我說根本就沒必要理會這種男人的邀約，可是明音卻認爲只要再跟他談一談就能解決。」

「儘管如此，您還眞是花了不少時間跟心力，巧妙完成了身分交換。」

「因爲我絕對不想讓別人知道。特別是我那麼不贊成，結果卻還是幫了忙。可是明音到黎明山莊的時候，那個男人已經死了。不是被誰給殺了，而是他一個人從椅子上摔下來。他想在屋子裡找什麼東西，到死都是個卑鄙的男人。要說有天譴的話，就是他那樣吧。」

「可是您告訴我，那是個意外。」

「沒錯，是意外。」

深春再度想要開口說話，但制止他的靜音繼續說到。

「請你好好想想，醒之井他可是在威脅明音呢。威脅別人的人，有可能會在自己的獵物到了眼前的時候，還站在重疊的椅子上跟對方說話嗎？或者難道你想要說，這是明音抓住那個高大男人的腳，讓他的頭去撞到水盤邊緣？」

3

「啊——好累。果然名偵探什麼的，一點都不適合我的風格。」

巨大的身軀在床上翻滾，深春發起牢騷。

「有犯人被說出眞相就這樣認輸的事情嗎？」

「推理小說的話就有。」

隔壁的床上，蒼冷漠地回答。睡眠不足到現在才開始發作，腦袋沉重。

「要不然的話，就全部都不是眞相了呀。」

「去！有遭受威脅，也有身分交換，也有模擬成闖空門的樣子。可是就是沒殺人，這誰會相信呀！」

結果，遊馬明音面對深春的質問，幾乎完全沒有回答。取而代之的是姊姊靜音，連一點激動的跡象都沒有表現出來。

「明音沒有殺害那個男人。」她落落大方地重複著。

「我才不信。」

「不過那是事實。」靜音的聲音始終平穩。

「那麼，栗山先生，你到底想要怎麼樣？要去警局，把我們現在說的話都告訴警方？可是，你要是有什麼目的的話，如果想這樣做，一開始就可以去做了。不過你跟醒之井那樣的男人不同，不是嗎？」

「您是說我想要跟你們要錢嗎？」

彷彿早就看透深春那臉色忽然漲紅的反應，靜音高貴的臉上露出微笑，搖頭。

「所以我才說你弄錯了呀。你一定是想要明音認罪，然後去自首吧。那有一半是因爲你的善良，但另一半是因爲你對自己的推理並不能十分肯定。不是嗎？因爲，能看穿我跟明音互換身分一事，確實是你獨具慧眼，但除此之外一切都是推測，毫無任何證據。」

「可惡，都被看穿了！」

深春又在發牢騷。

「明明至今爲止都藏在明音背後，眞是沒想到那個老太婆居然是瑪波小姐。就算是這樣的開始，也得不到什麼成果。」

深春從口袋緩緩拉出耳機的線。

「那是什麼？」

「竊聽器。」

也就是說昨天晚上待在客廳的他，並不是在聽隨身聽。

「你連那種東西都帶來？準備的還眞是周到。」

「我想或許會派上什麼用場所以就借來了。我看著明音與靜音並肩散步，從腳的形狀注意到她們互換身分。所以到靜音的寢室裝了竊聽器，可是沒聽到什麼有用的東西。」

一臉無趣地把那個機器放了下來。

「而且呀，都追問到那個地步了，我還以爲遊馬灘男不可能什麼反應都沒有。雖然不能說是被靜音干擾，但從明音被威脅一事，已經很明顯表示了她跟醒之井有外遇呀。」

「怎麼說？」

「你想想看嘛，要跟刺傷自己肚子的老婆告白之類的……」

「那，藏內叔接到的那通電話的聲音呢？」

深春無言以對，時間大概有一分鐘。然後忽然從床上起身，用雙手手指弄亂了頭髮，很自然地。然後又「啪」的一聲倒下去。

「停了。」

「什麼東西停了？」

「反正我的腦袋呀，就是不能像京介的那麼管用。就算我想盡辦法要得到合理的解釋，但某個地方又會露出破綻。雖然是偵探沒錯啦，還是要靠雙腳跟體力苦幹比較適合我吧，沒有腦袋想再多也是徒勞無功。」

說著，再次起身的深春，拿起放在床上的外套穿上，確定錢包放在裡頭。

「你要去哪裡？」

「下田綜合醫院。那應該不是什麼大傷吧，我要去把那個笨蛋挖起來。好不容易把舞台準備好了，導演缺席所以集合起來的演員又要分散了。」

如果是平常的蒼早就跳起來了，一定會要跟著一起去。可是畢竟因爲太疲勞了，身體已經睡著了一半。深春下樓的腳步聲都還沒有消失，他的意識就已經迅速沉入睡眠之中了。

4

是夢。蒼騎著馬奔馳，旁邊還有一個人，並肩也在騎馬的人。看不見對方的臉，包圍著陰影，但在夢中的蒼知道，那是遊馬歷。也清楚知道那是已經死亡的人，但卻一點都不覺得恐懼或是詭異。因爲這也是一場夢吧。

遊馬歷忽然向前伸出一隻手，手裡握著的鞭子指著前方。順著他所指的方向看過去，是他遺留在黎明山莊中的肖像畫，年輕時候的他自己。而且，那並不是一幅畫，看不見白馬的身影，卻有身穿黑色燕尾服的青年，雙腳踩在大地上站立著。跟畫中的姿態一樣，左手些微上舉握著馬轡，拿鞭子的右手往下，伸出食指，像是在指著腳邊的大地——

不，那隻手確實是在指著地面。看見了這一點後，夢中的蒼專注凝視。覺得那裡似乎寫了些什麼文字。縱使隱藏在黑色的血漬當中，傾斜視線的話，便能看見繪畫顏料之上細微的凹凸。不，應該是已經可以看見了。在最開始的那個晚上。L……U……N……

然而，比黑暗還要陰沉的大地，不知何時開始像生物一般吵鬧著動了起來。彷彿被風吹散的沙丘紋路，微弱難辯的文字不一會兒便消失，不只如此，連年輕遊馬歷的站姿，都被黑沙的浪潮所吞噬而失去蹤影。取而代之的是，大地之中似乎因爲風的吹拂而逐漸顯露出了什麼。白色，一半已經化爲骨，像是人體的物體。

是被掩埋的屍體嗎？或者，還活著嗎？沒錯，還在動，在掙扎著。跟骷髏沒兩樣的臉像是痙攣地扭曲，浮現出肋骨的胸口挺著，身體無法從地面之中脫離。右手微微上舉，似乎在扒動埋著下半身的沙土。毛骨悚然的遲鈍，甚至是絕望的緩慢動作。手指像是想要在沙土上寫些什麼，是英文字母。

蒼移開了視線。也想要別過頭去，卻無法做到，連閉上眼睛也不行。「看吧！」不知是什麼在命令著。不，你應該已經全部都看過了。快想起來吧，在這個地方所寫下的文字。被掩埋的死者的臉，並且還是遊馬歷的臉。印刷油墨的黑暗深處，有什麼在吸引著人。閃閃亮亮、閃閃亮亮的。

緊接著一瞬間，夢的空間染上了一片正紅——

蒼跳了起來，在床上。這裡是位於熱川山丘上租來的別墅二樓臥室。房間很暗，沒見到深春的人影。這棟房子裡，彷彿沒有半個人般地極爲寂靜。

儘管如此，他還是放輕腳步，站在床上。從昨天就穿在身上的牛仔褲口袋裡，放著黎明山莊的鑰匙。是理緒託給他後就一直放著的。

好像有誰在客廳的樣子。蒼從樓梯上頭探出頭去，聽得到嘰嘰喳喳說話的聲音。不能從玄關出去了，可是像是匍伏前進地下樓去，也只能把鞋子拿回到二樓來。於是他光腳從走廊盡頭外面的樓梯下去，從那裡離開。

大概已經接近凌晨時分了吧。離滿月已經過了三天，開始缺邊的月亮，高高地掛在樹林之間。今晚的夜空放晴了，所以月光在腳邊投射出輪廓分明的影子。

蒼奔跑著朝黎明山莊前進。到了半路才想起自己忘了準備手電筒，但此時此刻卻已不想回去。早一秒也必須要快點確認才行。夢中的啓示倘若是正確的，事件的眞相很早已經出現了。而且還是經由接近兩百年前的一位畫家之手。

打開鐵門，開啓玄關的大門，拉開通往中庭的兩扇門，蒼終於到達了那個地方。貫穿污穢玻璃天窗的月光，泛白地照耀著的中庭深處，像是洞窟般裝滿黑暗的房間。標示著醒之井陳屍位置的粉筆線條，此時再也不能威脅到蒼。

蒼直接靠近小小的書架。遊馬歷的藏書《THE WORKS OF GOYA》就像昨夜理緒擺著地在那裡，看得見黑色的書背。拿起那本書到中庭來，一打開書本，就是指著地上GOYA字樣的阿爾巴公爵夫人畫像。京介花很長時間講解這幅畫的故事，也許就是爲了讓他注意到，這幅畫與遊馬歷的肖像中姿勢類似。遊馬歷的食指，看似單純只是手部自然下垂，其實是有意地伸出。指尖所指之處寫了些什麼？現在正隱藏在滴落的血漬中。

可是夢中持續出現的並不是那樣。說是夢的啓示，但也不可能出現從未見過的東西。是一邊目睹卻也不知其義，只能任憑其在眼前流逝然後遺忘的記憶，呼喚了蒼。

闔上畫冊，跪著，再無意識地翻開。不管幾次都翻到同一頁的書，彷彿已形成了習慣。打開之後，是印刷得大大的單色銅版畫。旁邊空白處飛散著紅酒的顏色，紅色，宛如血的飛沫。然後在書頁的接合處，是閃著耀眼光芒，粉末狀的東西。這是那時候破掉的酒杯的碎片。是飛散在倒地的遊馬歷的周圍，波希米亞酒杯的。

蒼屏住呼吸，凝視著版畫。成爲歌雅代表作的版畫系列「戰爭的災難」的第六十九號。方才出現在夢中的就是那個畫面：下半身被埋在黑暗的大地理，身體一半已化爲白骨的男人，苦悶地一面扭著身體，一面在地面上寫下「這就是虛無！」。

遊馬歷，在他倒地之後到死亡之前的這段短暫的時間內，恐怕如這幅畫中的死者一般，儘管痛苦，卻也要留下文字。那就是犯人的名字。以手指沾上灑出來的紅酒，在版畫中的文字「NADA」後加上了一個圓圈。「NADA－O」——灘男（註49）。

（得快點回去——）

像是掉到水裡的貓一樣全身直打著哆嗦，蒼開始這麼覺得。彷彿被夢境牽引，腦袋一片空白來到這裡。現在要怎麼辦才好？總之先回去外面，然後再來想辦法。

把闔起來的書抱在胸口想要站起來，卻做不到。無力的膝蓋撞到了地板，加上頭部傳來被打的疼痛。

（我被打了？）

連這種感覺都彷彿是夢境還在持續著，蒼的意識再度落入了黑暗。

49 灘男：日文發音即爲NADAO。而虛無的西班牙文寫爲NADA。

名喚虛無的孩子

1

微小的紅色光點，在眼睛之上呼吸著。忽然變暗，一下子又亮起來，然後又變暗，就這樣重複著。身體的右邊冰冷僵硬，然而另一邊的頭，卻是又熱又痛。抽痛、抽痛、抽痛——

「你醒過來了呀。」

聲音很耳熟，卻是個討厭的聲音。似乎是斷絕了感情死亡的，聽起來粗糙的聲音。

頭一動就抽痛得不得了，因此雙眼終於清醒地張開了。隱隱約約明亮的天窗，底下掛著沒有點亮的油燈。然後是往下看著的，男人的臉。

蒼想要跳起來，但像是被什麼給拉回來一樣，背部再度撞回了後方。因爲雙手被綑綁在腰部後方。勉強要撐起上半身，反而讓頭更痛還感到反胃。

「抱歉，弄痛你了。請你多多包涵。不然讓你在這裡大鬧的話，現在的我根本就不是你的對手。」

橫躺在地板上，蒼忍著噁心的感覺抬起雙眼。眼前像是從餐廳拿來的椅子反著擺放，靠著椅背的手腕之上貼著下巴，懶散地抽著香煙的男人。彷彿病人般鉛灰色的臉上浮現了淺淺的笑容，是遊馬灘男。

「你覺得不自由吧，但是可以請你暫時忍耐一下嗎？不會太久的。」

「你想做什麼？」

隨即，他忽然笑了，高聲地。

「不都是如同常見的那樣？故事終於要接近尾聲了，凶狠的眞正兇手因爲後悔自己所犯的罪而自殺之類的。他留下招出一切犯罪行徑的遺書，放把火燒掉這棟不祥的房子。只不過有點遺憾，我已經等不及名偵探傷癒出場了。

藏內的房間裡正好有很多用剩下來的燈油，雖然是鋼筋水泥的房子，但內部裝潢用的可是木頭。即使稱不上是『金閣寺』（註50），應該還是會出現極爲華麗壯烈的火焰吧。所幸附近沒有房子，不必擔心延燒出去。像我這種人的人生終點，不是應該盡量弄得鋪張嗎？」

他大聲說著這些話，然後發出更爲高亢的笑聲持續著。宛如在鼓舞自己一般，發出奇妙的戲劇性笑聲。

「意思就是你承認自己就是犯人？不只是令尊，連醒之井都是你殺的？」

灘男端正的嘴角抽搐著。

「是呀，沒錯。都是我幹的。沒什麼好奇怪的吧？就算是沒什麼愛情的夫妻，戴綠帽的先生去殺掉老婆的情夫也沒什麼好高興的。」

「那樣的話，爲什麼你要殺了令尊？」

「爲什麼？」

面對蒼的問題，灘男反問道。發白的臉在蒼的視線上方詭異地扭曲。

「你都看了這個還會不知道嗎？」

灘男用腳把掉在地上的畫冊胡亂踩了一通後狠狠踢開。

「我的名字叫NADA，也就是虛無。從出生那一刻開始，那個男人就詛咒、否定我的存在！」

似乎被自己的激情所支配，灘男站了起來。瞪大的雙眼發出像是被什麼附身的光芒，手裡不知何時已握著一把刀子。

「你看，這把刀子是我差不多像你這麼大的時候買的，爲了殺死我的父親。沒錯，我不知道何時開始就想要殺他。不能殺也要殺。每次別人叫著我那意指虛無的名字時，不對，是自己每一次意識到的時候，就覺得自己漸漸被殺死了，慢慢地、慢慢地被殺死。那樣下去，我如果無法殺死父親，也寧可用自己的雙手了結自己。你知道我到底這樣想了幾次嗎？」

推開椅子的灘男，用力踏出有些不穩的腳步，站在蒼的面前。

「儘管如此，你也不可能了解的。像你這樣健康有活力，一路成長都讓人喜愛的少年，不會了解從出生開始就被親人詛咒的我，存在遭受否定，比起活著不如死去的人的心情。」

兩手之間把玩著刀子，他陰沉地低語說到：

「我一點也不在乎死亡，我對生命毫無留戀。可是一想到死了的話會讓父親開心，這就讓我極度的不痛快。如果那男人肯表現出一絲一毫像是親人的感情，我立刻就可以歡喜地死去。假設我的死亡可以讓那個男人嘆氣，覺得抱歉，甚至是後悔，那死亡也就有了足夠的意義。

但，那是不可能的。那個男人看著我的眼睛，根本就像是看著自己嘔吐到地上的髒東西一樣。不管怎麼樣抓著那傢伙的衣服，大聲質問也無從得知。要是我是個那麼不被疼愛的孩子，爲什麼要生下來，爲什麼要把我養大。所以乾脆不問了，都這樣了，大概也沒什麼好說的了。那個男人的表情就是答案，不，說起來答案在他給我的這個名字裡頭就可以找到了吧？就是『虛無』。像你這樣的人，是不可能了解的，我這種非得叫那種男人父親的心情。」

「可是，都已經到了這個時候……」

灘男那彷彿死人的臉，緩緩地往下看。是否耐不住久站，他坐到蒼倒下的位置旁邊的地板上。

「已經到了這個時候？沒錯，確實如此。老實說，我自己也有點料想不到。萬一我這想殺人的念頭，就這樣跟著我的身體進了墳墓。這活著就像是在地獄裡的人生，還長命活了五十年，好像對人生多所眷戀的樣子。但完全不是這樣，而是我心裡對父親的憎恨、憤怒、想殺他的念頭，一個都沒有消失過。默默地不斷累積之後，只要兩三句話就足以讓它崩潰。」

他的嘴邊發出短短的幾聲乾笑。

「値得感激的是，父親到最後都還是父親。我完全沒有什麼値得後悔的事情，我以爲他死了就不可能開口，結果他卻在這種地方留下我的名字。儘管如此，應該已經被處理掉的書，爲什麼又再度回到這裡？」

連眉宇之間也浮現了懷疑。

「算了，這個節骨眼那也已經跟我無關了。你！要睡到什麼時候？每個地方我都沒上鎖，要是你不想被火災連累，就快點站起來逃走。但是很抱歉，我可不會幫你的喔。直到全部都處理乾淨之前，我也必須要節省自己的體力才行呢。」

丟下這些話之後，灘男緩緩地起身。視線追著他的背部的蒼，看見了已經擺到牆邊的紅色塑膠油桶。

（現在不能逃走……）

倘若蒼起身逃出這個地方，灘男一定馬上就會把那些桶子倒乾淨，然後放火。

（得多爭取一點時間——）

即使深春到下田去了，也應該已經過了好幾個小時。他回去如果注意到蒼跟灘男不在的話，一定會過來尋找的。在那之前——

不管怎麼動，綁在手腕上的繩子都沒有鬆開。縱使如此，蒼還是用被綁著的手使勁撐著地板，讓上半身挺直。

（仔細選擇遣詞用句，語調保持平靜，不要過度刺激對方，就像京介平常那樣。）

「可是，遊馬灘男先生，我了解，你並不是所有事件的犯人。令尊遇害的時候，你應該還有一個共犯幫忙才對。」

朝著油桶走去的灘男，停下了腳步，回過頭。

2

「去年八月十五日，你不知道為了什麼事情到黎明山莊探望令尊。可是從令尊連藏內先生都特意支開來看，一定是要談很重要又嚴肅的話吧。最後演變爲發生爭執，你非常生氣地推倒令尊，他就那樣倒地不起。從你的主觀來說或許是你殺了他，但客觀來看卻是件意外。至少藏內先生跟我說的是這樣子，因爲他到東京去了，所以你只有獨自面對令尊的死亡。所以你不得不因此認爲是自己殺死了父親。怎麼樣，到目前爲止，我說的都對吧？」

「不管你想說什麼，我殺了那個男人的事實都不會改變。」

灘男表情扭曲，像是咬牙切齒地吐出這句話。他的右手拿著刀子，左手已經握著打火機。

「可是，在那之後就不一樣了。應該有一個人，把茫然站在現場動也不動的你給帶離這裡，到熱海去搭往東京的最後一班普通電車。然後那個人把散落在地面的酒杯碎片撿起來，在不知道那是兩人份的酒杯的情況下；收走那本哥雅畫冊的應該也是那個人。」

「不對。」

迅速加以否定的他搖搖頭。鉛灰色的臉上，更爲失去了血色。

「不過要是沒有那個人的幫忙，你就無法回到東京去。你在過了十二點之後，已經好好地回到了位於松濤的家裡。」

「因爲我搭計程車。」

「我們也考慮到這個可能，所以去熱海的計程車車行調查了。不過到現在沒找到像那樣子的人。如果你堅持這件事情是你一個人做的，那沒有找出那個晚上載你的計程車可是行不通的。」

「還有呀，」蒼繼續說著，慢慢地說著。在能力範圍之內，盡量地慢。「那樣送你到熱海去的人，應該也會把酒杯碎片跟畫冊擺到他的車上才對。酒杯可以隨便找個地方丟掉，可是畫冊就不是那麼簡單可以處理掉的。要用燒的，也沒有一頁一頁撕下來的時間。結果只能就那樣帶回去了，帶到修善寺去。然後再匆忙放到你的書房去。研究西班牙文學的學者，書房裡擺著西班牙畫家的畫冊，一點也不奇怪。因此，那天晚上你的共犯，應該就是在修善寺杉原家別墅裡的人。我只能先說到這裡。」

「……」

「之後你就獨自一個人，住在這個黎明山莊裡頭。你果然還是想要知道令尊是怎麼樣的人，住在這裡思考著什麼，對吧？所以，你尋找令尊留下來的書或是他寫的東西，什麼線索也沒有的情況下，你連床鋪上方掛著的畫框背面都打開來看了吧？

可是，我認爲那個時候在黎明山莊裡頭東翻西找的，並不是只有你一個人而已。中庭裡頭的很多盆栽都被翻過，在泥土裡頭找東西的應該不是你。因爲你想要的是有關令尊的眞正想法的線索，並不是什麼藍寶石。大概那個人還做了其他的事情吧。藏內叔好像把那些跟健行露營的人做的事情搞錯了，像是翻開門廊底下鋪的石頭啦，挖開草地看看啦。

我不知道那些對你來說，是不是有趣的事情，可是結果是你只能默許。隨後針對共犯的顧忌，大概就是因爲這樣吧。然後你跟那個人之間的緊張關係逐漸升高，演變爲十二月二十八日那天的傷害事件，說是自殺什麼的，實際上卻是那個人刺傷你的。但是你幾乎死了一半也要袒護那個人，爲了擦掉刀柄上的指紋，你把刀子從傷口拔出來，丟到血跡裡面。遊馬灘男先生，這是你對那個人表示感情的方式對吧？」

「那是我自己幹的，是自殺未遂。」

灘男像是捨棄一切地回答。

「警方也接受我的說法，你說的不過只是你個人的臆測。」

「可是，那個時候你應該也清洗了那幅畫吧。黎明號與遊馬歷的畫像，大概被橫放在這個中庭的地板上。」

這是倒數第二個的絕招，還沒有人要來解救嗎。

「證據就是你滴落在那幅畫上面的血液，並不是飛濺到直立著的畫面上的。而是從平面上方往下落的時候，形成圓形，周圍還有液體四散的細微痕跡。而且，警方的記錄也顯示，那個房間裡有海綿、水桶跟中性清潔劑。我怎麼樣也不相信，正在做清潔工作的人會意圖自殺。不過如果是隔著那幅畫而起了爭執，因此產生了這次的意外，就是比較容易理解的假設了。

你會知道哥雅畫的阿爾巴公爵夫人的畫像，要是洗乾淨的話，會出現『SOLO GOYA』的字樣，也沒什麼好奇怪的。加上那幅畫的人物姿勢又跟阿爾巴公爵夫人相似，右手看起來像是在指著地面。現在被你的血漬遮住的地方，是不是出現了什麼樣的文字？但那對於你的共犯而言，卻認爲是在暗示藍寶石的所在之處。然後，假設那個人拿著刀子要割開那幅畫，你也應該會加以阻止。」

灘男低聲地回應：

「從剛剛開始，你就一直在重複『那個人』，可是你知道到底是誰嗎？」

「我知道呀。」

最後的絕招。如果亮出來，蒼就要無計可施了。

「那個人，八月十五日那天晚上在修善寺。他會開車，他的身材跟聲音，如果是不熟的人，乍看之下會把他跟遊馬理緒弄錯，而且他還嫉妒著遊馬理緒。」

「嫉妒理緒——」

這似乎對灘男是句頗爲意外的話語。他細長的眉毛往上吊，最後終於露出像是在找什麼的眼神。

「我接著要說的話，大概連你也不知道。那個人雖然在找藍寶石，但是看見另一邊臥室裡排列的，那些祝賀理緒生日的馬兒，越看就越嫉妒。因此大概出於一時衝動，沒有什麼特別的意義，而拿走了最新的白瓷馬。白馬不見的時間是從歷先生死後，你離開黎明山莊，到藏內先生回來的這段期間。既然你沒有出現，那除了得到你本人默許可以出入此地的人之外，沒有其他人可以做得到。

殺死醒之井的也是那個人，而你應該知道這一點。不過你打算連這件事也扛下來，一個人死去。那是你贖罪的方式？爲了幫你殺死父親的感謝？還是給家裡面誰也不愛的女兒，像是同情的東西——」

蒼的話中斷了。遊馬灘男的左手，正抓著他的衣服把他整個人提起來。雖然注意到打火機掉到了地上，但已經沒有深感慶幸的時間。

「看樣子我好像不能輕易讓你逃走了——」

他到方才爲止幾乎沒有血色的臉頰上，浮現了可怕的赤紅色。他應該是連好好支撐自己的身體都深感困難，因此也無法晃動被他抓著胸口的蒼。

「這全部都是你想出來的？還是那個叫櫻井的男人想的？」

「是的話，你要怎麼辦？」

死命掙扎的背部撞上了噴水盤的邊緣，彎曲的身體面前，灘男的體重迎面而來，而且他的右手還拿著刀子。

「殺了我，也無濟於事。不管殺了多少人，眞相是不會被隱藏的。所以，你還是住手吧。因爲你並不是一個殺人兇手呀！」

然而此刻滿臉通紅撲到蒼身上的灘男，表情就千眞萬確是個殺人兇手。蒼被壓在乾涸的水盤上，灘男的左手掐在蒼的喉嚨上，簡直像是要把蒼的喉嚨扭斷一樣。蒼已經發不出聲音，甚至連呼吸都有困難。

「不，到這個節骨眼已經不能停手……」

連發出的聲音都詭異地沙啞，好像已經變成了另一個人。是否在這一瞬間，他已經從一個普通人如願變身成爲了一個殺人犯了。

「我這種人出生到這個世界，根本就是個錯誤。如同父親給我的這個名字，原本就不應該來的。爲了訂正這個錯誤，我只能去死。跟父親的遺產在一起，我只能讓自己從這個世界中徹底消失。」

愣地露出牙齒，他笑了。灘男的表情，已不像是身在人間了。

「火焰會爲我清理一切的，這是火祭的火焰。直達天際，燒死活祭品的火焰。」

他出神地喃喃自語。蒼的口中終於流出恐懼的哀嚎。但那只是聽來如同嘶啞的笛聲的聲音。灘男的雙眼極爲緩慢地，轉向被他抓住的蒼。看起來只是瞪大且充滿詭異的白眼。

「你說得對。現在我在這裡親手殺死你的話，我也就成爲不折不扣的殺人兇手了。那麼一來，就沒有人會懷疑我所留下的遺書的可靠性了。那樣最好。」

什麼也說不出的蒼想要喊叫。但全身像是痲痺一樣，不但發不出聲音，連身體也無法移動。上半身底下的空水盤，彷彿就是活祭品的台座。張開眼睛，只能看見遊馬灘男那張彷彿被附身的臉。

「沒關係的。不亂動的話，我可以讓你沒有太多痛苦就死去。來，乖孩子，閉上眼睛——」

眞的，很想要閉上雙眼。蒼不是以理性而是本能地感覺到，自己最後的防禦就是如此了。刀子已經在灘男的右手中，高高地舉了起來。同時壓著他喉嚨的左手手指，正在移動著尋找血管的位置。

灘男深深地吸了一口氣。

刀子揮動。

可是隨之而來的瞬間，他的背後似乎冒出了耀眼的光線。

急忙趕到的腳步聲。

哀嚎。

怒斥。

按著蒼身體的手，忽然消失了。他被朝著地板拋出去，但有另外的兩隻手緊緊地抓住了他。

「你還活著嗎？喂！蒼小貓！你說句話呀！笨蛋！」

深春長滿鬍子的臉，靠近到好像會噴到他口水的距離，正在大吼大叫。雖然想回應，但喉嚨啞了，什麼聲音也發不出來。只是在全身無力的安心感之中，蒼似乎就要那樣昏過去。

「你爲什麼要一個人跑出來！至少也要留個字條之類的！眞是受不了！」

深春再度大叫。水杯送到蒼的嘴邊，他伸出痲痺的雙手接過來，一口口地喝下去。喉嚨雖然感到劇痛，但一點都停不下來。直到杯子空了，蒼才終於注意到遞杯子給他的人是誰。

「京介……」

「幸好你平安無事。」

空氣中瀰漫著消毒水的味道。額頭還包著紗布跟繃帶的櫻井京介，沒有瀏海也沒有眼鏡的臉，露出了微笑。

「也不能說平安無事啦……」

但是，京介那張臉稍微斜了過去，指著一個方向。蒼回過頭，看見遊馬家的人們，藏內老先生也在場。抱著茫然頹坐在地的灘男嗚咽著的人，是珊瑚。

「對不起！對不起！爸爸！我對不起大家，對不起……」

3

哭夠了之後，珊瑚恢復了平靜。

「我明天去自首。」

挺直腰桿，望著全家人，毫無猶豫的口氣肯定地表示。

「我給大家添很多麻煩了。」

「不，珊瑚，我一個人去警局就夠了。」

是明音。珊瑚彷彿聽到不可置信的話，瞠目地看著母親。站在女兒面前，但視線低垂的她，繼續說到：

「遭到醒之井威脅的人是我，我捏造假的不在場證明到黎明山莊來的時候，他已經自己從椅子上摔下來死了。這樣一切都可以說得通。如果得知把他沼津的辦公室弄得亂七八糟的也是我做的，他殺的理由就會消失了。」

「可是媽，您那樣做，自己就會受到懷疑呀！」

「那不是很好嗎？」

明音第一次抬起了雙眼看著女兒，面帶微笑。

「也許人也是我殺的。」

「媽！」

「原本那就是我的過錯，我不能讓那種男人，毀了妳的將來。」

珊瑚像是在拒絕一般地直搖頭。蘇枋從旁邊悄悄地抱住她的肩膀。然而珊瑚再一次望著母親，聲音清楚地回答：

「媽，謝謝您。可是，請您還是讓我自己負起自己該負的責任。」

「吶，珊瑚，可是我還不太懂呀。妳實際上到底做了什麼事？」

朱鷺從與蘇枋相反的另一邊，看著妹妹的臉。珊瑚有點逞強，像是重新思考過地說：

「是呀。去警局的話，也許就得對陌生人說出一切了。明明是我們這個家的事情，我寧可告訴大家。」

像是說給自己聽的口吻。

「可以嗎，爸。」

灘男精疲力盡地癱坐在中庭一角的椅子上，沒有要抬頭的意願。

「可以嗎，媽。」

「就照妳的意思吧。」

明音看起來有些微笑，但畢竟是累透了的模樣。

「祖父去世的那天晚上，我會到這裡來當然不是偶然的。」

珊瑚說著。

「家裡的電話，偶爾內線跟外線會混在一起對吧？因此我不小心聽到了爸爸跟祖父的電話。爸爸說他打算要離婚。所以我假裝是出門玩，離開修善寺到這裡來。」

「我知道你去找律師了。那天晚上我也想離開修善寺，去跟別的律師碰面。我姊姊在那個時候，也幫忙我說謊。」

明音似乎一半是自言自語地插嘴。灘男低著頭，無言以對。

之後發生的因果，跟蒼告訴灘男的內容相差無幾。連葬禮結束後，灘男移居到黎明山莊之後的事情也一樣。

「我在找那顆藍寶石。因爲我認爲那如果是祖父的遺物，爸爸比誰都還有權利可以獲得。有藍寶石的話，爸爸也不用擔心金錢問題，就可以離婚了。我也是在那個時候偷走理緒的馬。因爲我總覺得好不甘心，好羨慕她。因爲蘇枋姊不管是阿姨或是媽媽都很信得過，朱鷺姊是個美女，理緒有祖父疼她，只有我什麼也不是，沒有人對我好。我知道爸爸看見我來黎明山莊來的話，一定不會高興的。正因爲這樣，我才要親手找到藍寶石——對不起，理緒，把妳的馬摔破。」

「沒關係。」

理緒簡短回應，搖搖頭。

「會刺傷爸爸，眞的完全是個意外。爸爸正在清洗那幅畫，於是畫裡地面上的字慢慢出現，我認爲那一定是記載藍寶石所在之處的指示，所以用力地擦，但是卻什麼也沒有看到。那樣的話一定是在畫具的底下，我從餐廳的抽屜拿來刀子想要用刮的。爸爸想要阻止我，後來我們就大吵起來，等我回過神——」

「珊瑚。」

灘男發出沙啞的聲音。

「已經夠了，珊瑚。起碼在警方面前，你沒必要說到這裡。」

「那，打電話給我的人……」

藏內的聲音似乎有些洩氣。

「是我。今年之內潛入黎明山莊，被發現就逃走的人也是我。」

「原來如此……」

仔細一想，藏內最近與遊馬家其他的女兒，幾乎都沒有碰面，也沒有聽到她們的聲音。對別人來說很容易搞混的珊瑚的聲音跟背影，會被藏內誤認成理緒，似乎也不是沒有道理的。

「理緒。」

被喊到名字的理緒，抬起了視線。

「這應該是妳的。」

珊瑚從上衣口袋裡，拿出一張裝載塑膠袋中的白紙，交給理緒。

「這是摔破妳的馬之後，放在裡面的，所以應該是妳的。是祖父寫的信。可是，藏在那種沒有人會知道的地方，他果然是個奇怪的老先生。」

理緒沒有立刻打開，只是拿在手裡，靜靜地望著珊瑚。祖父對她付出的感情，竟然如此招致姊姊的嫉妒，對她而言，無疑也是心痛不已的事實。

「我想，自己一定會遭到報應的。一開始只是想洩憤所以偷拿出去，可是不管拿走了多久，都還是覺得畢竟還是妳的東西，所以抱著好玩的心態把破碎的馬送還給妳。那樣的話，拿出裡面藏著的信，覺得上面應該寫的是藏藍寶石的地方。雖然我不太懂意思，但還是過來了。

就在星期六那天，跟爸爸拿了這邊的鑰匙來到這裡，然後……」

「就撞見了醒之井。」

表情僵硬的明音低聲說。

「那個男人對妳做了什麼？」

「他把我從馬肚子裡頭拿到的信搶走了。」

是否因爲回想起那時候的事，珊瑚的臉上浮現了憤怒之色。

「外面的門雖然上鎖了，他還是突然闖進來，跟我說些幹什麼要弄成像是闖空門的樣子，我一生氣就把藍寶石的事情說出來了。然後，不斷地逼我。他還嘲笑我，告訴我爸爸還有媽媽的很多事情，不過我已經不想再去回想他說了什麼。我只是想要搶回他手上的信，所以就騙他說，中庭屋頂的瓦片底下有個洞，藍寶石就在裡頭。他相信我了，因此爬到椅子上。」

「妳推了他？」

「不是，我只有在外面撿小石頭丟他的臉而已。」

珊瑚抬起雙眼。彷彿那一瞬間歷歷在目，緊張地臉色蒼白。

「實在很可笑，竟然不偏不倚正中他的臉的中間。喀嚓一聲，血一下噴了出來，然後椅子左右搖晃，不知道爲什麼很慢地倒了下去。我幾乎像是在作夢一樣，把他的口袋翻到外面，然後把沾滿鮮血的石頭撿起來，才跑出去——」

珊瑚舉起了雙手，掩蓋著臉。

「沒錯，是我殺死那個男人的。可是，我並不後悔——」

4

「那麼，醒之井的那些錄音帶，是妳拿走的嗎？」

面對明音的問題，珊瑚只是掩著臉，默默點頭。

「妳拿來聽了？」

再一次，珊瑚緩緩地點頭。

「錄音帶呢？」

珊瑚的臉微微地朝著灘男的方向動了動，然後立刻低下頭。但似乎對明音來說，似乎這已經足夠了。

「老公。」

頹然地靠著牆壁的灘男，臉稍微動了，但沒有睜開雙眼。

「老公，現在就照你的期望，我們離婚吧。所有的條件都依照你所提出的。」

似乎是在反彈，朱鷺回過頭。

「明音女士，那樣好嗎？」

「沒辦法呀，因爲我完全不是個好太太。」

「爸！」

朱鷺提高了聲音。

「如果明音女士不是個好太太，那您也完全不是個好丈夫呀。這樣好嗎？您有責備明音女士的資格嗎？」

「資格？」

灘男的臉痙攣了，或許他是在笑。

「我有什麼資格？我是個死人，連殺人都做不到的死人。」

在場所有的人，甚至連珊瑚都抬起頭看著灘男。確實，遊馬灘男已經死了。這個被父親命名爲虛無的男人，出生的那一瞬間，其存在便已遭到父親否定。

「看樣子，是輪到我說話的時候了。」

櫻井京介的聲音，靜靜地流過中庭。

50　金閣寺：一般指位於京都市的鹿苑寺。在這裡指的是三島由紀夫所寫的小說篇名，內容描述一個爲口吃所苦的青年，著迷於金閣寺的美麗，進而抱持著對美的報復與獨占，放火燒掉金閣寺。

甦醒的聖杯

1

停電的黎明山莊中庭內，周圍當然沒有可以照明的光源。月亮推移，黎明尙遠，玻璃的天窗籠罩著深藍的黑暗。有的只是急著趕到這裡的時候，眾人手裡拿著的零星幾個手電筒。不過京介請藏內找來幾根蠟燭，在已乾涸的噴水盤邊緣點上。再從隔壁餐廳搬來幾張僅有的椅子，讓遊馬家的人們坐著。

此刻，無聲燃燒著的蠟燭的朦朧光線，照著一半的臉，京介站在中庭的中央。被深春叫醒後就直接從病床飛奔過來，藍色睡衣上面披著借來代替外套的白衣，雙腳穿著拖鞋。即使是客套話也說不出這是整齊的裝扮。

然而，那一張臉，正毫無隱藏地展現出來。負責照顧的護士無視於他的抗議，一刀把礙事的瀏海剪個精光。眼鏡當然也沒得戴。額頭纏著厚厚的繃帶，底下浮現的，是比繃帶還要雪白的，像是象牙雕刻一般的臉龐。被背後的深色影子映襯出來的那張臉，讓人想起了李奧納多・達・文西的作品「施洗者約翰」，臉上模糊而不可思議的微笑。

「現在開始我要告訴各位一個故事。一個叫做遊馬歷，即將遠離我們這個世界的男人的故事。」

既無預告的咳嗽清嗓，也沒有任何說明，櫻井京介開口說話。冰冷的玻璃天窗、灰泥的牆壁與石版地面所圍繞著的中庭空間，盈滿了宛若天鵝絨的柔軟聲音。

「不過我要說的故事，大概會跟各位所知的極爲不同吧。因爲我想告訴大家的，不是大家認識的他，或是大家聽過的他，而是誰也不了解，或是從未被提起的他的故事。

爲什麼我可以說得出來這樣的故事呢？不要說在他生前與他交談過，就連他的面都沒有碰過一次，爲什麼呢？只是我憑空的臆測？信口開河？當然不是。我要說的故事是由藏內先生告訴我的種種，黎明山莊本身所訴說的事，還有加以補充的推理所組成的。絕大部分都不是我的東西，而是想要讓大家也看見、聽見的。因此我收集資料、進行排列、嘗試推理。就像是收集一塊塊的拼圖，從分散四落，只能看見色塊的地方開始，逐漸復原爲一幅畫。」

中斷話語的他，過長的睫毛底下，透明的視線投向周圍。

此時依然頑固低著頭，動也不動的遊馬灘男；在距離父親極近的地板坐下，似乎是要保護他而藏不住緊張的珊瑚；冷靜沉著地關心著，穩穩坐在椅子上的杉原靜音；旁邊是努力著想要保持同樣冷靜，但卻神經質轉動著左手戒指的明音。蘇枋是否擔心母親，忙著來回看姊姊跟京介；朱鷺反倒像是心無旁騖地看著京介。理緒濕潤的雙眼雖然望著京介，似乎再三陷入自己的記憶當中。站在牆邊的藏內比誰都激動，不願漏聽一點訊息的雙眼大而發亮。

「那就開始吧。請各位努力消除烙印在記憶中的那位偏執又孤獨的老人的身影，然後，想像他十七歲時的模樣。不管是誰都曾經有過十七歲的時光，請想起那時的心情，應該不會跟他相差太遠。身爲富裕男爵家的三公子，被家中的女性呵護疼愛地成長，看上去是個溫文爾雅的善良少年。在得到不必繼承家業的許可之後，到海洋另一邊的英國留學的日子裡，臉上充滿了興奮、不安、自負、緊張的，十七歲的遊馬歷。

然後，他從日本消失了。直到十年後，他帶一匹懷孕的母馬，再度現身在橫濱的碼頭。這段時間發生了什麼事？有什麼可以把一個青春的少年，變成一個憂鬱、讓人不解以及厭惡的青年？一切的答案，應該就隱藏在這一段空白的時間裡。那個秘密直到他死後的今天，都還纏繞著各位沒有離開，恐怕就是被誤解的遊馬家的『詛咒』的中心。」

「唉……」

靜音小聲地嘆了一口氣，或許是京介誇張的措詞過於奇怪。但其他人則是屏氣凝神，專注地聽著。

「他在英國的生活是怎麼樣的？如果大家有印象，也可以把當時留下來的記錄或文學作品中的年輕人的生活，套在他的身上。不過，現在要加快剛剛的步調了。我們能確實掌握的，就是他到英國後愛上了騎馬，因此強烈希望能到西班牙去。以及在沒有得到家人的同意之下，他就自己跑到了西班牙。他單身離開英國，前往馬德里，進入了當地的皇家馬術學校。

這裡我不得不提出我個人的一個假設。雖然不是要當作事實，但卻是可能性極高的假設。他的決定以及行動，都是只有他一個人嗎？我不這麼認為。在他背後還有一個我們都不知道名字的男人存在。我認為，那個男人在英國感動了他，影響到他，讓他決定把馬術當作一輩子的工作。那個男人是西班牙人，並且可能是個屬於貴族階級的人。」

「哎呀，怎麼會這樣——」

朱鷺雖然插嘴，但京介像是以指尖碰觸的輕輕一瞥，便讓她安靜了。

「爲什麼？因爲不然的話，他不見得有必要一定得去西班牙，非常沒有必要。在英國不能學馬術嗎？沒有這回事。英國之外，除了西班牙就沒有其他國家有馬術學校了？這也不對。對於我們這種生於現代的日本人，騎馬雖然是非常沒有緣份的一種運動，然而在馬匹早已喪失實用性質的二十世紀，騎馬在歐洲各國也沒有式微，還是擁有爲數眾多的愛好人士。

遊馬歷即使沒有得到家人許可他到西班牙去，待在英國，應該也可以學他喜歡的騎馬才對。荒廢學業遲早會被日本這邊知道，或許會收到父親寫來斥責的家書。或者他原本就不是以求學爲目的才出國的，那花大錢在妓女或是女演員身上還比較正常，或許還會被默許。

當時的西班牙，已經是個國勢衰退的國家了。在兩次世界大戰中跌到谷底的時代，古老的東西沒落了，尋找著什麼新東西的歐洲，正處在痛苦掙扎的時代中。『民族自決』的觀念如野火般蔓延各國，就連在中歐留下悠久歷史的哈布斯堡王朝也面臨崩解的這個時代，西班牙還受到外來的波旁家族的統治。

到英國之前的遊馬歷，是個性格成熟，被動的青年。會違逆雙親的意思，什麼門路都沒有，獨自一個人跑到既沒同胞也沒資訊，而且還是個開始衰退的國家嗎？我敢肯定，是那個他在英國遇見的，強烈影響他的西班牙人在引導他。恐怕那時候歷是陪他回國時，一起到西班牙去的。而因爲那個人的推薦，遊馬歷縱使是個外國人，也能進入光榮的皇家馬術學校就讀。

大家或許從來沒有思考過，通常那樣的機關是不會接納一個外國人的。雖然有『學校』這個名稱，但那跟現代開辦的教育機關是不同的，原本就是爲了增進皇室的榮譽，爲了教育貴族子弟才成立的。去培養總有一天會回到自己國家的外國人，又不會增加什麼功動。

這就是我爲什麼必須假設遊馬歷到西班牙去之時，有個西班牙貴族存在的原因之一。」

「我從來沒有想過這件事情……」

明音悄悄低聲說到，在場的其他人的想法應該也是如此。

2

「然後，時間彷彿靜止不動的西班牙，也終於到了必須面對變化的時代——西班牙革命。波旁家族逃亡到法國，選舉選出來的政府成立了，西班牙因爲聯合政權的錯誤，佛朗哥曾經發起政變，全國籠罩在一片痛苦的內戰，然後法西斯政權長久的獨裁統治，步上了艱困的路程。不過總之這些就先當作跟現在的我們無關的事情吧。

從一九三一年四月的西班牙革命開始，到了一九三四年年初，幾乎整整三年，遊馬歷音訊全無。這段期間他做了些什麼，沒有留下任何文字，也沒有人聽說過。不過可以進行推測。引導他到馬德里去的西班牙貴族，在當地應該也是保護他的人才對。雖然是革命，但所有的貴族都主動放棄特權，因此並未發生像法國大革命的情況。兩百年前的名門貴族，現在也依然保有貴族的稱號、土地跟財產，西班牙就是這樣的一個國家。遊馬歷在這三年之間，無疑是處在他的導師與保護人的西班牙貴族庇護之下。黎明山莊所擁有的，宛如西班牙南部鄉村的景色；裝飾瓷磚上頭西班牙南部特有的風景；還有他回國時候的那匹白馬。從這三件事物，應該可以充分推測他所處的地方，大概是西班牙南部廣大的安達魯西亞地區。

讓我們下個結論吧。在那裡他曾經一度捨棄了祖國，但如果強烈地想要聯絡別人，也不是完全不可能。因爲不這樣的話，他不可能回國。可是，回到日本後，等待他的是怎麼樣的未來人生呢？雙親或許會感嘆，家裡也還有兩個哥哥。雖然不是什麼事情都沒有，但比起被責罵，不如放棄已經死亡無望的東西。決定要等待跟尋找，都是他出人意料的自我中心的想法。但他那早已習慣因爲被寵愛而得以被原諒的個性，會那樣想也是沒有辦法的。

沒錯。我想他在那個時候，已經下定決心，一輩子都要住在西班牙了。爲什麼？這還用得著問嗎？二十四歲的年輕人會變成那個樣子，不用說，應該是戀愛的緣故。」

「戀愛——」

「戀愛？」

「那個人會談戀愛？」

眾人異口同聲發出驚嘆。京介忍不住把手放到頭上，露出有些害羞的笑容。

「接著要說的一小部份，多半是我個人的想像。不過我的想像並不是沒來由的空想，可以說是有事實作爲基礎的，某種程度來說是有證據的。遊馬歷他所深愛的女子，我雖然不知道本名叫什麼，但知道暱稱叫做『月』。」

「啊……」恍然大悟的是珊瑚。她彷彿不知該說什麼，舉手指著裡面的房間。京介用一個輕輕的點頭表示他已經知道，繼續說著：

「那個女子曾經來看過他，問他『你的名字有什麼意義』等等的話。我並不知道他是不是當場回答，還是有稍微思考一下，但他確實回答了。他說自己的名字是『雷』，就是西班牙語的『TRUENO』。戶籍登記使用的名字是歷史的歷，但是他在寫自己名字的時候，總是使用上面加了雨的靂。青天霹靂的靂，這個字的意思也是雷。」

「是的，好像是如此。」

站在牆邊的藏內忽然大聲地回應。

「不知道爲什麼，老爺剛生下來的時候，萬里無雲的晴朗天空，忽然傳來恐怖的雷聲。大家都嚇壞了，只有還是嬰兒的老爺還能笑咪咪的。不過因爲據說名字用有雨的字會招來厄運，所以最後用了歷史的歷。」

京介對著藏內點頭同意。

「歷先生床鋪上頭掛著的小畫框裡面的詩歌，我想是那位『月』寫下來送給他的。那是十九世紀安達魯西亞的詩人拉孟・希梅內斯（註51）的『黎明』。或許是爲了一開始西班牙文還算不上靈光的他，爲了讓他學習才寫下來的。可是，每當吟誦那首詩之時，他們兩個人的心裡一定砰然心動並且深感甜美喜悅。」

「TRUENO Y LUNA，雷鳴與月亮，歷與月，相愛的兩人。」

說著，京介又再度浮現了似乎有些不好意思的笑容。

「可是，遊馬歷卻沒有在西班牙終老而回到了日本。是思鄉之情甚於愛情？或是遭到情人的背叛？我不這麼想。之後，他帶回來的母馬所生下來的黎明號死亡的時候，他對著指出他對婚姻不置可否的藏內先生說過，這是他自己第二次的葬禮。那麼，第一次是什麼時候呢？難道不是那位月小姐去世的時候嗎？

情人死亡之後，他也就失去繼續留在西班牙的意義了。回到日本之後，他所表現出來的種種特立獨行的怪異行徑，如果當作是一個被自己的人生背叛的男人苦惱的結果，就可以理解了。黎明號對他而言，並不只是一匹馬，而是寄宿著月小姐的靈魂，是月小姐的替身。所以，他才不讓牧童騎到黎明號背上，甚至不讓牠在別人面前曝光。也討厭替黎明號套上馬具，連自己都幾乎沒有騎過牠。黎明號的死亡，無疑是他第二次被背叛，作爲一種憑弔，再度失去了最愛的對象。最後他終於接受爲了繼承家業所指定的婚姻。自暴自棄地去跟恐怕是用金錢買來的新娘結婚。」

中庭一角的遊馬灘男，肩膀似乎震動了一下。但京介毫不在意，繼續說下去：

「黎明山莊這種奇怪的構造，應當是維繫周圍房間動線的中庭，卻用牆壁加以封閉；位處於可以眺望海面的絕佳地點的主房，卻沒有挖出窗戶；這個家只能看著些許陰暗的中庭。一切確實是回國後的遊馬歷的心靈寫照。他絕不願看見明亮的日本的海面，不想看見從海面上燦爛升起的光輝太陽。因爲他只想自我封閉在個人的思緒當中。

然後，從他失去了黎明號這最後的精神支柱後，黎明山莊無疑地就成爲他的墳墓。爲了忍受等待肉身死亡的漫長生命，所建立起來的空殼子。自殺恐怕是不被允許的，因爲他所深愛的女性大概是位天主教徒。雖然他不信天主教，但要是他抱著對那位小姐的愛而自殺，恐怕到了另一個世界也無法能尋得愛人的靈魂。於是他詛咒著自己過於強健的身體，希望自己能早點死亡地活著，直到一九七五年的五月。」

停止說話的京介，視線直直地對著理緒。理緒一臉困惑地望著他。

「那是我出生的那一年……」

「沒錯。維護著作爲自己墳墓的黎明山莊，除了騎馬這個習慣之外，對一切應當都已經失去興趣的遊馬歷，爲什麼會對理緒妳那麼地執著呢？要侵犯妳父母的命名權親自取名，然後直到他去世之前都疼愛著妳，到底是爲什麼？」

「大概是因爲我也喜歡馬……」

「確實妳是府上四姊妹當中，唯一對騎馬有興趣的人。我聽說小時候被抓去騎馬卻沒有大哭的，只有妳而已。可是，爲什麼他只想幫妳取名字呢？也就是從妳出生的那一刻開始，他在孫女之中就只有對妳有特別的關心。妳有沒有想過原因是什麼？」

「沒有……」

「我想可能是生日的關係。妳的生日，五月三十一日，對他來說是個十分特別的日子。是那位月小姐的生日，不，也有可能是忌日。」

3

短暫的沉默。理緒幾乎陷入茫然，似乎找不到什麼可以說的話語。好不容易，她的雙唇終於哽咽地開口。

「那麼，祖父他所愛的並不是我了？他眼裡看見的不是我，而是以前死去的戀人的身影。」

「妳無法原諒歷先生嗎？」

「我不知道，我眞的不知道。」

激烈搖著頭的理緒，卻又低聲說道：

「可是，不論祖父的餘生如何充滿痛苦，不論他的婚姻是他無法拒絕而不得不然的結果，但是把矛頭指向帶給他痛苦的孩子，我覺得實在太過分了。把唯一繼承自己血脈的獨子取名爲『虛無』，是比殺死孩子還要可惡的事情！」

京介沒有立刻回答。而是緩緩地轉身往後，踏出腳步。把丟在地上的，那本哥雅的畫冊撿起來。

「關於這件事情，我沒辦法那麼急著作出結論。因爲我就算想抗議，歷先生本人也沒有給我機會。所以讓我們從他所留下來的東西裡頭，再次去尋找他眞正的意思吧。

這棟黎明山莊，只要站在這個中庭，便無法忍定他那顆低落陰暗的心靈。現在雖然是因爲沒有電燈才這麼暗，但就算有電，但最裡面的房間好像也只有一個電源，這個噴水盤上方掛著的鐵製或是玻璃吊燈，似乎都沒有接上電線。我說的沒錯吧，藏內先生。」

「是的，好像是那樣。」

忽然被叫到名字的藏內，慌慌張張地大聲回應。

「那些燈只有外型，原本就沒有接上電線。即使連蠟燭都不曾放進去過。」

「謝謝您的回答——好了，遊馬歷先生留給我們的東西，不只是這棟黎明山莊。還有其他的，例如說那張畫像。畫裡頭他的手指指出來的文字，寫著什麼呢？珊瑚小姐？」

宛如陷入沉思的珊瑚，忽然抬起了頭。

「L、U、N、A——月。」

「對。他的左手握著黎明號的韁繩，右手指著「月」這個單字。這個動作也就是在暗示著，黎明號正是那位月小姐的替身。

然後，理緒小姐，還有藏在妳生日禮物中的那封信。妳可以幫我念出來嗎？」

剛才從珊瑚手中接過來的，理緒彷彿徹底忘記自己還拿在手上。被京介這麼一說，才終於想起來，從塑膠袋拿出了那封信，猶疑地緩慢打開了它。蒼伸長了脖子，從旁邊偷偷看著。說是信還比較像詩歌，紙上寫著的文字還不到十行。

「太陽從海面升起之時，

請嘗試在中庭裡騎馬，

沒有點燃的燈發出光芒，

我因爲皎潔明月而清醒。

什麼時候，理緒呀，

妳才會發現到，

妳才能夠思考，

我的生命並非虛無。

靂」

雖然念完了，但理緒一臉困惑地回過頭。

「我不懂是什麼意思……」
「我也不懂呀。」
珊瑚說。
「我只想到所謂的『皎潔明月』，是在說那顆藍寶石。」
「在中庭騎馬，是什麼意思……」
蒼也喃喃自語。先前珊瑚曾經忽然問過他的問題，應該就是因爲這個原因吧。
「哎呀，你們三個人不管哪一位都有騎過馬，怎麼會解不開這麼簡單的謎題呢？」
京介輕輕地聳了聳肩膀。
「有騎過是有，但是我只有騎過一次而已呀。」
「我想騎過一次就很夠了。那麼，理緒小姐。」
「嗯？」
「很遺憾這裡沒有馬，妳可以騎到熊的肩膀上嗎？」
一邊像是開玩笑的口吻說著，京介指著在他背後的深春。
「馬術用的馬匹身高，大約是在一百五十到六十之間吧。這個也許還低了一點。」
「那，京介，你的意思是說，『騎馬』指的是以馬匹的高度去看？」
「馬匹的實用性在於力量跟速度，不過要說『在中庭裡面』的話，不管是力量或速度都派不上用場。所以就剩下人在騎馬的時候，最爲極端的變化是什麼了。那不就是視點的高度改變嗎？」

「可是……」

理緒抬起雙眼，仰望著有些昏暗的玻璃天窗。

「如果提高了一百五十公分，在這裡到底能看見什麼呢？」

「讓我來吧。」

蒼說，但理緒搖了搖頭。

「不，還是我來。栗山先生，抱歉了。」

「不會啦，要我選擇的話，理緒還比這傢伙好。」

一面說著，深春一面讓理緒跨坐到自己的肩膀上，一口氣站了起來。理緒一手拿著手電筒，照著往中庭突出來的四周屋簷。因爲從底下往上看，看不見屋簷與天窗的接縫處。

「有看見什麼嗎？」

「什麼也沒有。只有天花板的橫樑橫在灰泥的牆壁上而已。有一些漏雨的痕跡，可是——咦，奇怪了……」

理緒的聲音變了。

「不好意思，栗山先生，可以麻煩你往那邊移動一下嗎？」

她指著歷的臥室所在的東側。

「那邊的屋簷上面，貼著一塊瓷磚。藍色、什麼花紋圖案都沒有的瓷磚。貼在那種地方，從下面完全都看不到。」

「妳碰得到嗎？」

「屋簷有點礙事……」

「好，沒有關係，站到我的肩膀上吧！」

雖然有些猶豫，但理緒還是取得了平衡站了起來，用單手抓住屋簷的瓦片，伸長了手。

「我把瓷磚拿開了，下面有個洞。」

「眞的嗎？」

蒼墊著腳尖伸長了脖子，但從底下自然是什麼也看不見的。

「可是，那只是一個洞，通到牆壁的另外一邊去……」

「裡面有沒有左右方向的洞？」

「都沒有。」

理緒小聲地說，蒼不免發出失望的嘆息。就在那個時候——

在發出驚訝之聲的同時，理緒身體往後一歪，深春連忙抓住了她的雙腳。連問「發生了什麼事」的時間都沒有。

一束光線射了進來。從歷的房間約莫卡片大小的天窗，射向現在理緒發現的牆壁高處的洞。隨後光線更加延伸，到達了中庭中央高高掛著的玻璃吊燈。

就在此刻——

朝陽從黎明山莊面前的海平面升了上來。只有一束的陽光，貫穿了兩扇牆，照耀著吊燈，沒有點燃的燈此時閃耀著鮮豔濃郁的藍色光芒。射進來的光線在中庭內經過好幾次的反射，燦爛無比，宛如一顆巨大的寶石。

「難道——」

看著這一切的眾人口中，異口同聲地說：

「難道，是在那裡面？」

比人的頭顱還要大的吊燈，掛在橫樑底下的鐵環上。用椅子當作踏腳台，藏內與深春兩人暫時取下了吊燈。組合成寶石切割的多角形鐵棒上頭，嵌著藍色玻璃。但是理緒一個一個碰觸之後，裡面只有一個是可以拔起來的。

玻璃的裡面還有玻璃。像是精巧的箱根手工藝製作小盒子一般，小心地加以移動，理緒的手終於從組合起來的數十個玻璃花卉的中心拿了出來。比馬的眼睛還要大，皇家藍寶石等級的大藍寶石。在理緒的手中沐浴在陽光底下，散發著炫爛奪目的光輝。

在中庭裡所有的人的眼光，全都集中到一點之上，一顆藍色的寶石之上。

「這就是月的靈魂呀……」

朱鷺低聲說。

「那個人並不是在中庭凝視著黑暗，而是守護著戀人的靈魂。」

「爸……」

兩手捧著藍寶石，理緒出聲喚了父親。

「爸，這是屬於你的。」

4

灘男睜開了雙眼。彷彿看見了過於炫目的東西，瞇起了眼。理緒一點也不介意地前進，把藍寶石奉送給依然坐在椅子上的他。

「這就是祖父的『皎潔明月』，我想這一定是他離開人世戀人的遺物。那個人在半個世紀的時間裡，與自己的回憶，一起在黎明山莊中持續地半夢半醒。可是，現在是全新的早晨，祖父一切的悲傷與嘆息都結束了，他給與您的名字當中的『虛無』的意義也一樣。因爲祖父自己都寫下了，他的生命並非虛無。不是嗎？」

慢慢地，灘男搖頭。雙唇扭曲，發不出半點聲音。然而，視線卻被理緒手中的藍寶石的湛藍所深深吸引。

「我只想要再補充說明一件事情。」

背後傳來京介的聲音。

「您的名字是『NADAO』。如果說『NADA』是西班牙文的『虛無』，那麼請試著把『O』也用西班牙文去思考，這樣應該也不壞。您沒有這麼想過嗎？」

他抬起頭，看著京介。雙眼第一次因爲驚訝而有了反應。

「對於西班牙文學學者的您，現在這個時候，我應當已經沒有什麼好說了，但，西班牙文的『O』是英文的『OR』，也就是帶有相反意義的對象並列在一起的接續詞。歷先生不是在您的名字當中，注入了這個意思嗎？『虛無，或是』、『虛無，不然的話』。

把自己的孩子命名爲『虛無』，確實是個殘酷的行爲。但是，他的心應該是既迷惘又動搖的吧。像自己一樣捨棄一切的人，是不可能生出擁有什麼意義的存在。就像是跟自己的意識無關，完全不知道到底會產生什麼。我認爲，他在哥雅的這幅版畫中的『ＮＡＤＡ』底下留下了『Ｏ』，絕對不是要告訴別人您是個殺人兇手。這應該是希望您能夠明白，他當時的心情正好是完全相反的。」

遊馬灘男不發一語，只是沉默地注視著理緒手中的藍寶石。可是，他的雙眼，不知何時，已經流下了兩行淚水。在他身邊圍繞著的遊馬家的人們，各自視線相交，手牽著手，無法移動。在不可思議的靜謐的安穩中，晨光貫穿玻璃屋頂，初夏明亮的陽光降臨在中庭內。彷彿就是一幅讓人聯想到宗教畫的情景。

蒼回過神後卻沒看見京介的身影。但他並不是忽然跑到別的地方去，而是睡著了。在沉浸於陽光中的石版地上，伸直了修長的雙腿，背部與包著繃帶的頭部靠在白色的圓柱上，沉睡著，彷彿剛做完一件工作的天使。

51 拉孟・希梅內斯：Juan Ramon Jimenez〔1880~1958〕，西班牙詩人。1956年諾貝爾文學獎得主。

終章

「哎呀，什麼嘛！只有你一個人在呀？」

像小馬跳躍般逐漸升高的聲音迴盪在午後的研究室。玻璃窗完全打開之後，日照過多可說是個難以克服的缺點。雙腳隨意自在地擱在教授桌上，沉溺於書本之中的，不是櫻井京介而是蒼。沒有敲門便開門現身的，則是遊馬朱鷺。天氣再怎麼好，畢竟還是六月，但她下半身穿著白色七分褲搭配涼鞋，上半身則是大紅色的圓領背心。

「哼，眞抱歉不是京介在這裡啦。」

蒼鬧彆扭說著。

「我不是那個意思啦！他今天在做什麼？這個時間是去上課了？」

「不是。那傢伙暫時不會來了。」

「咦，難道他的傷勢惡化了嗎？」

蒼揮著手表示「不對不對」。

「他說直到瀏海長回原來的長度，都不想在別人面前出現。」

愣了一下，朱鷺爆笑出來。

「討厭啦，眞是太好笑了。這會不會有點病態呀？」

「是病態沒錯呀，可不只一點喔。」

兩個人笑了一陣子之後，朱鷺的表情恢復了正經。

「可是這樣眞的可以嗎？是珊瑚把他找出去還推他跌到懸崖下面的，不去報警可以嗎？」

「只是後腦杓正好被硬球打到而已。當事人都這麼說了，那不就好了。不然的話，不管是珊瑚或是遊馬家的事業，都會有很多麻煩不是嗎？」

那天早上，珊瑚在母親與阿姨的陪同下，向警方自首。以常識來說，醒之井玻瑠男是傷害致死，但因爲考量到珊瑚未成年，故她的姓名不會被公佈。但遊馬明音侵入醒之井沼津的住所與竊盜罪，就不能不加以追究。

「唉，要說麻煩是很麻煩沒錯，不管是明音珠寶還是杉原學園。」

「怎麼了嗎？」

「總之，明音女士跟阿姨都各自退職，蘇枋姊成爲校長，我也變成了董事長。」

「好厲害喔！」

蒼睜大了雙眼。

「朱鷺，妳可以擔任董事長嗎？」

「哈哈哈！誰知道會變成怎麼樣呢？」

雖然面容有些疲態，但她還是笑了起來。

「因爲公司重要的職位都是資深的人，打算從現在開始要對我嚴加訓練。學校的話，蘇枋姊到是不用擔心，雖然好像因此不得不放棄那個婚約了。」

「可是，她的未婚夫不是學園理事的兒子，又是靜音女士的養子嗎？」

「那個儒夫呀，光聽到阿姨去跟警方自首就想要走人了。像那種男人，我們才敬謝不敏哩，接著還有珊瑚的辯護，我也得好好工作把從以前荒廢到現在的部分補回來。」

「令尊呢？」

「因爲要動腹膜的手術，現在正在住院。理緒也陪在他身邊照顧他。不過我總覺得很不可思議，難道是附身的東西已經消失了，他給人的感覺變得開朗很多。雖然說他自己還是不會滔滔不絕地講話，但是他在聽我們說話的時候，偶爾也會露出笑容來了。」

就跟京介說的一樣，聖杯從沉睡中覺醒了。受傷的漁夫王的傷口，應該確實正在逐漸痊癒吧。

「雖然不能一下子就說是夫婦圓滿幸福，好歹看來是不會離婚了。理緒也說，等爸爸安頓之後，她要再次開始騎馬。反正都要騎，就要她以參加奧運爲目標努力。我想工作好幫她出那些騎馬需要的費用。啊，還有一件事情，是明音女士要給櫻井先生的留言。她說，總之當作是對你們表示感謝之意的象徵，不會拆除黎明山莊了。會像原本一樣請藏內叔回來管理，你們想去的時候請不要客氣。」

「這樣呀……這也可以說是皆大歡喜的結局了。」

雖然對身亡的醒之井先生很過意不去，但蒼沒有提這一點。

「你看起來精神也不錯嘛。」

「嗯，我很好。」

「鬍子先生怎麼樣？」

「深春嗎？他說無論如何想要找到黎明山莊瓷磚上畫的圖，遊馬歷曾經居住過的村莊，所以要去西班牙。」

「他已經去了？」

「雖然想去可是沒有旅費，現在正在死命打工。」

「哎呀呀，那還眞是辛苦。好了，我也該去工作了。沒辦法再次目睹櫻井先生的俊俏臉蛋，還眞是可惜呀。」

「妳要回去了？不是才剛來？」

「哎呀，我眞高興，你會捨不得我走。」

雖然這麼說，但朱鷺還是起身。

「我也有話想要告訴櫻井先生喔。等到公司上了軌道，我會再來找他來拍廣告的，我想請他跟那顆藍寶石一起演出。」

「我會跟他說的，雖然我不知道該怎麼說。」

「哈哈……那就再見囉。」

才剛跨出腳步，朱鷺又急忙停了下來。

「糟糕，都忘光光了。這個，我要給你們看的成果。」

朱鷺把從皮包中拉出來的，A2大小的畫板，交到蒼的手中。

「我很喜歡這張圖喔。我現在得當什麼董事長，暫時也沒辦法畫圖了。」

那是能劇「石橋」裝扮的人物，從上半身正對面描繪的圖。背景是日本畫風格的大片留白，只有畫面下方綻放著赤紅牡丹。伸展金線織花錦緞衣裳的單邊袖子，戴著蓬鬆的赤頭（註52）假髮，右手稍稍舉起臉上戴著的金色獅子面具，底下可以清楚窺見櫻井京介的鼻子與唇形。

「不錯吧？」

「嗯。吶，這些是在寫什麼？能劇的歌謠？」

畫面空白的地方，略為歪斜地流暢寫著草書文字，理所當然，蒼念不出來。

「不是啦。雖然完全不搭調，但我很喜歡這段話，所以就寫上去了。」

「念給我聽嘛！」

「你找他念吧。再見囉！」

朱鷺丟下這句話後，立刻離開了研究室。無計可施的蒼，那天晚上只得抱著那幅畫去京介住處。京介還是依舊躺在在被書本淹沒的，六張榻榻米的正中央。厚重的書本之上抱著膝蓋的他，連頭都沒有抬。

「這個不錯吧？」

蒼忽然把畫遞到他的鼻子面前。

「喂，你會念嗎？這上面寫的字。」

然後，櫻井京介從正開始生長的瀏海底下，瞥了一眼，一臉非常麻煩的模樣回答。

「虛僞應世，將成何者。浮生若夢，狂亦尚佳。」（註53）

52 赤頭：日本能劇當中，用來表示天狗、神靈、惡鬼、妖怪、獅子等角色時所使用的長紅髮。

53 「虛僞……尚佳。」：引自「閑吟集」(1518)，一本室町時代末期的歌謠集。

後記

我大概會被日本全國數百萬的推理小說愛好者，嘲笑已經落伍了，或者被瞧不起，或者被大聲斥責——

一開始就像要吵架的樣子眞是抱歉。既然都起頭了，請讓我說到最後吧。

我很喜歡以特定的建築物爲舞台的推理小說。光是出現了優美的建築，就可以得到許多包容，就是這麼喜歡。

我的推理小說啓蒙是中井英夫的《獻給虛無的供品》，位處郊外的日西合併的住宅，化身成爲色彩炫爛的惡夢之城，是部充滿魔力的作品。接著迷上的是博斯普魯斯海峽以東，唯一在塞爾特文藝復興式豪宅中展開的殺人戲劇，小栗虫太郎《黑死館殺人事件》。翻譯小說裡頭最喜歡的，是以矗立於萊茵河畔的怪異城堡爲舞台的，約翰・狄克森・卡爾（John Dickson Carr）的《骷髏城》（Castle Skull）。暫時遠離現實讓我想到另一個世界的是，綾辻行人的光芒四射的出道作品《奪命十角館》。光是這樣羅列書單，我心裡就已經覺得激動，甚至有些怪異的興奮。我想肯定地下結論：不單單只是以建築爲背景，並且能夠最爲活靈活現地描寫出一個充滿魅力的故事，那才是推理小說。

以本書《黎明之家》爲序幕而展開的「櫻井京介事件簿」，就是那種建築奇思的推理小說。所以主角就是作品中登場的建築本身。雖然如此，但畢竟是現代的日本，而且是從東京出發可以輕鬆到達的地方，在那裡建築出寬廣的大型宅邸，實在也是夠怪異的了。現在可不是在神奈川縣的民營鐵路終點站就可以通往異世界的虫太郎時代了。

這本書裡頭出現的，是建在可以眺望海洋的山丘上，規模不大的平房別墅。但是埋藏與其中的謎題可絕對不小。所有的事件都是圍繞著別墅而發生，所有的解答都集中到其所孕育的謎團。稱不上是偵探的角色，而是建築的辯護人，爲了拯救建築而四處奔走。將其稱爲「建築偵探」的原因正在此。

最後，這次也要衷心感謝照顧我的每一個人。我是個沒有學過正統建築的外行人，要是沒有年輕的朋友們幫助，大概就無法完成這部作品。早稻田大學文學院研究所的青木美由起小姐，理工學院研究所的池龜彩小姐，謝謝你們。今後也要請你們多多關照。

還有總是給我許多建議的夥伴半澤清次先生，講談社文藝圖書第三的宇山日出臣先生、鈴木宣幸先生。我打從心底感謝你們三位這麼好的男士。

那麼，看到這裡的您。請您再度品味正文吧。相信絕對不會有所損失的。

主要參考文獻

新版日本近代建築總覽　日本建築學會編　技報堂出版

日本的近代建築（上）　藤村照信著　岩波書店

東京路上博物誌　藤村照信等構成　鹿島出版會

黑死館殺人事件　小栗虫太郎著　社會思想社

黑蜥蜴　三島由紀夫著　牧神社

哥雅　堀田善衛著　新潮社

聖杯的神話　弗拉皮耶著　筑摩書房

篠田真由美作品集

黎明之家　建築偵探櫻井京介事件簿

（原名：未明の家　建築探偵桜井京介の事件簿）

作者／篠田真由美　譯者／曾玲玲
發行人／黃鎮隆　副總經理／葛麗英
編輯總監／張君嫣　國際版權／陳宗琪
執行編輯／呂尚燁　封面設計／鄭依依
出版／尖端出版　城邦文化事業股份有限公司
台北市中山區民生東路二段一四一號十樓
電話：（〇二）二五〇〇七六〇〇　傳真：（〇二）二五〇〇二六八三
E-mail：7novels@mail2.spp.com.tw
發行／英屬蓋曼群島商家庭傳媒股份有限公司城邦分公司
尖端出版　行銷業務部
台北市中山區民生東路二段一四一號十樓
電話：（〇二）二五〇〇－七六〇〇（代表號）
傳真：（〇二）二五〇〇－一九七九
讀者服務信箱：sandy@spp.com.tw
北部&中部經銷／勤力國際股份有限公司
電話：（〇二）八五三一－五三七〇（圖書組）
傳真：（〇二）八五三一－五三七一
雲嘉經銷／威信圖書有限公司　嘉義公司
電話：（〇五）二三三－三八五二
傳真：（〇五）二三三－三八六三
南部經銷／威信圖書有限公司　高雄公司
客服專線：〇八〇〇－〇二八－〇二八
電話：（〇七）三七三－〇〇七九
傳真：（〇七）三七三－〇〇八七
香港總經銷／和平圖書有限公司
香港柴灣嘉業街十二號百樂門大廈十七樓
電話：（八五二）二八〇四－六六八七
傳真：（八五二）二八〇四－六四〇九
法律顧問／北辰著作權事務所　蕭雄淋律師
二〇〇六年四月一版一刷

■中文版■

郵購注意事項：
1.填妥劃撥單資料：帳號：0562266-3　戶名：尖端出版股份有限公司。2.通信欄內註明訂購書名與冊數。3.劃撥金額低於500元，請加附掛號郵資50元。如劃撥日起 10～14日，仍未收到書時，請洽劃撥組。劃撥專線TEL：(03)312-4212 ・ FAX：(03)322-4621。

國家圖書館出版品預行編目資料

黎明之家 / 篠田真由美 作：曾玲玲 譯 —1版. —
臺北市：尖端出版：家庭傳媒城邦分公司發行,
2006-[民95]
面 ; 公分.—(篠田真由美作品系列)
譯自:未明の家　建築探偵桜井京介の事件簿
ISBN 957-10-3201-8(平裝)

861.57　　95002439